明人别集叢編

鄭利華 陳廣宏 錢振民 主編

李東陽全集

【六】

錢振民 編訂

復旦大學出版社

李東陽全集卷一〇四至一一一

懷麓堂詩續稿八卷

李東陽全集卷一〇四

懷麓堂詩續稿卷之一

致仕命下喜而有述

四朝冠弁已華顛，一往黄扉十八年。力盡馳驅千里道，夢回鐘漏五更天。從來癖性耽山水，老去閒情付簡編。惟有國恩酬未了，海波無地著微涓。

邃庵先生以杜古狂愳男所著耆英圖鉅軸索題長句予以休致未遂每一構思輒太息而止得請後乘興爲之率爾而就還此宿逋如釋重負矣邃庵其爲我和之

邃翁風雅天下無，索我爲賦耆英圖。問翁此畫誰所作，云是江東才子煙波徒。掃拔山川豁蒙翳，指點樹石開扶疏。坐中衣冠盡醇古，人物宛似元豐初。元豐天子文且武，文多鳳麟武貔虎。是時民安物方阜，平地神仙作官府。庬眉皓髮照映乎其間，亦有分司還解組。西京會者十二人，誰其最壽富與文。三朝謀議在廊廟，萬里跋涉隨風塵。兒童走卒識司馬，齒若獨少德則均。其餘名位稍差別，大抵卓犖非常倫。傳書好事求入社，亦許北都王拱辰。共言此會爲故事，起自香山白居士。宋代唐朝總帝都，普明妙覺皆僧寺。君看山水鄉、文獻地，地靈人傑皆天意。奇蹤盛已聞竹帛紀勳名，别有丹青照人世。東門有畫復有詩，德星堂上兩無之。奇蹤盛事不可以多得，後來繼者何其希！邃翁移家住京口，中歲功名一揮手。手持黄紙出關西，破賊歸來印如斗。每當閶闔叫青雲，却望山林搔白首。會將朝爲堯舜臣，暮作羲皇叟。金山寺裏半帆風，丁卯橋邊一尊酒。憶昔相逢我與翁，龍門共謁文僖公。公躋台衡返丘壑，至今四海聞高風。東山草堂有遺老，亦復超舉如冥鴻。同時少年皆老矣，如翁者此志落落將無同。我年差長先登庸，翁當讓我歸明農。聖明在上察誠悃，詔許大隱都城中。此圖此意久未賦，歲序似待秋鳴蟲。吁嗟乎！人生聚散真萍蓬，我居薊北翁江東。猶恐他年同隱不同社，四方下上不與東野相追從。

壽潘南屏先生二首

問君春興復如何？院柳城花次第多。詞賦場中身百戰，秘書叢裏鬢雙皤。竹林老守題書至，絳帳諸生聽講過。記取壽筵人日是，幾時攜酒共高歌？

青袍不涴軟紅塵，長是清朝吏隱身。節似松筠寒未改，味如姜桂老還辛。道心每愛功名薄，醒眼頻看世態新。愧我白頭先解組，擬從林下結芳鄰。

寄木齋先生用留别韻二首

君向江南把釣綸，我從東閣罷詞臣。五千里外共明月，四十年來幾故人。滄海潮聲天際急，會稽山色雨餘新。遥應杖履經行地，逢著長沮不問津。

無才不敢誤經綸，慚負三朝法從臣。日月籠中雙過鳥，衣冠林下一閒人。樓鐘閣漏依稀遠，澗柳山花次第新。猶恨白頭聞道晚，方從學海問前津。

寄東山先生用話别韻二首

與君同醉曲江濱，老作青門抱甕人。往事分明常入夢，舊交零落轉傷神。話長每憶頻更僕，道遠何因共卜鄰？薊北湘南無限地，盡教容得兩閒身。

人生何事不知歸？南雁無情又北飛。迹似晨星看漸少，調高春雪和全稀。思鄉老馬難忘秣，避釣遊魚不上磯。若起謝公應大笑，笑予今亦解朝衣謂方石。

見雪

坐睡忽過午，不知庭雪深。白疑鋪水練，清愛拂風襟。野興狂應發，孱軀老未禁。天壇高處望，莫遣暮寒侵。

步日

散步茅齋日，巡簷駐復行。徑苔餘舊緑，庭竹舞新晴。客到春來少，愁從病後輕。終朝無一事，徒有負暄情。

慶成宴蒙特旨頒賜酒饌紀事一首

南郊佳氣接中臺，綺席金尊次第開。神貺遠從天上降，使華高自日邊來。極知緑野棲遲地，已愧甘泉扈從才。猶有姓名勞簡記，謝章雖病也須裁。

湖上瞻雲圖爲夏參議題

鳳凰山下雲孤飛，鸚鵡洲前人未歸。山長水遠道途盡，海闊天空書信稀。雲來不限江湖闊，雲去還隨雨雪飛。毛義手中重捧檄，孟郊身上密縫衣。遥聞明主仍頒詔，忽報郎君新著緋。五州八座逢時貴，一日三公豈願違？每向白頭增喜懼，因從赤子問寒饑。欲知湖上瞻雲意，長在朝陽與夕輝。

石齋閣老贈梅二本春半無花用舊韻遺興一首

無花無葉但空枝，每向花神一問之。贈比瓊瑶元並價，閲殘冰雪已多時。尋芳約在虚題簡，索笑情深强賦詩。留取孤根還宿土，明年重擬共開巵。

崔甥復借紅梅花朝二日始開復用舊韻

一春纔發兩三枝，如此春光可負之？對酒忽疑人醉後，開花剛趁雨來時。從知野老多幽事，試檢前題續舊詩。縱便閒門無客到，也須頌倒月中巵。

清明日西莊作

謝病尋山第一回，絶無風雨少塵埃。花間依杖亭亭立，水面流觴曲曲來。杜甫草堂居始定，邵平瓜地手須栽。溪行野宿真隨意，林外催歸莫浪催。

又一首

二月春寒尚未回，一春强半祇風埃。汲殘井水田猶渴，望斷溪雲雨不來。野外桑麻思舊植，壟頭松柏是新栽。山林漫有田園興，農事偏驚歲月催。

惠崇沙鳥圖爲遂庵題

宋初世説詩僧九，中有惠崇稱畫手。水禽沙鳥亂縱横，更著巖花兼岸柳。此圖此景知何處？不是湖南是京口。溪山宛轉接林亭，嵐霧霏微入窗牖。來橈去楫紛無數，忽似中流遇賓友。風翎露翼滿晴空，乍見如無索還有。應將目力報秋毫，未許長林容寸朽。禪心忽與天機動，指點人間盡飛走。從來詩畫可通神，問渠詩思還能否？石淙詩翁百無好，見畫真能辨妍醜。多情爲謝水村翁，半幅生綃一杯酒。兩翁卜築今相近，共向青雲回白首。嗟予本是好遊人，亦欲江湖問罾笱。

喜雨

望雨心常渴，看春意轉遲。雨來深入夜，春晚尚逢時。不寐人應苦，無情物豈知？道逢田父問，猶未解雙眉。

訟風

正愛春風軟，春來横作寒。驅雲無定迹，妒雨忽成幹。宿麥回青短，秋禾下子難。詞人誰作訟？我已不如韓。

邃庵饋天鵝雛雁兼致兩詩次韻奉答

汎浦眠沙老此生，小園無地著修翎。若教野性能相適，不是京江也洞庭。
北去南歸性已成，休論海國更山城。他年各有飛棲地，應記雲霄作伴行。

題畫四首

岳陽樓

層樓百尺楚江邊，望盡名山復大川。已覺身從天上坐，不須重汎水中船。

滕王閣

畫棟朱簾出半空，舊遊回首是龍宫。江邊傑閣今何在？指點丹青藻繪中。

昇仙樓

漫説高樓在斗邊，幾人平地得昇仙？仙家亦愛樓居好，樓上還應更有天。

黄鶴樓

此地空餘黄鶴樓，山形依舊枕寒流。文章廟宇千年事，崔顥題詩在上頭。

題宋徽宗春禽圖卷

汴宫深處開靈囿，緑竹緋桃錯成繡。林間百鳥競飛鳴，霽色春聲滿芳晝。長條拂地花映溪，翠翎素頰相參差。欲知弄日梳風意，多在隔花臨水時。柔枝不定驚還裊，遠韻入空聽未了。萬態千形頃刻殊，何人解識天機巧？君不見花石綱頭民力勞，宣和殿裏坐揮毫。要驅造化入神筆，不惜丹青沾御袍。千年往事何須問，一幅生綃三道印。西蜀春心望帝歸，蒼梧落照詩人恨。物换星移春復秋，暖風薰醉入杭州。畫圖今日成陳迹，鳥自無情花自愁。

城西省墓歸過趙生園池二首

因尋舊壟松楸地，偶過鄰家芍藥園。老去年多蓬鬢改，晚來風急落花繁。有情紫燕知新社，無數蒼苔上古垣。欲向水邊詢往事，浴鷗飛鷺兩無言。

石堤沙路轉逶迤，斜日輕舟晚更移。枝彈不愁紗帽濕，水深偏怯板橋危。行貪覓句攜笻還，坐愛沿流返棹遲。何處桑榆還暮景？野情村調兩無期。是日林薄間忽聞歌聲，有「桑榆暮景」之語。

一齋詩壽張貳守七十

軟紅香裏車塵過，中有一齋如許大。城市還同林壑清，衣冠恥受泥塗涴。北來一薦舉賢書，西去一官爲郡佐。夢寐思歸身始歸，功名不做兒須做。歐陽六物空餘五，杜甫萬間寧獨破？幾看平地有摧車，方信急流能轉舵。門前井洌可烹茶，甕裏酒香初釀糯。故國魚龍有所思，高飛燕雀無勞賀。未須服氣同龜息，一任周星知蟻磨。誰言林下少閒人，盤谷歌成我當和。

聞四川捷用前韻

早聞湖海静風波，又見邊軍北渡河。三峽地當天下險，兩年功比向時多。羆熊盡合周兵制，豺虎休勞蜀道歌。漫説書生難料事，渾瑊元不識干戈。

瞻雲圖爲劉郎中克柔作時克柔奉使沈藩其父友桂封君居江陰，年七十五矣

太行山外羣峰起，上党去天纔尺咫。白雲欲飛不肯飛，猶隔江南數千里。東曹官貴郎君家，西路身乘使者槎。試看持節瞻雲地，多在山巔與水涯。雲邊老桂真仙友，雨露風霜閱來久。願將愛日百年心，遥獻江雲一杯酒。通明殿前一朵紅，蓬萊宫中五色龍。欲知孝子忠臣意，此意雖同地不同。夏郎别後劉郎去，同在鳳凰山下住。一種緘圖獻壽情，他鄉各有瞻雲處。

一醉二首

老來差覺酒腸寬，淺酌頻斟也自歡。昨夜偶然成一醉，故人醒眼若爲看。

酒鄉天地本來寬，萬事無悲亦不歡。四十九年醒是醉，醉時翻作醒時看。

致仕後以朝衣一襲與延蕃仍示以詩

脱却朝衣付兩郎，故家猶自有書香。聊應感事懷今昔，不用將身校短長。鳳沼波添新雨露，符台官切舊班行。國恩世享須同報，我已無能愧此裳。

以象笏與崔甥時外孫子良在側

象簡年多手自將，老來分付與崔郎。三朝恩重隨參謁，五品官高切廟廊。已向山林尋野服，且從冰玉讓餘光。誰言宅相非家學，他日堆時看滿牀。

以玉佩與崔氏女

曾佩瑶環上玉階，千官影裏步紆徐。聲隨禁漏同深淺，迹與朝衣共卷舒。嗣輔外甥元解易，伏生少女亦通書。傍人莫笑妝奩薄，傳得簪纓便有餘。

五月七日

解組歸來已白頭，幾從天路想神遊。端陽過眼仍三日，舊事傷心更百憂。寢廟衣裳雲氣冷，泰陵松柏雨聲秋。乾坤俯仰餘生在，隱几無言衹涕流。

克温少宗伯攜酒見過名曰古樸限韻索詩走筆一首

此酒分明有古風，欺君須在古人中。南山社裏花猶晚，北海尊前客未空。唐價豈論三百貴，晉林剛許七賢同。當時悔不居陽羨，極目大江東更東。

次答汪器之韻

聊因酒興翻成癖，猶有詩逋未是閒。何地始能娛白髮？此心終不負青山。深林倦鳥誰先後，長日遊絲自往還。剛喜故人重會面，高情多在笑談間。何處山巔更水隈？幾年懷抱一時開。凌雲氣在名方起，斫地歌聲調豈哀？晚翠松篁元有待，並飛鴻雁兩無猜。未須拂拭還珍重，自有光華徹上臺。

獨酌二首時顧士廉饋松江酒

獨酌花無語，交歡客有期。且將花當客，却被酒催詩。舊事經心錯，微醺入面遲。乾坤五湖水，風味幾人知？

獨酌杯常淺，微吟韻轉幽。野情隨事足，塵鞅有時休。愛月頻開户，思山欲上樓。此緣抛未却，抛却更何求？

和汪抑之舟中見懷韻

閒雲自識山林路，朽木深知雨露恩。隱後華陽巾始制，病時靈壽杖猶存。歸田録在從頭續，種樹書成取次論。不有故人能徑造，蒼苔滿地不開門。

盧溝行爲松庵劉二老作劉年八十三

君不見盧溝橋下河水流，連三岡外山相繆。石田茅屋向平野，中有一翁身姓劉。問翁本是何門胄，玉帶居前錦衣後。烏紗脱却鬢飄蕭，丹藥餐來骨清瘦。庭所種得芝蘭成，墓石琢作麒麟形。休論弄月嘲風地，猶是瞻雲愛日情。晴沙古路平如掌，犬馬長鞭日來往。引臂猶能二石弓，傾囊不惜千金鏹。古來城市有山林，何必丹崖翠壁高千尋？復道神仙有官府，何必朝遊蓬萊暮天姥？華裾綺席金屈卮，無人不賦長生詩。詩中借問道何事？八十遐齡天下稀。

題松溪隱居圖

我外舅蒙翁爲松溪劉先生作隱居圖，翁之藻繪見於世者絶少。蓋以文和公同年世契，不吝筆墨。文和之孫監察御史澄甫謹藏之，至今正德癸酉歲，甲子一周矣。其仲子尚寶丞鋭間以示予，敬賦二絶，用填紙空，且贅數語於後云。

屋下清溪屋上松，昔年曾此卧人龍。自從一别瀛洲路，知在峰巒第幾重？

漫説文章滿世間，我翁胸自有江山。試將歲月尋遺墨，門下諸生鬢已斑。

今我樂矣宿崔甥也謝政家居甥適在告間往視之經日乃返以非恒會不可以不紀也

今我樂矣，澹然無營。寤寐林壑，棲遲户庭。今日何日？時雨載晴。駕言何之，子我崔甥。

言締昏媾，數閱寒暑。我女既姑，我甥亦祖。聯鬈並弁，獻酢旁午。或絃或奕，爰笑爰語。僕夫告言，夜既三鼓。我情孔洽，樂固其所。

乃有賓友，來遊來敖。謂我索處，慰我夙勞。旅我觴斝，濡我楮毫。稚子嗜學，載歡載呶。匪我情撓，亦我性陶。載揮載謠，以永今朝。

今我樂矣，今非昨矣。我責薄矣，人無怍矣。疇其昔矣，維酒虐矣。我過勿貳，無深酌矣。樂不可極矣，繹其作矣。

今我樂矣四章，一章八句，一章十句，二章十二句。

次三閣老賀李司空六十七生子聯句韻三首

城南佳氣望充閭，花外無因駐小車。初度正當星火候五月二十五日，和章元是郢歌餘。鄧林種樹非凡木，鄴國傳家有舊書。湯餅壽筵仍賀客李公以七月生，多情莫放酒行疏。

中州柯葉舊傳芳，老去生男喜倍常。宮賜巧兮長命縷，賀車多帶軟塵香。家鄰魏國堂名錦，李彰德人。相比汾陽額有光。李新加宮傅。莫道病夫無所作，去。也緣奇事發詩狂。

驚傳老驥復生駒，一日佳音遍九衢。有子昔曾誇是父，同庚我已愧非夫予與李同生丁卯。弄珠掌上看應熟，種玉山中計恐迂。丈五日高方穩睡，添丁休羨玉川盧。

一舫齋次新安王封君韻二首

十畝青山八九椽，卧遊聊以屋爲船。星槎有略疑秋汎，風浪無聲攬夜眠。東海添籌非浪語，南華飄瓦亦同篇。也知白髮詩人興，不在蘆花淺水邊。

木蘭爲柱桂爲椽，陸地從來別有船。縱飲直疑騎馬坐，無愁何必對江眠？七重漫擬歐公記，萬廈還歌杜甫篇。聞道銀河通碧海，恩波元自斗牛邊。

北潭大宗伯將歸談雞泉別業之勝病暑强起走筆爲長句情見乎詞蓋予之於北潭有鄉郡場屋之舊幾三十年矣

郎山西來太行麓，有泉蜿蜒起復伏。舊傳雞距是嘉名，地志山經隨紀録。環村抱郭如有情，十里寒泉一團玉。外無俗駕走塵輪，中見高人結茆屋。豈容鳴鶴在江皋，共羨飛凰繞梧竹。朝爲董賈暮夔龍，回首恩光報林谷。此山此水曾遊釣，指點丹心豁心目。平生報國身猶健，匹馬還家路應熟。北潭風節比南山，未乏舟

可真皤未髮君，歸先幸老已年我。汩汩終泉此見不，身常亦伏起途宦。菊松與車
卜。固從廊廟説江湖，不是陽關送時曲。

疊聯句韻柬白洲都憲二汪太史二首

清風遥逐故人來，菊徑松門手自開。興到忽成長短句，别餘重較淺深杯。青山有約閒能住，白髮無情老共催。今日兩翁逢二妙，百年還得幾追陪？

日日長吟夢白詩，杜陵心事幾人知？高懷直放千鐘酒，夜短能消數局棋。南國客來懸榻久，東門人老掛冠遲。朱絃白雪應同調，莫更黄金鑄子期。

次羅池計封君韻郎中宗道之父

幽巖松柏老風霜，膏沐重沾雨露光。科第載登緣有子，官封雖晚勝爲郎。江湖尚帶元龍氣，荷芰初成屈子裳。閒向山中看曆日，每從新歲紀春王。

葉氏榮壽堂爲給事溥作

高堂燕賀日紛紛，滿坐絃歌動地聞。江左衣冠新錫命，水心家世舊遺文。宋學士

適之後。風生玉麈談猶健，露出金盤酒易醺。處洲有酒名金盤露。山下郎官剛駐馬，却從天上望紅雲。

奉寄鶴溪先生詩

有鶴來自東海東，翩然飛墮青田中。清溪百尺月照影，長夜一聲風滿空。下啄五色之靈芝，上巢千歲之高松。奇毛異骨每自許，不共凡鳥争雌雄。怪渠偃息向此地，此水元與滄溟通。溪邊老翁年九十，髮白如鶴顔如童。少時排雲叫閶闔，羽翼出入蓬萊宫。朝遊三吴暮百越，有水萬疊山前重。卑棲俯步意不適，却視軒冕真樊籠。歸來三十五寒暑，此鶴此溪還此翁。已看洗濯盡塵滓，直欲超舉尋鴻濛。平生雅志本林壑，杖履往拜將安從？天台願逐稀有鳥，洛社更慕無名公。十年一度賦詩賀，海水三淺桃三紅。待翁百年我幸健，一曲載附南飛鴻。

孔林楷木杖 木乃孔子葬時子貢所植也。

名因端木正，根向孔林多。斫削從人巧，扶持奈老何。硬將雙足健，長愛兩眉過。未盡尋山興，臨風且浩歌。

李東陽全集卷一〇五

懷麓堂詩續稿卷之二

追和東坡贈鄧聖求韻

有松自作中山醅，有橘欲向江南栽。未畫東坡滿堂雪，且賞西山千樹梅。探奇覽勝遍吴楚，直汎縹緲登崔嵬。偶來此地騁遐矚，風景不論淩虚臺。酒酣一吸漢江水，浄洗萬斛胸中埃。神交遠到玉堂署，歸夢忽驚金粟堆。揮毫日對掌綸綍，話舊夜共開樽罍。遺篇斷墨半流落，不在山巔還水隈。何人傳襲得此本？倖免石壁漫蒼臺。因懷故鄉訪舊迹，使我一見心神開。人才在世可指數，仕路觸眼多傾摧。誰令青繩點白璧，已聽夜蟄鳴春雷。終爲列星上天去，或化孤鶴横江來。文章氣節兩不朽，安用弔古生悲哀？

宫保都憲陸君全卿得坡翁此詩，題云武昌西山贈鄧聖求，乃爲岑象求書者。岑跋云：「子瞻謫黄岡，遊西山，觀聖求墨迹。時聖求已處北扉。不二年，對掌誥命，作詩感歎。」樓大防和章並及元次山遺迹，有「二公先後搜訪，同念舊遊」之語。今坡集載此詩，序云：「嘉祐中，聖求爲武昌令，居黄相望，常往來溪山間。元祐元年十一月二十九日，會宿玉堂，偶語舊事，而其詩乃有『玉堂金鑾相望不可見』之句」。意者更化之際，聖求先入，坡亦隨召。其題所云者，則賦舊事爲贈，非山遊時作也。集又載次韻一首，序云：「和者三十餘人，今皆不復見。」樓詩又出其後，而坡亦不見之矣。聖求名璧，其在翰林爲學士承旨云。此詩凡四紙，合縫皆用内府書印，乃樓在翰林和韻時用者。樓序云：「南渡以來，官府印多更鑄，惟翰林院猶用舊印。鑄於景德二年，蘇、鄧二公皆曾用此。」常見宋時卷册鑒賞題識，多用諸司官印，皆三寸許。如朱晦翁在福建，亦用茶鹽司印。蓋其俗固然，如樓説也。但内府書印止可二寸，翰林固稱内府，圖笈所藏，而以書名印者，豈專爲書用，而别有所謂院印者邪？姑並録於此，以俟知者。

次答曹憲副時中見寄韻曹子己丑所舉士今年八十二矣

士林出處要分明，不盡浮生吏隱情。老我僅辭金馬直，讓君先與白鷗盟。神交入夜應愁遠，病骨逢秋漸覺輕。好是舟車隨處樂，三江風浪已全平。

老來視聽轉聰明，始信高人不世情。薦士昔曾陳水學，曹往年以書薦鄉人所著云三江水學。許身元不愧山盟。柏生兩石終難大，鶴在層霄本自輕。聞道詩篇隨物賦，爲誰奇崛爲誰平？

青眼相看老倍明，詩來字字總多情。亦知氣味非俗流，莫道文章是主盟。百里郊園雙屐短，五湖煙水一舟輕。殊方不結者英社，且共山林詠太平。

雨中再疊前韻答白洲二首

過雨流雲斷復來，悶懷愁思鬱難開。山行尚怯崎嶇路，酒病猶勝瀲灩杯。舊日交盟惟我在，隔年詩券有人催。高軒若許重相過，杖履猶能徹夜陪。

夜堂燒燭坐聯詩，此興唯應老僕知。杯爲論交頻閣酒，枰因留客未收棋。情多尚惜回車早，性懶翻慚倚韻遲。今雨不來惟舊雨，江邊空有杜陵期。

九峰書院爲孫户部志同賦時孫已致政矣

郢州城北層峰九，疊嶂回巒互紛糾。陰晴顯晦無日無，變幻瑰奇有時有。籠雞勒馬争飛走，踞象蹲獅豁牙口。烏嶺真疑畫裏看，焦山合與江南偶。祠壇迹遠但神仙，抱引情深還子母。方牀斷舸依稀是，鬼與鑿成神爲守。樵童牧豎彼何知，目未暇尋寧敢取。四山回合一巖闢，造物何心更樞紐。中有幽泉幾曲流，似爲巉巖助清瀏。數間茆屋萬函書，翠色寒聲滿窗牖。豈知平地即青雲，出入三朝成白首。老盡孫康映雪心，袖間劉晏經邦手。園栽千橘可爲奴，庭掃六花堪釀酒。民憂每日占眉睫，國計非徒較升斗。官居臺省夢山林，身未得歸心已久。早從科甲見弓裘，更擬岡陵歌壽耇。試向東山問謝公，從今得忘蒼生不？

中元日西莊作

數盡西窗夜雨聲，曉來山郭愛新晴。青林帶暑陰猶濕，白鳥逢秋意始輕。到處桑麻頻問價，老年蘋藻更關情。杜陵野客翻多事，何用身兼吏隱名？

崔甥誦過海子詩次韻志感

朝輝初斂夕陽收，雲自無心水自流。鄉里漸看同輩少，乾坤真覺此生浮。橋分草色斜通寺，樹隱山光半入樓。留取舊時風景在，夢魂何必更南州？

再次前韻與汪抑之時汪在告

二難兄弟皆人傑，兩世科名總國恩。歲久文章官不調，别來山水性猶存。身輕尚覺兒曹累，材大應勞匠石論。惟有道心能却病，掛冠休學漢東門。

題李龍眠臨衛協高士圖

黄虞運屢改，習俗隨汙隆。巢由及夷齊，邈矣超塵蹤。東都避世徒，翩舉如飛鴻。出門掛冠組，入谷逃虚空。皇甫傳高士，中散揚清風。貞心得冥契，千載柴桑翁。衛協彼何人？揮毫寫儀容。龍眠有遺老，擬像良亦工。書家重人品，畫法本相通。飄蕭古今履，迥出塵埃中。行藏各異代，氣韻將無同。吾生慕丘壑，晚歲辭樊籠。古人不復見，慰我心忡忡。九原若可作，杖履當誰從？

聽松庵爲李副使麟作也李氏世墓有虞伯生二大字庵以是名

四明東下海門通，馬鬣封頭萬樹松。颯遝正當連夜雨，飄蕭長遞隔江風。前朝翰墨遺蹤在，南國山川别路重。望盡白雲猶駐馬，數聲靈籟有無中。

畫龍

海風吹浪湧如山，霧卷雲驅去却還。萬里長空纔一滴，不知甘雨滿人間。

畫虎

獨卧深林眼欲空，山中何物敢争雄？不須更作淩空嘯，已聽蕭蕭萬壑風。

中秋夜崔甥與兩郎同奉東園之會漫興一首

獨坐中秋憶去年，又有華月此回圓。煙雲不礙山河影，風雨翻驚夢寐天。黄閣故人朝送酒，東牀佳客夜開筵。清光滿眼還依舊，頗覺園林興味偏。

十六夜與克温諸客會東園疊前韻

冰輪隔夜似經年，爲謝嫦娥作意圓。幽賞正宜疏散地，清光猶遍泬廖天。未妨投轄留深井，長記當歌照別筵。怪底一杯還一局，老來棋酒性俱偏。

十八夜與抑之兄弟諸客會東園再疊前韻

長向清光憶少年，已看六十七回圓。自憐孤影能邀月，但有初心不愧天。壽考未須占老相，威儀何止詠初筵。惠連風景如春夜，莫怪西堂此興偏。

郊行二首柬張遂逸親家

樓頭鐘鼓報新晴，又是城南一度行。剛得閒時身已老，未曾經處路猶生。平沙遠水如江色，落葉疏林似雨聲。欲問郊園幽寂地，野橋山寺不知名。

芒鞋隨意踏青莎，一日溪頭幾度過。高樹夕陽人影亂，斷橋幽澗水聲多。思鄉擬作登樓賦，遠俗猶聞隔院歌。不向晚涼移席坐，好懷佳賞奈君何！是日溪林爲俗客所據，别席避之，向夕一賞而罷。

正德癸酉八月二十八日老母麻太夫人壽八十疊席間聯句韻四首

玉壺春酒送青絲，賀客來當設帨時。吏部衣冠推舊德，翰林風月愛新詞。歡娱未覺年光晚，老病應慚拜起遲。已幸不關朝謁事，不須重詠夜何其。

壽筵詩卷闔還開，一曲須教獻一杯。古調幾人傳下里，文光半夜落中臺。丸熊事在能勞頌，倚馬才高不待催。從此耄期仍屈指，十年一度擬重來。

壽罷高堂燕坐時，每從交錯見風儀。瀛洲地勝人堪畫，洛社情多酒不辭。歸隱始知閒是樂，淹留須以醉爲期。鄰家莫問茆容客，不是林宗更有誰？

接席連杯笑語親，素屏紅燭畫圖新。壽星地切三臺夜，愛日天留寸草春。祇向家庭尋樂事，不因遊賞縱吟身。猶餘對客揮毫興，更寫新詩謝故人。

九日登高不果與趙生

已辦登高屐，那堪抱病身。花神虛負約，山色遠含顰。倚杖吟紅葉，停舟采白蘋。向來遊賞地，今度屬何人？

望前一日西莊觀稼次前韻

豐樂亭前地，歸來徑裏身。村童爭穗拾，農歸解眉顰。春甕家留秫，秋盤薦有蘋。清時無吏責，餘興且詩人。

再汎趙生園次前韻

落葉驚時序，吟筇付老身。車回途九折，眉解病雙顰。山雨收晴黛，溪風起暮蘋。題詩留地主，呼酒勞舟人。是日大風，舟不能行。汪、顧兩内翰有僮善操，往復二里許乃罷，以酒賞之。

晚過衍聖公再次前韻

醉過風雨節，老却市朝身。興爲良辰發，愁因往事顰。吴儂歌白苧，楚客詠青蘋。獨恨西江彦，茱萸少一人。是日器之不至。

石邦彦少宰告别席間用所賦壽詩韻以贈

幾向金陵夢玉堂，不勝吟思繞離觴。三千餘里江山色，二十九年燈燭光。老覺病隨官共退，别憐情與話俱長。故人若問西園景，庭樹猶青菊正黄。

邦彦將宿乃兄邦秀少司馬留之不得再贈一首

君家兄弟總西堂，一夜何妨百舉觴。古調歌成清有韻，離愁賦罷黯無光。東籬地僻紅塵遠，南省官閒白日長。從此草玄亭上客，尊前叢菊爲誰黄？

題上饒鄭氏雙節堂卷參議穀之祖母母再世守節故名

燈火傳經業，風霜歷歲華。一門雙節婦，四海幾人家？痛此崩城哭，憂同恤緯嗟。空閨形影弔，幽壤夢魂賒。膽苦知心事，飴甘沁齒牙。本從姑作傅，還見子稱爺。冰出原因水，蓬生本賴麻。聯珠方競彩，合璧總無瑕。物理故如此，人情終有涯。斑衣裁賜錦，紫誥簇團花。史傳應須列，堂名豈近誇？柏舟如可續，吾欲賦綿瓜。

雙檜亭爲張大經侍郎作

亭前雙檜參天起，翠色如蘭直如矢。膏沐同沾雨露餘，風標並立冰霜裏。何年移植自山谷？長晝清陰覆窗几。左回右顧各有情，類聚羣分固其理。從教畫譜入丹青，似與歌聲應宫徵。同氣真宜比棣荆，隔山不用尋樵梓。已羨秋官爲大夫，更看晚節同君子。吟笻繞地日百匝，塵耳向空時一洗。早歲通家定幾人，老來見樹猶如此。我家此樹亦此數，却望西鄰纔尺咫。抱病經年不出遊，神交一夜思千里。

次韻寄答泉山林先生二首

今是何曾有昨非，行藏元不與心違。千山過雨雲初斂，九子巢成鳳已歸。銀漢星槎思遠道，玉堂官燭借餘輝。休言八十年華老，北海何人起釣磯？

雲霄器業我非全，回顧山林願久違。五色有心空補衮，十年無日不思歸。空中駿馬誰爭步？林外流螢祇自輝。三楚八閩千萬里，江湖何地不漁磯？

白樓行贈吴南夫祭酒南夫新作白樓樓成而去毛憲清學士居之毛嘗號白齋喬希大宗伯號白巖因此并寄

白樓宛在城東起，誰其居者吴季子。紫陌紅塵不到門，玉堂清夢涼如水。結構三年始得成，朝回一日九回登。試看步月思家意，何似瞻雲駐馬情？曲闌干外西山色，却向江南望江北。餘歡且付白齋翁，曾是樓中賦詩客。金陵佳麗天下無，璧水衣冠皆我徒。極知名教有三樂，况復文章鳴兩都。兩都舊路頻來往，應爲白樓遥駐想。更與題詩羡白巖，山林城市多清賞。

酒半續得一首兼簡南都諸翰林

兩京祭酒四門生，攝篆猶煩學士名。毛憲清嘗以學士署監事。君去正當鍾阜地，我詩方贈白樓行。離心向晚真無禁，病骨經秋也自輕。寄謝玉堂諸舊侣，八仙新會幾時成？往歲倪青谿諸公在南都有八仙會，今適有此數，故云。

正德癸酉十月四日夜歸夢觀先父畫像痛而有述

吾親棄養久，齒發日已衰。如何中宵夢，宛似趨庭時？開圖見藻繪，再拜瞻容儀。無言自脈脈，欲去還依依。昊天罔終極，逝水誰能追？經年不出遊，一出竟遲歸。方當冬温候，夙誦夜戒詩。精靈故不泯，感激或在兹。影堂奉遺像，命服未重施。此願亦莫遂，愆尤更何辭？擁衾達清曙，涕淚交雙頤。

雙溪草堂歌贈汪器之司業汪新築鳶山居兩溪之間堂成而北上今復之南都其兄抑之留京師每共談雙溪之勝故作是歌

君不見雙溪清水清如玉，却抱孤村成一曲。金沙耀日波映空，照見千山還萬木。鳶峰翩飛入雲去，碧影宛向波間浴。有地平開百頃田，何人巧構三間屋？雙溪主人生絶俗，自采春芳濯寒淥。長身玉立衆人中，過者見之皆拭目。舊業遥看一水連，新堂不愛千金卜。又不見石城巉巖江正東，中有璧水環儒宫。上摩星辰接霄漢，下養鱗甲藏魚龍。文章似待江山助，桃李須沾雨露功。仙舟北來復南去，此水元與蓬瀛通。君家兄弟雙飛鴻，兩都無日不追從。草堂風月鎮好看，溪水長碧山青葱。君今超然出樊籠，江淮舊路遠且重。彭城風雨牀半空，題詩爲寄蘇長公。

冬夜與劉宗伯仁仲蔣敬之李希賢吴克温三亞卿會酌各出韻請賦走筆一首

明月清風不待求，且將良夜續深秋。彈冠已副平生約，折簡先爲竟日留。身病未能抛藥裹，酒酣誰與記杯籌？多情更謝江南客，爲報長安第一樓。克温云敬之有樓，且爲立名。

會别汪器之司業疊聯句

又續離筵第二詩，詩成還放客歸遲。醉鄉記在曾勞讀，病眼書多却近醫。坐怯涼風欺破帽，起驚寒月上疏帷。長安十月如春暖，莫道黄花獨後時。

白洲都憲七十一生子有詩見報次韻二首

啼聲何處復呱呱？有客來過獨後吾。毛骨定知奇比鳳，隙光空歎疾如駒。聚星堂上翁應醉，獨樂園中叟自迂。聊爲題詩遠相賀，問君還識此情無？

耳邊誰復詠呱呱？半世通家爾與吾。燕谷一株空老樹，渥窪千里又名駒。高軒過日人應滿，吉夢占時事轉迂。聞道商瞿年七十，五男還是古稀無？

重遊慈恩寺走筆三首

謝政歸來已白頭，慈恩寺裏復同遊。霜前老竹枝猶勁，雪後寒溪水不流。新辟徑成無客到，舊題詩在有人收。西涯敝業今何處？遥指橋東第一樓。

舊路重來問石頭，野情猶記十年遊。浮生未覺乾坤老，往事空驚歲月流。遠道江山千里隔，滿園桃李一時收。區區出處成何事，不用行藏更倚樓。

起看初月上城頭，應悔經年不出遊。浮世有身虚白首，野心無伴且緇流。誰教風伯驅滕六，又見玄冥送蓐收。猶記兒時不解飲，老來空望酒家樓。

戚黨有九十翁甚健常攜一藤杖久而厭其煩持以見贈賦詩爲識不必寄翁

有翁九十鬚眉黄，贈我枯藤四尺强。自誇身老能却杖，復道家貧無别藏。溪行盡可逐風月，庭步不須愁雪霜。詩成贈杖不贈主，物意也如人意長。

次日翁持一軸請爲九十壽詩不意其好事乃爾爲賦一律并以前作贈之

天下幾人能九十，有如翁者健尤稀。手持青杖厭還却，足踏紅塵行若飛。天外雲煙頻過眼，水邊鷗鷺亦忘機。百年屈指渾閒事，隨意朝陰與夕暉。

邃庵先生六十初度用前所賦耆英圖歌韻爲壽蓋予初度時先生嘗用此韻不敢不以此爲答先生方柄用顯施爲時達尊而乃以山林之韻相倡和非知先生之深其謬不至此也

正德八年十二月六日

三神之山真有無，人間但見瀛洲圖。廟廊臺省足耆俊，始知官府自是神仙徒。風襟月抱似君少，氣骨夐與凡情疏。與君髫冠即相識，歲月尚記純皇初。君才卓犖兼文武，千載風雲際龍虎。朝辭巴陵暮鍾阜，一日聲名動天府。鳳池鸞掖麗丹霄，白晝冠裳映圭組。敬皇有詔令作人，外方偃武内修文。耳聞木鐸振遺響，眼見青雲生後塵。徵書趣召來京闕，要使出入賢勞均。是時書軌皆同倫，禮樂正及升平辰。古來安不忘危事，曾誦周官訓卿士。亦知考牧爲防邊，重向河西開苑寺。試看關塞驅戎馬，天地生賢豈無意？未須白髮已還鄉，猶有丹心肯忘世。待隱園中方賦詩，拂衣而起將安之？誰哉與衆拯焚溺？共識君才天下稀。人生歡笑難開口，世路風波若翻手。誓將弧矢射天狼，却上台階朝北斗。范老胸中十萬兵，謫仙筆下三千首。今爲鷹揚臣，昔作磻溪叟。花甲纔周六十年，爲君一獻長生酒。四方學者稱邃翁，賢則君之貴則公。盡言經濟本王佐，復道詞章有古風。我向溪邊伴鷗鷺，君從天上領鵷鴻。沙摶星聚各有數，如翁者蹤迹雖異心神同。聖朝有道先祖庸，至治遠欲躋羲農。楝樑榱桷應時用，人物舉在甄陶中。會持五色錦繡綫，上補袞服成山蟲。我生幸託麻生蓬，不隨流俗還西東。耆英有社不可以强致，但願他日神交夢接歲歲得與君相從。

克温少宗伯有舟不施彩飾名曰白小蓋取杜詩魚名爲喻自賦一詩席間次韻

天地寸心寬，江湖一舟小。名因水族微，色共冰輪皎。玄機信於淵，至樂同在藻。無心本成虛，有賁安用巧？擬像物難工，欲歸人未老。吾生慕佳勝，此興故不少。昏昏醉夢間，愛彼長夜曉。題詩寄滄浪，我願差可了。

冬夜克温少宗伯敬之少宰同會論文劇飲二君限韻索詩醉中走筆一首

緑酒紅爐失夜寒，燈前猶把舊題看。不須坐久心先醉，却恐吟多字未安。古道秪應投分少，今人偏是賞音難。淹留竟日休勞詑，月落星稀興始闌。

再疊韻贈二君

謾將清酒敵輕寒，鶴髮酡顔且耐看。豈謂浮雲蔽白日，休吟落葉滿長安。門從閉後逢人少，局到終了下子難。賓主兩情混不厭，兒童莫爲報更闌。

三疊韻奉懷邃庵太宰

世路交情暖復寒，且須洗眼一相看。風期有約逢山簡，雪後何人訪戴安〔一〕？廊廟關心公等在，親知會面古來難。遥思此夕長生宴，一曲仙歌尚未闌。時邃庵六十初度。

【校勘記】

〔一〕「戴」，原作「載」，此句所用當是王子猷雪夜訪戴安道之典，顯以形近而訛。

四疊韻贈敬之

夜堂冰滿硯池寒，凍筆書成不受看。竹徑已封來蔣詡，雪牀方卧老袁安。棋心未覺遊絲遠，詩思偏於刻燭難。空有蕪詞勞採掇，向來文興久應闌時。敬之令侍史録予文稿，故云。

客散後醉不能寐五疊韻贈克温

陽羡山盟久已寒，强將詩券與君看。登臨有約何當遂？棲息無枝也自安。醉後不知醒處樂，老來方覺退時難。多情莫作殊鄉歎，猶有江南興未闌。

六疊韻自述

病骨棱層不耐寒，鏡中華髮强相看。五株枯柳陶元亮，一榻清風管幼安。詞賦雕蟲嗟技小，雨雲翻手見交難。紫薇花底春風在，來歲思人定倚闌。

七疊韻

夜深長怪酒杯寒，細撥爐灰幾度看。白社有期非獨樂，清廟無事合偷安。逢時盡道作官好，閱世始知行路難。客去主人猶未寐，孤吟不覺到更闌。

八疊韻再贈克温

一冬剛作兩番寒，愛日如春正好看。長恨卜鄰心未了，也知容膝地皆安。吴船棹穩行應慣，郢雪詞高和轉難。十載悲歡那可盡，爲君南望幾憑闌。

九疊韻再贈敬之

飲罷醇醪夜不寒，醉中青眼坐相看。三生夢在誰當記，四海均時我亦安。少日每慚題柱早，老來翻覺著書難。匆匆不盡論文誼，莫怪詩成語未闌。

十疊韻再贈二客

霜落桑乾水正寒，晚來風景共誰看？騷壇白戰稱歐老，棋墅清風憶謝安。道在不關貧裏病，詩成偏向巧中難。啼聲莫信催歸鳥，猶有幽人意未闌。

海錯圖四絶

貝闕珠簾海氣通，彩攢花簇鬬青紅。鱗翻鬣舞紛無數，不與人間戲樂同。

河伯宫寒夜不扃，百靈無地可逃形。不須更説然犀事，山海從來有著經。

海錯紛紛不記名，亂鱗殘介失分明。朝廷正是飌徵日，禹貢何年註得成？

水族名多費討尋，散如毛髮細如針。天機衹在天淵裏，用盡平生藻繪心。

次白沙歸思韻二首

老來歸夢繞江南，如此風情我亦諳。千里神交知有幾，十年詩會衹能三。霜餘錦樹明秋葉，雨過清泉入夜潭。王翰有鄰如許卜，雲邊還可著茆庵。

君家江右我湖南，路入山林舊所諳。相見洛城人自兩，獨歸陶里徑誰三？蟲聲寂寂風生座，樹影蕭蕭月在潭。猶喜别期能隔歲，不妨終日過茆庵。

外孫崔子良以畫馬乞題漫示一首

黄河以北無征戰，白首戎官閒撚箭。心苦常居百中先，藝成轉覺千金賤。高鞍駿馬驕不行，路傍春草踏還平。要知聖主休兵意，莫動書生校獵情。

疊聯句韻答石齋 是日聞四川賊已獲盡。

一陽生後始生寒，頗覺交遊會面難。世路幾人無冷暖，吾生萬事有悲歡。清時柱石朝端重，黑髮勳名鏡裏看。聞説西征諸將士，戰袍新解舊花團。

再疊韻答厚齋

禁城深鎖漏聲寒，情話匆匆欲盡難。陸海風波今日定，玉堂詩酒故人歡。閉門方學山中卧，秉燭真疑夢裏看。不厭曉盤空苜蓿，坐教初日上團團。

三疊韻答湖東

陶鼎春深夜不寒，此中真味識應難。高情每荷千金重，勝會聊同一笑歡。面對棋枰當局坐，手翻詩草就牀看。知予亦有先春興，許共分泉試月團。

是日靳充道不至四疊韻索和章

舊盟非爲一朝寒，笑口頻開古亦難。杯有杜康聊共醉，坐無車胤可成歡？車聲側耳知聞過，詩卷從頭定檢看。客去爲君成不寐，幾回趺坐擁蒲團。

白洲送葛根云是葛洪井上物有詩次韻奉謝

誰送葛洪溪上葛？病夫身自啓柴扉。酒醒正苦終宵渴，歲晚翻思入夏衣。仙藥定從何處得？宦情元向此中微。因君又作江南夢，不對花前詠紫薇。

以葛分贈崔甥仍用前韻

靈根忽自江南致，病酒聞君正掩扉。豈有渴心思玉井？已多涼思入絺衣。移栽却恨仙家遠，議買應嫌市價微。更愛風情堪比興，不勞溪荇與山薇。

次白洲留别韻

納納乾坤老此生，向時真覺寵如驚。江南人去垂垂别，歲晚詩來字字情。何處山深堪作伴，幾人年長更稱兄？思君衹合中宵坐，細聽虚簷落葉聲。

風采曾看一坐傾，老來偏長舊聰明。談餘尚有淩雲氣，賦罷猶聞擲地聲。逝水光陰雙鬢改，浮雲富貴一身輕。欲知痛飲忘形地，不盡平生爾汝情。

晨星落落渺何之，萬里乾坤幾故知。義重雷陳非爲隱，神交元白豈關詩？東陵地近先歸日，南國川長獨去時。稍喜春冰留晚棹，不妨重此話襟期。

清簟虚堂夜卧遲，昏燈長到曉鐘時。看花不厭傷多酒，然絮還供未了詩。往在予家，嘗拆褥取絮代燭爲聯句。

青草同心猶有興，白頭重會本無期。從今聚散休勞卜，且竟燈前一局棋。

守歲

不踏東風紫陌塵，一春纔度又逢春。屠蘇酒向杯中老，鬱壘符從歲後新。天上玉堂無舊夢，水邊茆舍有閒身。猶有筆劄長相繞，悔作從前識字人。

李東陽全集卷一〇六

懷麓堂詩續稿卷之三

步日次去歲韻

暖愛庭前日，閒思郭外行。臥家常晏起，占歲得春晴。宿草緣階動，餘寒入樹輕。獨吟還自語，來往不勝情。

觀黄源續編修舊卷次前韻立春後一日

又報長安昨夜春，風光先到苦吟身。閒居不厭經過少，别久翻憐笑語親。鏡裏形容無奈老，眼中世事屢驚新。玉堂話舊憑誰説，二十年前幾故人。源續，予癸丑所取士，且奉詔所教吉士也。

西莊借前韻贈同遊者

策杖尋春春復春，此身猶是病中身。閒能謝客還求友，隱不違家祇負親。近郭民田隨物貴，占山僧寺逐年新。司空別有休休地，笑指岡前與後人。

赭亭茶一首謝費湖東閣老

鉛山之山正西走，赭亭山名如山覆江口。地傑人靈豈獨然，亦有靈芽秀川藪。本緣石性感清奇，更遠泥沙謝塵垢。采掇常當穀雨前，勾萌不待春雷後。誰其饋者湖東公，珍重風情託筐簍。驚從諫議得華緘，病比杜陵回白首。煮愛分江入夜瓶，敲疑隔竹聞山臼。時時醉吻資涵潤，曲曲詩腸藉疏溲。何當遠致金山泉？恨不相逢玉川叟。景純爾雅猶疏略，陸羽茶經太紛糅。我居京城少遊歷，稍以見聞分妍醜。六安信美微傷苦，陽羨極清差未厚。武夷龍井來不多，豈以虛名充實有？成都沙坪亦新出，地屬宗藩人莫取。茶陵無茶名尚在，寶慶雖多豈其耦？此山此物鎮常存，一啜一吟真不負。山珍水錯非吾好，頗覺嗜茶逾嗜酒。湖東愛詩不愛物，每日百團當一斗。殿坐曾分龍鳳團，溪行獨逢煙霞友。上界顛崖迴不同，因君得問蒼生否。

見雪次去歲韻

臘雪應全少，春光且未深。怕寒方擁被，愛爽忽披襟。病覺詩情減，强將酒力禁。殷勤謝風伯，多事勿相侵。

看雪次前韻

有意知春早，無聲入夜深。到門妨客騎，卷幔豁吾襟。厚積如相待，輕摇不自禁。□□□□□，□□□相侵。

雪不止再次一首

隔紙聽疏密，攜笻試淺深。□□□□□，□□□□□。麥暖應全潤，花寒似不禁。□□□□□，□□□□□。

黄筌花鳥圖二絶

愛道江南没骨花，忽隨春色到京華。翠翎丹荔明如錦，疑在端明學士家。

皺緑堆紅自淺深，化機飛動亦何心？休言藻繪虚施巧，惱亂詩情也不禁。

正月晦前一日夜會崔甥醉示外孫子良

一春才過已三分，兩度相邀復此君。酒似謫仙狂論斗，詩如張籍藹成雲。塵蹤許世稱清絶，老鬢從人笑白紛。猶喜外孫耽紙筆，書香亭上有餘芬。

鎮江林知府魁以詩爲贄次韻答之

郡城高枕大江邊，五馬雙旌又一年。萬里神交來海上，幾回投刺過門前。賦收待隱園中草，予爲邃庵太宰作待隱園賦，林見其草，輒袖以去。書結金山寺裏緣。林求予書長江行，刻於金山之上。記取風輕雲淡日，且須留詠午時天。

林復求白石草堂詩因疊前韻

家住清漳水石邊，青袍猶記讀書年。浮雲每過憑闌外，飛鳥頻來卷幔前。南國山川真勝地，西堂風月有新緣。誰言皂蓋朱轓貴？猶是江湖夢裏天。

題晝錦春暉圖卷爲白千户埈作

蘭陵城中春酒熟，白有江魚青有竹。高堂老母壽顔酡，手捧封章身命服。有夫曾爲上大夫，有兒今作執金吾。江臺又見高飛鳳，庭樹時來返哺烏。試從鄉里論家室，七帙幾人還八帙？有眼常看佳麗山，從頭細數升平日。君不見孟家園上春日輝，又不見相州堂上錦衣歸。畫圖指點道何事？共道人間此事稀。

兒輩於東園新構一亭落成之日林待用都憲寄詩一絶因用其韻得二首

小辟荒園一畝長，田無禾黍樹無桑。無端又遇湖南客，笑我桑乾作故鄉。

春分分後日差長，戴勝何心也降桑？如此風光堪一醉，老來真以醉爲鄉。

寄題林待用臨滄亭用前韻二首

躍馬登舟道路長，直從巫峽到扶桑。人間別有閒田地，海月江風自一鄉。

五柳門深一徑長，發來猶是舊柴桑。亦知道德初心在，不要人誇晝錦鄉。

崔甥以例借梅殘春始花用前歲韻一首二月晦日是日大風

獨對寒花守故枝，風沙如此欲安之？春來芳意誰先覺？老去衰時合後時。遲日不逢佳麗景，短章還賦寂寥詩。柴門靜掩無賓客，自與花神酹一卮。

李宗易編修送樹十株絶句三首

一畝荒園獨樹陰，野堂無物助蕭森。午風亭上多如許，一寸移栽一寸心。李有亭名午風。

莖菊巖松不易栽，水邊楊柳岸邊槐。詩人似怪清風少，自領南園翠色來。

種得家園幾樹成，野人親爲指嘉名。相過莫笑栽時晚，才得栽時便有情。

雙湖書屋爲謝僉憲廷柱題

兩湖圍繞屋當中，四面空寒户牖通。雲影悠揚天上下，水光摇漾月西東。三山漫有尋仙地，千畝長沾潤物功。認取門前丹桂樹，過家時爲係青驄。

俞給事國昌送紅梅一株花已開盡用前歲韻答之

小結芳叢緑滿枝，韶光回首去何之。應憐夜笛頻吹後，猶及春鐘未到時。荒徑且分栽菊地，多情還寫報桃詩。冬來准擬紅千朵，莫負花前共倒卮。

叢桂堂詩爲陳子雨學士作

誰種庭前金粟花？玉堂本是神仙家。吴剛借取修月斧，漢使爲載浮河槎。靈安不受風霜屈，膏澤偏蒙雨露加。舞罷餘香隨彩袖，夢回清影上窗紗。休言妙品能供藥，更愛芳情可入茶。天上有根元自古，人間此樹合稱嘉。淮南八公遠莫致，郄氏一枝安足誇？結子共看桃有實，洗心還比竹無瑕。陳乃翁號竹坡。請君摘汎長生酒，長向江南記歲華。

守溪閣老歸隱洞庭東山五年矣今年壽六十有五八月十八日爲初度之辰其壻翰林編修徐縉子容奉使江南得杜堇偲男山斗圖持歸爲壽請予賦之

杜狂作畫老益豪，醉掃白練隨霜毫。上有千尋之疊嶂，下有萬頃之洪濤。自言此是太湖景，洞庭兩山相並高。明星數點麗層漢，老鶴一聲聞九皋。飆輪霧轂日來往，中有晉家王子喬。江醅新釀鴨緑酒，宫錦舊賜猩紅袍。始信神仙是官府，誰道山林非市朝。畫圖見山已足喜，遊賞得地難爲遭。嵇康石髓化爲石，阮肇桃源無復桃。此翁此景若天假，直至華顛從弁髦。眼看徐孺作靈傑，家許李漢聞鈞韶。東瞻泰嶽聳地軸，北視斗極回天杓。時當八月值初度，又聽使節來青霄。吾生出處亦略似，五載不見心神勞。大鵬希有倘相遇，願與人極同遊遨。

重過趙生芍藥園

名花開遍屋西東，勝會重來社不同。芳意不隨新歲改，醉顔偏近午時紅。園丁識性停澆水，諸花皆喜水，惟芍藥忌之。坐客憐香每愛風。老圃種來才數朵，也煩笻屐走衰翁。

邵節夫持紙求書信筆二絶節夫名天和文敬太守子也以給事中起廢爲夷陵判官

晉陵城里故人多，多少晨星與逝波。擬向伯温談數學，江山無奈别離何。

雨過芳園草樹新，可堪晴景對嘉賓。多情更被松風起，吹折林宗老角巾。是日風驟作，烏紗一翅偶爲所墊，故云。

題畫二絶

過雲飛雨軼浮埃，貝闕珠簾面面開。此景祇應天上有，不應天上有樓臺。

西湖浪静彩舟平，蓬上長蒿插水行。三百六橋花柳遍，一橋須遣一詩成。

題張大經敬亭覽勝卷張本寧國人其祖墓在敬亭山下比以使事得歸展掃爲作是詩

敬亭山色古城陰，萬丈丹梯不易尋。地重謫仙題後價，天留謝眺賞時心。山川代有精靈在，草木春隨雨露深。今日晝遊衣錦地，幾人翹首望朝簪？

張大經談疊嶂樓之勝請予寄題一首樓蓋謝朓所作在郡治北初名北樓後獨孤霖改今名

有美宣城客，曾登疊嶂樓。樓應謝公建，名自獨孤留。萬樹龍鱗合，雙溪燕尾流。朝光先見日，爽氣忽横秋。斗轉簷初掛，雲輕棟欲浮。簾前無過鳥，天際有歸舟。明月共千里，齊煙空九州。圓方看鵠舉，郊藪識麟遊。壯憶周南滯，奇思禹穴幽。世間無太白，千載愧賡酬。

陟望堂詩爲何生孟春作

有岵有岵，在墓之左。陟之望之，長路坎坷。草木蕃庶，父實生我。望而不見，使我心苦。

有屺有屺，在墓之右。陟之望之，長路紛糾。草木成秀，鞠我者母。望而不見，使我心疚。

維地有山，同質異名。維人有親，受氣成形。入觀於家，有寢有堂。遠取諸物，可陟可望。望而不見，使我心傷。山亦可涉，哀何可忘？

陟望三章，二章八句，一章十二句

樹色

過煙披雨帶斜暉，畫入無聲似轉非。幾樹輕寒春淡薄，一簾空翠晚霏微。行憐步遠猶隨杖，坐愛情多欲上衣。分付兒童休報客，主人吟玩已忘歸。

花香

誰送清香逐好風，野塘西畔小亭東。亂飄芳草隨幽徑，細引遊蜂入半空。滿坐衣襟披拂遍，四時簾户往來通。吟餘客散知何處，猶在詩囊酒盞中。

鳥聲

長日園亭静可憐，時聞好鳥過窗前。餘音不共春風轉，别調遥應上苑傳。不向城東攜酒聽，且從花底抱書眠。長安多人紅塵耳，衹解高樓醉管絃。

鶴舞

每從仙骨愛風流，對舞林塘境更幽。顧影有時還自喜，同聲無地不相求。心疑警露先知曉，意欲凌空可待秋。高閣捲簾清晝裏，倚風梳日未能休。

秋日感懷回文二首

花樹一時香徑滿，物情無賴衹餘春。沙泥委恨隨紅落，島嶼含愁入翠顰。家有酒沽從市遠，業無田耐可官貧。瓜侯故有東陵邵，夢幻都來比世人。

湘江到得少書來，目極遥峰一雁回。霜帶曉天連白草，雨多秋院滿青苔。觴流水逐閒情散，睡醒書將倦眼開。廊廟老生餘隴畝，唐虞願治輔賢才。

燕泉行爲何子元作

郴州燕泉水東注，燕來即來去即去。山深水曲地益奇，曾是前人宴遊處。春來灌溉通田塘，秋去尚可流杯觴。居民共指折樞密，折彦質嘗居此。今代總稱何職方。職方歷試登藩省，慣踏巉巖酌清洞。入谷尋源野步遲，臨流漱石詩脾冷。百年幾世衣冠家，八月三回使者槎。每從天上隔風雨，長向山中記歲華。燕來燕去知年月，泉去泉來應時節。何物長留天地間？文章自與功名別。

觀顧士廉學士與盧師邵御史久雨壁壞隔牆送酒之作予家鄰壁亦壞而詩與酒皆不至憮然感之戲次其韻韻蓋用牆頭過濁醪五字也

雨久人皆病，泥深草不芳。尊中驚有酒，屋背已無牆。

其二

不遣郵詩遞，真停載酒遊。此情還此景，如在浣花頭。

其三

酒至非市沽，詩成隔鄰和。賓主各好奇，風流豈爲過？

其四

頹牆豈爲災？得酒良不惡。惟令善者好，豈謂賢人濁？

其五

價重連雙璧，才高敵二豪。旁看心亦醉，吾亦愛松醪。

師邵御史與曹司務時信攜酒冒雨過園亭再次前韻向時車馬客多以雨爲辭未有冒雨而至者惟何子元參政攜酒先至留與共酌酒半雨益甚屋漏入杯中衣盡沾濕劇飲而罷是日士廉不至且有後約云

有約來看雨，何心去采芳？吾亭故無恙，亭上本無牆。

其二

雨久妨行樂，花開祇卧遊。向無詩酒客，空白老人頭。

其三

雨脚應松聲，高歌兩相和。元無喝道人，不覺青驄過。

其四

酒杯本同歡，書法亦不惡。須憐屋漏清，翻笑簷花濁。

其五

詩成緣技癢，酒興亦傷豪。寄語南鄰客，休來載濁醪。

天趣圖卷爲蕭主事韶題王守溪有記

延平山水稱絶奇，攢峰峭壁争崔巍。磐陀鉅石坐其下，勢脱險阻成平夷。源泉萬斛出汩潏，曲水百折行逶迤。大者可以通溝畦，小者可以流杯匜。青渟黛蓄動復定，樹影倒侵清冷池。殊形異狀非一類，或有天巧非人爲。居民乘流作水碓，却以人力裨天機。臨磯釣魚魚亦樂，天也人耶兩不知。藥爐丹穴事恍惚，誰見赤脚淩雲梯？物華本自地靈出，寶劍會合雙雄雌。人道蕭家好兄弟，頗似岑參遊渼陂。君從郡縣歷曹省，夢寐長在天之涯。洞庭仙翁眼孔大，七澤五湖皆品題。揮毫作記託心賞，始覺山水逢鍾期。嗟予此興亦不淺，撫卷爲寄滄浪詩。

苦雨　甲戌七月

長安連月雨，季夏復新秋。欲斷仍成續，將窮未肯休。厭聽簷底溜，不辨路傍溝。涇渭迷清濁，星晨遞顯幽。雷車争作勢，風伯轉稱仇。棟宇天應漏，瓶罌地欲浮。移牀無定處，壞壁有深愁。瞽史頻勞卜，兒童總解泅。犬狂停蜀吠，蛙鬧學齊咻。謝屐泥平齒，陶冠雪被頭。棋聲沉夜局，酒色誤晨篘。鄰屋呼還應，賓筵去且留。農夫抛耒耜，徵士濕旌斿。怪憶商羊舞，晴疑蠮螉蝀。商川資利濟，周牖念綢繆。漫拄看山笏，真乘汎海舟。漂骸時弔溺，胠篋屢聞偷。潰穴防穿蟻，占陰識病鳩。盆翻驚白帝，土勝憶黄樓。昔也歌雲漢，兼之祟鬱攸。陰陽誰爲宰？旱溢不相謀。縱許衡門卧，終同漆室憂。吟蛩傷韻苦，舞鶴愛翎修。笑指城頭霽，穿花信馬遊。

十四夜東園對月用去歲舊韻坐客各占一字爲句首甲戌八月

此亭結構自今年，樹已成陰月未圓。風力勁消花外雨，露華先沁水中天。共將彩筆題詩卷，還把金尊試客筵。夜色盡看無限好，秋光明夕更須偏。

十五夜用前韻倒用起字

秋到人間又一年，夜來猶讓一分圓。還聞陰壑鳴清籟，共愛晴雲綴碧天。露坐不知涼入袖，風情聊許醉當筵。樹頭棲鳥池邊鶴，此地何須遠更偏。

待喬希大久不至再疊一首

秋到中秋年復年，夜從前夜月先圓。還愁霜雪催雙鬢，共指關山各一天。露檻孤眠多旅思，風牀對宿有家筵。樹間庭砌池邊草，此興惟應兩謝偏。

再疊韻一首戲用八音爲起字

金風送暑入殘年，石鏡經心月正圓。絲籟清商傳緑綺，竹林疏影漏青天。匏心向晚長秋繫，土俗逢時且夜筵。革鼎漫勞推物理，木中松桂老逾偏。

十六夜次邃庵韻二首

今夕如前夕，嫦娥覺瘦生。地偏心更遠，客好月增明。静愛蟲聲寂，清疑鶴夢驚。桃園自春夜，聊與競飛觥。

月色夜復夜，年光秋更秋。感君頻載酒，老我自消愁。瘦鶴身能舞，微螢影暫流。誰言同楚調，郢雪竟難酬？

次夜對月客有謂兩年無十七夜詩者仍用前韻

每逢佳節更增年，却忌冰輪影太圓。但遣主賓無别調，亦知今昨本同天。未論世外三千界，已閱人間第四筵。詩券衹應今夜少，爲君重補舊時偏。

十九夜與客飲不見月而罷仍用前例疊韻一首

此園風景故年年，樹影長隨月影圓。風信緩催花底漏，露盤空望掌中天。共慚郢客非春調，還愛吴歌入子筵。夜色衹應隨處好，秋光莫道四時偏。

費編修寀求詩壽母補寄一首

信州山水天下奇，鍾靈結秀無停時。攢峰繡空波織地，縱有畫手何能施？玉堂老仙住其下，第宅迥與塵埃辭。茅君兄弟總仙籍，王母冠裳皆漢儀。彩雲芳信傳青鳥，小帖泥金下蓬島。莫道星槎渡海遥，誰能晝錦還家早？熊丸業就書仍在，兔杵方傳人不老。南枝還似北枝榮，秋月也如春月好。君不見信州水清堪作醪，信州山深宜種桃。桃開擬結千年實，酒醉還沾五色袍。人間勝會皆實境，安用世外聞琅璈。惟有登堂兼望闕，一身無奈兩心勞。

石庵毛公八十壽詩

家住滇南萬里餘，太平無地不安居。閒心耐可供棋局，老眼猶能讀史書。鷗鳥池塘波浩蕩，桂花庭院月扶疏。壽筵賓客多如雨，誰復稱爲長者車？

滇南毛公之壽八十也其子黄門君玉嘗請予爲詩比公以覃恩封南京吏科給事中因再賦一首

泥金小帖報門前，紫鳳新書下日邊。三載制因先上考，一官恩不高爲年。酡顔日暖心同醉，鶴氅風輕興欲仙。試與郎君頻問訊，舊時風骨尚依然。

李東陽全集卷一〇七

懷麓堂詩續稿卷之四

遮陽詩

予於東園掃薙荒穢，兒子輩構一孤亭。風日燥烈，雖有簾篛，不能御。崖甥爲制遮陽四具，予甚宜之，故作是詩。其制如詩中所云者，欲尚其象，庶於辭焉取之。

有器有器，其制孔良。以葦爲質，木以爲匡。疏節宏綱，繩直矩方。稱室廣狹，校簷短長。上不滲泄，下無滯妨。或合或離，可低可昂。東承朝旭，西避秋陽。南暑不競，北風無涼。四面可當，一夫是將。蔽不爲櫳，紆不爲廊。若鶱若翔，若跂若望。協恭若同，卓立若强。與道弛張，視時行藏。在静能動，以柔克剛。約以盡博，暗而能章。智有創物，變不失常。我有新圃，有亭無牆。日熇風饕，一坐十防。濕痹我足，炎煎我腸。忽獲此器，神安氣昌。誰其致之？於我崔郎。既佚我勞，亦保我康。材不適用，豈須棟樑？食不適口，安用肉粱？服不適躬，紈綺無光。有若斯器，美孰可量？銘比坐右，作非道旁。九土茫茫，羣生蒼蒼。饑者望哺，渴者思漿。暍者欲濯，寒者欲裳。凡爾有職，視之若傷。念彼隅泣，不能滿堂。相彼經界，始於一鄉。刀有小試，澤有大滂。舉此加彼，何用不臧？平生經濟，我志已荒。子用誠才，吾生匪狂。詩以爲報，永好勿忘。

饋生胡桃百個於閣中諸老引歐陽公謝梅聖俞鴨脚百個鵝毛千里詩爲例石齋厚齋以詩見答次韻謝之

妙墨新篇次第來，小園疏籠定勞開。投將木李詩仍闕，換得驪珠事可猜。佳品敢言經客賞，孤根今合爲君培。鵝毛鴨脚誰輕重？一字應須過百枚。

松泉詩追次吴匏庵韻爲鄭知縣瑛作瑛居都城别業西山有松與泉因以自號而京都十景有所謂玉泉垂虹者兹泉其别派也

松下飛泉灑布袍，藍田風景在庭皋。中含黛色千年古，起見銀河一派高。頗覺山林非夢想，誤疑塵世有風濤。神京舊有垂虹詠，不遇明時不見褒。

重慶歌爲户部劉主事彭年賦彭年贈翰林學士應乾之孫禮部尚書仁仲之子以使事省其大母於家仁仲昔嘗歸省予有郡名重慶與堂同之句兹復以此起興云

重慶城高山作障，東川水流無盡期。山下華堂入銀漢，門前駟馬停金羈。郎君下馬上堂拜，彩服戲舞如嬰兒。阿孆大笑向孫道，道似汝翁年少時。孫歸萬里不越歲，老齒又報新生鯢。聖朝甲第不易得，三世進士吾鄉誰？春官桃李手親種，自有蘭桂生階墀。還朝好爲汝翁説，吾壽尚可支期頤。玉堂勝事且勿論，爲予重歌重慶詩。

次邃庵先生園居十絶

望月亭

坐久夜偏寂，月明山更青。如乘洞庭舸，面面濯清泠。

悠然堂

青山對黄菊，秋色兩宜之。悠然彼何心？似與静者期。

利涉橋

如虹飲復斷，似月缺還明。下語舟中客，縱横各自行。

活水池

池塘半畝地，花木四時春。不見朱夫子，雲天爲寫真。

蓮池

最愛天然色，秋來水滿池。惟看愛蓮説，不聽採蓮詞。

菜畦

甕小不滿畦，槔長多得菜。聊爲觀物情，且勿論機械。

水竹居

七八月皆盈，兩三竿也足。何如水竹居，清盡天下俗。

竹深處

野徑入修竹，緑雲深更深。不從深處覓，那識賞時心？

丁卯橋

潮水通江口，橋名自許渾。園林今有主，傳語到兒孫。

歲閲幾丁卯，我生方及辰。元非買橋客，不是争墩人。

又

無錫通天筆自邵國賢户侍攜入京師制法圓健甚宜大書近吴克温禮侍以詩見饋謂未經題品兼索和章次韻一首

誰向山中選俊毫，圓如玉箸健如刀。宜從籀史尋周刻，不效狂僧作楚號。二妙品題新定價，三年詩賞未酬勞。文犀一握堪爲管，名與通天合並高。

克温再和復疊前韻答之

物有精華士有髦，美人相贈比金刀。文奇合入韓公傳，書好翻愁米芾號。犀帶有名應競爽，柿林無葉豈辭勞？從今兔穎因君重，未覺衡陽紙價高。

希大宗伯南來文宗嚴太僕適至小會東園醉後得一首 九月七日

南曹宗伯暫停驂，西澗詩人共盍簪。佳節有期應預賞，良宵無事且清談。吟豪却笑蛩聲苦，棋險争誇虎穴探。四美二難從古道，山遊明日定須參。

八日希大宗嚴會西莊次前韻

莫道疲童與敝驂，也須憑此解朝簪。山川獨樂真成隱，農圃相逢不厭談。病後醫方曾遍檢，老來詩思懶窮探。誤將世事輸僧了，猶有禪機日費參。

克温以詩致蟹糕次韻以答

長向沙頭掉臂行，死逢知己一身輕。無腸别許深杯貯，有眼非關活水烹。名重劉郎題後字，清宜張翰憶時羹。帝城風味佳如許，祇欠江南一樹橙。

克温再和復疊前韻

海市紛紛荷擔行，長安舊價一時輕。北人未覺傷多厭，南客仍勞别樣烹。羔酒不須誇錦帳，鱸魚秖許配蓴羹。佳期又過重陽節，記取黄花與緑橙。

舊爲希大題瑞蓮神芝圖二詩比希大得子喜而次韻併録於此

遠香孤影在中流，可是花神作意留。總道春官管桃李，晚來風景更宜秋。

唐宫漢殿不同榮，聞道仙家别有名。試向白巖深處望，幾時真見肉芝行。

霜雪偏於雨露榮，九莖三秀總嘉名。靈芽不是無根物，又見神芝地上行。

希大會東園疊前韻　九月十七日

老去紅顔失少年，冰輪又見一回圓。誰言九日看花地，不似中秋賞月天？池草秀傳康樂句，釀泉清入醉翁筵。是日宗嚴擕滁州釀泉酒至。一難總是通家客，不放今宵此會偏。本大後至。

賀希大生子疊前韻

偶傳芳信入華年，人意真同月意圓。萬木松杉誰晚節？滿城風雨又晴天。書香續處真成話，湯餅開時且當筵。聞説小坡新有兆，假山休遣一峰偏。時本大尚未有子。

是夜有月下吹笛者再疊前韻

長向江梅感歲年，偶從花底聽清圓。千林落葉風生籟，萬里無雲月在天。雅奏合同金石調，多情不到綺羅筵。似聞胡騎中宵走，後樂休疑此興偏。是日聞北虜出境。

士廉學士送假山石適與客飲酒闌有贈

移將鉅石傍幽臺，卓立亭前也壯哉。巧向缺牆深處過，正當狂客醉時來。無情物已忘賓主，造化功猶待剪裁。若是晚巖堆白雪，爲君尊酒定重開。

瀟湘八景圖

鵝溪白練長如許，半畫峰巒半洲渚。恍然置我瀟湘間，坐對溪山作賓主。洞庭茫茫遥接空，湖水下與長江通。千林無人萬籟寂，海月照見蛟龍宫。舟中夜雨巖前雪，更道四時風景别。牧唱漁歌遞往來，僧鐘社鼓無年月。七千里外江南遊，四十五年空白頭。每向畫圖談往事，却從天際認歸舟。歸舟不掛三湘水，指點丹青問桑梓。回雁峰頭一雁飛，南樓昨夜秋風起。

石齋閣老送假山石奉謝一首

奎章閣裏千年石，飛墮西林水竹間。合與名家傳草制，豈應平地學爲山？雲根曉動虚巖影，野色秋深舊蘚班。定有高齋餘興在，肯攜詩酒看孱顔。

題雪洲卷

江陰夏處士叔度别號雪洲，在國初以行義聞。相傳倪元鎮嘗避難其家，既被逮以死，雪洲收而瘞之，其後乃得歸葬。又妙於針法，人有攣躄扶杖求醫者，得其針輒棄杖以去，杖留滿壁。而不以其術自名，當時亦無紀其事者。其玄孫湖廣布政參議從壽以雪洲卷視予，卷有滕用衡題篆、王孟端小畫及歌詩十餘篇，且以其事告予，請賦之。

野水荒林帶晚煙，雪洲風景故蕭然。青山歲晚頭俱白，赤壁堂成夢已仙。義家不求知己報，醫名未許世人傳。米家書畫諸孫在，猶有文星照夜船。

白巖行爲喬希大席上作其兄本大居前峰

白巖之巖天下白，半是雲光半天色。太行西去幾崚嶒，雲氣往來天只尺。汾川晉水清絶塵，直將澄澈照嶙峋。九門夢裏非無地，千仞岡頭更有人。丹崖翠壁空妝染，碧靄紅嵐自開斂。衣錦長懷尚絅心，中含秀色誰能掩？何人爲寫白巖圖，巖高得似前峰無？共言勝地靈俱結，復道名家德不孤。君不見白巖之白誰堪比，前峰之前難爲弟。謾説元方與季方，萬古高山同仰止。

陳德卿侍郎六十

南省争看得雋人，玉常長記講經辰。君當霄漢飛騰地，我是江湖汗漫身。絳縣歲周新甲子，孔門姻託舊朱陳。文章未必非經濟，傳檄猶堪浄虜塵。

生日邵國賢侍郎以詩寄壽次韻答之

白石清泉遠市塵，一堂容得許多春。國賢居容春書院。江頭路熟家家到，病起詩來字字新。月窟静探康節手，綵衣閒稱老萊身。篇章斗酒勞相寄，猶是桑弧會里人。

夢野臺詩爲魯振之司業席上作仍疊前韻振之時省墓湖南有旨趣其早還亦異數也

獨上高臺感壯年，每從黄鵠見方圓。曾吞八九胸中地，不信三千界外天。往事分明非昨夢，多情忽漫此離筵。君來豈合仍經歲，聞説絲綸寵數偏。

重遊慈恩寺用舊韻四首

走遍紅塵白頭盡，幾人城市此曾遊。酒邊看竹誰爲主？是日文宗嚴東道尚未至，呼酒獨酌。溪上尋源遠溯流。楊柳風多鷗不定，石田秋晚稻初收。醉來何物堪舒眺？睥睨西回百尺樓。

不用相思來水頭，水頭今喜得同遊。雲隨片鳥翩翩去，風蹙微波細細流。野岸蘼蕪無路入，鄰家鵝鴨有人收。因懷老白題詩興，古木回巖何處樓？

短笛長簫坐兩頭，畫船如在越中遊。蓮臺漫説黄金界，蘭棹空歌碧玉流。江左世應多鮑謝，河汾吾已愧常收。杜陵亦有登高興，祇爲風多不上樓。

石潭西接寺東頭，長記兒時所釣遊。樹色幾隨人共老，淚痕應逐水俱流。城中尚有山林在，天際遥看霧雨收。寄語金吾休禁夜，暮鐘猶未起高樓。

曹憲副時中以中秋生日其弟司務時信請予爲詩壽之因用中秋韻得二首

老來屈指算生年，八十三回秋月圓。滄海夜當潮滿候，華亭地近鶴鳴天。謝莊賦罷傳千里，焦遂談高起四筵。同是清時林下客，五湖風月讓君偏。

惠連別家還憶到京年，一夜清光兩地圓。酒瀉芙蓉分掌露，望隨鴻雁入江天。草色還生夢，伯氏塤聲正滿筵。遥指松筠看壽骨，老來應受雪霜偏。

假山成充道閣學德卿亞卿偶過趣予爲詩因疊謝石前韻二首并簡石齋閣老士廉學士

劍閣奇形壯天下，九峰佳色秀雲間。共分衛國醒時石，小結淮南隱後山。愛有晴雲開繡壁，恨無秋雨長苔班。縱然不下元章拜，且可相看一解顔。

幻後看雪何須掃北臺，南山對菊也悠哉。坡翁身可行坐卧，陶令賦方歸去來。却疑真境出，戲時翻笑苦心裁。無端更被催詩客，不待清尊次第開。

克温敬之二亞卿來看假山再索二首仍用前韻

此身自覺非城市，如在層峰疊嶂間。但使有尊傾北海，不愁無地築東山。滄江別後三湘遠，黄閣歸來兩鬢班。看取疏鬆還瘦石，五陵花柳爲誰顔？

振袂能登百尺臺，予莊克温別號。之外復誰哉？尋山不與嵇康共，看竹還邀蔣詡來。稷下名賢非易致，江南餘興苦難裁。休辭石假山前醉，一日清尊幾度開。

燈下看菊二首

節後花仍發，燈前酒自斟。白欺吟鬢淺，紅入醉顔深。城市無閒地，山林稱賞心。爲君頻愛護，僮稚莫相侵。

飽歷風霜苦，生憎粉黛濃。名爲銀芍藥，秀比玉芙蓉。坐久頻更燭，吟長自倚筇。所嗟無健步，移植假山峰。

倪元鎮山水圖爲胡中書頤題次元鎮畫中韻

移尊向别圃，展卷開清秋。上有千仞峰，下有一葉舟。蕭蕭虚籟響，脈脈寒谿流。時則當改序，吾方賦歸休。鵷鴻謝高侣，鷗鵡思芳洲。種松少三徑，栽橘無千頭。卜居擬南國，仰止懷前修。松泖昔遁迹，蘭陵多勝遊。往事勿復道，遺縱猶可求。畫圖與詩卷，天地長爲留。辭榮獲高價，所直亦已優。生也諒云晚，感之念綢繆。恨無雲霄翼，暫此林亭幽。眼中人老矣，空憶仲宣樓。

芙蓉書舍爲王思獻祭酒題卷

芙蓉自是秋江花，含風浥露蒸紅霞。誰教五月發奇秀，不道人間有歲華。永嘉郡中花滿縣，開元寺裏尋常見。勝事猶傳乙卯年，清標已作冰霜面。鹿鳴有宴歌嘉賓，雁塔題名及早春。共言此瑞不虚應，果有人傑占花神。玉堂天路時來往，碧桃紅杏誰争長？出水應憐太白詩，淩空忽訝仙人掌。兩京官舍無花開，十年心賞真悠哉。憑將錦繡江山色，傳與丹青畫手來。

題畫

田婦無心樂歲豐，也攜兒女過鄰東。橋頭匹馬中流棹，風景雖同興不同。

奉題蒙翁山水圖

岳生手持四尺圖，層巒疊嶂開重湖。摩挲雙眼認筆墨，格力豈是丹青徒？雲林松江倪元鎮雖清石田長洲沈啓南老，似覺輕虚或枯槁。此格今無古亦稀，何人畫與詩兼好？生言此卷本家藏，我翁戲劇皆文章。渠生見父不見祖，幸有手澤傳書香。予時及門嗟已晚，苦爲心長愁日短。如遊寶藏見金玉，雜貝零璣未經眼。誰將畫譜收蒙泉，人間但有蒲萄傳。此山此水不再得，要與文字留千年。

玉岡卷爲黔國沭公琨題

上公宅裏種篔簹，人在高堂玉在岡。萬籟虚寒當夜寂，半空蒼翠拂雲長。淇園句好如圭璧，秦管聲高起鳳凰。應是累朝茅土地，年年筐篚貢琳琅。

十一月對菊疊前韻二首

酒半醺醺醉，花前淺淺斟。朝暉留夜永，秋色入冬深。冷淡休官日，蹉跎學圃心，應須滿頭插，却恐二毛侵。

其二

過雨紅初斂，經霜白更濃。春能讓桃李，秋肯怨芙蓉。野色三荒徑，閒情一瘦筇。夜深仍秉燭，如對紫煙峰。

銀燭朝天圖爲董給事鏊題

君不見賈舍人，朝天句好驚詞臣。禁城銀燭動春曉，多在開元全盛辰。拾遺補闕皆同調，右丞畫品尤臻妙。冠佩從容出省曹，文章典雅稱廊廟。又不見董給事，身在清朝爲近侍。鳳凰池裏沐恩波，龍虎榜中題姓字。平生愛史復愛詩，此意亦許丹青知。試看白馬趨朝地，應是青蒲奏疏時。吁嗟乎！吾生入朝今已老，傍人錯訝歸田早。夢覺西城晝漏稀，半幅吴箋爲君掃。

夢雪

不作看花夢，真成踏雪行。松篁風淅瀝，樓閣夜分明。萬籟歸空寂，餘寒入袖輕。酒醒雙鬢冷，枕上一詩成。

薦恩光寵卷爲吴御史漳賦吴以進士知胙城縣以賢能被旌，贈父如其官敕未下以恩例改贈御史以爲奇遇故賦之

佳城深鎖碧巉巖，次第恩光爲啓緘。錦織舊文重視草，粉書新主换題銜。馬才塊壓終千里，宦海風高又一帆。回向郎官看執法，始知星路隔仙凡。

崆峒圖壽邃庵先生仍用耆英會韻

仙蹤詭奇無地無，公家又見崆峒圖。山頭玄鶴幾千歲，直與瑶池青雀相爲徒。世人到老往往不得見，凡鳥自比靈禽疏。憲節西迎鶴前導，此事聞在今皇初。君步青雲誰接武？應笑學仙同畫虎。逸氣能空毛羽羣，才華獨擅圖書府。風鬟月佩

恍惚不足論，親見軒裳照冠組。却疑公是謫仙人，不然何得胸中五色文？憑將一斗北海水，浄洗萬斛東華塵。宦途屈指數輩行，自覺壯老非同倫。六符階級總平正，四時元氣皆調均。共言三少重登日，正值二陽初度辰。致君堯舜平生事，濟濟周官詠多士。棟樑桃李任甄收，布列曹司還院寺。亦有錢穀場、征戰地，時聽奇謀出人意。江海猶聞未潔身，廊廟自合常憂世。去年我賦耆英詩，雅調曾勞一和之。高山流水亦何物？眼底但覺知音稀。向來久閉懸河口，老去終輸補天手。閑居一任懶衣裳，飽食仍慚荷升斗。昔也兩紅顔，今焉雙白首。公爲柱石臣，我作煙霞叟。爲公重制鶴南飛，更勸長生一杯酒。君不見香山翁，又不見文潞公，文章事業滿天地，亦有圖畫傳清風。何如鴻鶴山前客？迹似海鶴心雲鴻。古人今人勿謂不相及，出處雖異襟期同。明廷壽俊方登庸，累疏未許歸耕農。都將富貴等夢幻，此興豈在丹青中？願君眉壽比金石，閲盡草木還沙蟲。高門白晝懸弧蓬，紅日正照扶桑東。紛紛賀客不可以數計，嗟我不出安得杖屨長相從！

漁舟圖

漁翁家本住漁舟，朝出尋魚暮即休。溪潭每逐前村轉，罾網長隨返照收。舟中老婦方翹首，遥問翁歸得魚否？得時且共樂今宵，呼兒换穀還沽酒。田家莫笑漁家勞，凶年且免他鄉走。

山水圖

山翁讀書日苦短，童子澆花水常滿。絶壁新涼正愛秋，前峰返照偏宜晚。柴門無事闔還開，從教白石生青苔。隔溪嘈雜聞絃籟，知是南鄰抱阮來。

畫鷹

饑鷹西來掠山尾，似向秋風矜爪嘴。俯視千林萬鳥空，叢中狡兔先驚起。亦知飛走各殊途，雄心殺氣無時無。不如放著平原去，還向山中搏訓狐。

戲作兩爐行

君不見範銅作爐可烘硯，生炭熟時烘始遍。徐看凍墨暈全消，終使筆尖無退戰。又不見熔錫爲爐可温酒，酒味温時宜入口。兩壺迭運若迴圈，數客周巡不停手。天寒日短夜苦長，詩興何如酒興狂？銅爐常寒錫爐暖，懶以筆劄供杯觴。銅爐雖疏情不薄，莫遣兒童棄牆角。須防酒渴發詩狂，坐對錫壺空冷落。

聞雪枕上作

門外驚聞掃雪聲，卧呼童子問陰晴。夢醒已覺重衾透，窗曙才看片紙明。頗怪三冬無一白，似聽萬籟有孤鳴。餘霏漫逐微風散，薄日輕雲尚有情。

雲後看假山疊前韻

凍雲初散曉鐘聲，石假峰前雪半晴。風景一年今日好，乾坤雙眼十分明。層崖有徑冰應合，老樹無風葉自鳴。却愛荒園斜日裏，舞空飛絮轉多情。

待曙樓爲俞給事國昌作

高樓四面敞煙霏，坐到簷前列宿稀。不向西山看爽氣，早從春海見朝暉。心隨警夜胎仙起，身逐鳴陽彩鳳飛。今日諫垣應不寐，幾回竦踴振朝衣。

東平王手執槍歌有序

東平武烈王從太宗靖難，功第一，始封成國公。南征交趾，薨於軍中。常所執槍，藏於南京賜第。平陰武愍王死難北邊，蓋不及見。贈太師莊簡公守備南京時，久已失去。求之三十餘年，竟不可得，未嘗不痛恨焉。今太子太傅成國公輔繼掌留務亦十餘年，間過市肆，見一槍類所失者。蓋相傳爲攢竹所制，朱髹爲表，塗金爲飾，家人輩取以扛酒，中爲所屈。贖而歸之，宛然舊物也。追念先世手澤、爵禄所由起，失之七十年而得之一旦，因與文皇授鉞時所賜劍及金飾、朱鞍共藏於家廟，令朱氏子孫世守之。屬爲歌詩，以紀其事，乃作歌曰：

文皇奮怒興朔方，羣力並屈皇威張。中最健者東平王，身長八尺膂力剛。陣前手提丈二槍，左盤右掣天低昂。萬馬辟易千夫僵，纘國定難壯金湯。元功第一紀太常，彤廷授鉞征南方。長星下墮營無光，此槍不徇衣冠藏。三朝賜第居建康，莊簡廟祀時蒸嘗。故物不見心彷徨，今公秀出曾孫行，忽復得之雙涕滂。攢竹爲幹鋼爲鋩，中頗彎屈首末强，信矣舊制非新裝。向來閱世七十霜，神鬼呵護無凋傷。

沉沙折戟古戰場，延平津水歸干將。梁家獨數王彥章，鐵槍名在物則亡。東平配食居廟堂，封爵四世傳圭璋。平陰戰死陰山陽，父仇國憤久未償。公今坐鎮静邊疆，願隨弧矢誅天狼。空庭無人月照梁，英爽尚在神飛揚。遠勢似作蛟龍翔，請公什襲歸橐囊。金鞍寶劍同輝煌，千年世澤永不忘。

石齋送香圓奉謝一首

芬於柑橘大於橙，秋到園林別有名。棧首冰霜經月在，茂陵愁病一時輕。并刀片落應隨手，竹葉杯浮似有情。猶憶夜盤分露顆，舊堂風味有餘清。

牧牛圖

牧童騎牛牛力重，牛意知人解迎送。春田地熟春草肥，前有一牛驕不動。牧牛不似耕牛苦，耕兒悲啼牧兒舞。牧兒原亦是耕兒，誰道耕牛無牧時？有田可耕牛可牧，田家雖貧貧亦足。人牛苦樂不足論，猶勝無田與無屋。

足痛

空堂蹜步幾蹣跚，十日園亭不一看。應悔少時遊樂少，老來行路十分難。

耳痛

足病何如耳病奇，一身無奈兩支持。惟應耳痛偏妨酒，却羡當初足痛時。

李廣射石圖

林深夜昏石作虎，將軍射石石没羽。重來見石不見虎，扼腕彎弓眼猶怒。始知精力可通神，倉卒應接皆天真。已看金石無全物，灞陵醉尉渠何人？邊城白日飛黄塵，争言漢有飛將軍。飛將軍，生慣戰，何曾得睹單於面？

追次陶韻答木齋四首

園居坐亭午，不聞羣動喧。側看斜陽下，稍見林影偏。浮雲與落葉，各自歸其山。而我獨何爲，朝出暮始還？欲知飛泳樂，魚鳥亦無言。

楚澤有幽蘭，可望不可採。忽聞江蓴美，頓覺鄉心改。亦有乘桴翁，邀予汎東海。卜居久未遂，歲月不相待。世路安所歸？吾生焉自悔。與君別京邑，歲干行已周。塞雁每懷春，候蟲亦知秋。君志在江海，我身始田疇。行藏各有數，此理諒還不？惟應兩巾履，長得夢中遊。江路幾千里，別腸日萬周。山川正摇落，楚客忽驚秋。交期念北郭，農事懷東疇。往事勿復道，重來見還不？羨君江海上，猶得舊同遊。

山居雜興四首次木齋韻

亂山深處一茅亭，客不頻來手自扃。巢鳳老還將數子，冥鴻高自惜雙翎。山光北繞當窗碧，海氣東來拂樹青。回首故交零落盡，漫從天外數辰星。

右軍書法剡溪藤，手爲佳兒自掣肱。悲慨恥同燕壯士，風情不愛楚狂僧。選鋒俊拔山中兔，洗硯光生鏡裏菱。笑我學書空老大，夜窗呵凍寫殘冰。

一從歸卧北窗涼，長送朝暉與夕陽。興到有時呼紙筆，病來無力具冠裳。挈棹汲水終嫌巧，入寺尋僧也墮忙。猶有緇塵清未了，振衣何處有高岡？

每居城市想煙霞，曾築高樓傍水涯。少日釣遊元有地，老年棲泊似無家。退朝路隔千門柳，負郭田荒二頃瓜。從此不詢天上事，幾人重繫斗間槎。

夏仲昭墨竹三首爲毛憲清少宰席上作

家住中岡岡正中，岡頭鸞鳳舞晴空。空慚倦翼歸江海，海上須搏萬里風。

獨立蒼崖翠雪中，萬紅千紫一時空。清卿情思清如許，怪得蕭梢兩鬢風。

太常墨竹擅吴中，一洗人間藻繪空。空笑玉堂人老矣，憲清樓上有清風。

守歲五平五側二首

光陰長相催，殘冬終今宵。明星窺疏櫺，冷風來清寥。深杯停屠蘇，新盤陳芳椒。庭花惟空枝，巖松餘孤標。途逢華顛翁，當年皆垂髫。荆衡連沅湘，山川何迢遥。京塵緇人衣，鄉心隨征軺。懷哉江湖憂，沉思方無聊。飄飄神仙徒，淩虚誰爲招？

世俗重守歲，歲去實可惜。往哲有警語，此日不再得。落葉響重籟，燭影照四壁。雨後雪苦少，臘月始一白。竊禄竟莫補，偶此重負釋。所恨見道晚，少壯失努力。衛武亦睿聖，九十尚戒抑。往者勿復諫，自此必夕惕。短句略自遣，慰我百慮積。

挽石庵毛封君

昔年曾寄鶴南飛，又聽遼東語令威。恩命一亟新紫誥，淚痕雙點舊班衣。黄金散落遺書在，白社蕭條故老稀。試問高門高幾許，可能容得駟馬歸？

湘皋書屋爲蔣敬所閣學先生題

從來五嶺接三湘，誰道衣冠名異鄉？巖樹總多南鳥伯，溪流遥帶楚蘋香。人言家世歸公琰，天遣江山助子長。老我緇塵空白首，幾回雲水望青蒼。

李東陽全集卷一〇八

懷麓堂詩續稿卷之五*

壽南屏先生七十四首

七日春光到七旬，聖朝今見古稀人。清於簪組元無累，老覺文章更有神。海鶴江雲心共遠，苑花庭草興俱新。丹青祇解圖形似，憑仗詩篇爲寫真。

家住城南尺五天，玉堂黄閣幾周旋。人間不見書曾讀，海上長生術已傳。萬事有孫何但足，一身無病即爲仙。君看衆木雕零後，猶是青松未老年。

* 懷麓堂續稿詩續稿編年，知原刻本卷五、卷六及卷七皆爲正德十年之作，而據所收諸詩觀之，卷五爲夏秋之作，卷六爲秋冬之作，卷七爲春夏之作，疑爲刊刻時所致之錯簡。爲統一其體例，改原刻本卷七爲卷五，卷五爲卷六，卷六爲卷七。詳所收諸詩。

十載黄扉領秘文，官閒自許一身勤。烏棲上苑林中樹，鵲立通明殿裏雲。歸疏不蒙優詔許，時名偏得遠人聞。冰心蘖操常如此，直自紅顔到白紛。

覆雨翻雲世所驚，幾人肝膽盡平生。百年義切箴規語，兩姓家通骨肉情。白髮有身應許國，碧山無地可逃名。稀年未結耆英社，先爲先生壽一觥。

師儉堂爲充道閣學題

多言未必是良規，儉也真成一字師。萬事足應隨分得，寸心嚴許自家知。居官不買樓臺地，教子親題梓匠詩。廊廟古來風教首，試看山藻化茅茨。

題藏錢紀瑞卷

舜舉都憲居綿州，於牆隙得銅錢四，其文皆曰「早登科第」。是年舉鄉貢，連擢進士。予告歸，其父良貴君以進士累官太僕丞，終制於家，見之曰：「此吾家舊物，汝祖中憲公掘地得之。既久而失，吾嘗聞汝祖母林恭人言，不意其復得也。」後其父知思南府，又掘地得一錢，其文曰「子孫昌盛」。今其二子翰林檢討皋、刑部主事皞，皆繼登進士，此誠有足異者，因賦詩紀之，爲金氏故事云。

何人妙制合圓方？兩地山靈爲發祥。天假舊文皆吉語，世傳遺物是家藏。燕山樹老秋多實，合浦珠還夜有光。從此姓名須萬選，一經誰羨滿巖黃。

茶陵顏知州翀迎母就養請詩爲壽顏戒庵門人也

楚木吴山路不賒，一官迎養即爲家。甕頭春釀中泠酒，天上秋回北斗槎。他日郡城歌杜母，舊時鄉學見侯芭。簾前日有平反報，長爲慈顏樂歲華。

作詩苦

作詩苦，琢腎雕肝費斤斧。朝焦夜勞自煎煮，癡兒嘔心悲愛姥。閉門烏鳶十日雨，獨行兩句三年補。李白當時嘲杜甫，餘子碌碌安足數？今人有心空學古，刻鵠不成終畫虎，縱使得之無用所。安居晏眠好笑語，胡不樂此甘齟齬？作詩苦。

作詩樂

作詩樂，弄月吟風恣嘲謔。鼓腹老人耕且鑿，浴沂童子春衣薄，傍花少年差可學。耳聞元氣開橐籥，眼見天機任飛躍。神工自然皆合作，净洗鉛丹無刻削。揮毫滿紙雲煙落，陶情寫性除煩濁，如癢得爬熱得濯。人言此癖不可藥，我自樂之惟一噱，作詩樂。

上元前一夕客罷一首

卧聞詩客叩柴荆，病起猶能拄杖迎。二畝園林家只尺，一簾燈月夜分明。春回花柳元無迹，老向交遊却有情。明日上元風景别，肯將佳節負浮生。

上元夜客罷用前韻

每從荒徑掃寒荆，不道閒門少送迎。燈散滿城千樹彩，月增前夜一分明。聞歌下里真成調，聽鼓東鄰似有情。天意也知人愛客，長空不遣片雲生。

十六夜舜舉都憲見過大經亞卿適歸自湖南席上用前韻

未論西蜀與南荆，萬里相逢一笑迎。天地此身容我病，江山雙眼爲君明。空堂秉燭真如夢，浄幾揮毫亦有情。共愛風光連夕好，冰輪又向海東生。

十七夜無客自疊前韻

煮石寒燒澗底荆，客來長日懶相迎。漏從高閣稀時盡，月向深林缺處明。燈火似聞開夜禁，壺觴聊藉寫春情。謫仙有語君休信，杜甫何曾太瘦生？

十八夜集崔甥再疊前韻

梁孟家風此布荆，十年恩禮重將迎。燈光冷照鬢毛白，人意好看春月明。賜假郎官還令節，耽書稚子太多情。病回自喜開涓滴，莫遣詩神負曲生。

春日感懷回文二首

生平本性習閒居，屋外園林石外渠。晴日愛看時捲幔，暮雲愁望每停車。荆衡地屬今名郡，魏晉人傳古法書。行處好山青繞路，耕農問罷問樵漁。

又

冠掛早知緣我老，白頭新侶舊兒童。寒窗竹影虚摇月，夜閣鈴聲遠遞風。彈劍有歌燕調苦，採蘭無地楚愁空。歡悲萬有人間世，睡夢渾如病酒中。

春暉曲壽劉中允舜卿母恭人六十

長安城南春草菲，長安城東春日暉。遥將千尺扶桑影，下照五色斑斕衣。家在太行山下住，匹馬回思望雲處。長安官舍客頻來，共指門前雙玉樹。西池阿母髮半華，北堂老萱春正花。百年六帙已稀有，一日三公非浪誇。自言家世承恩久，元是西曹大夫婦。翟冠霞帔每隨身，紫鳳天吴長在手。玉堂令子黄門郎，烏紗象簡摇鳴璫。願天長春日長好，人意宛如春意長。

次韻答劉野亭閣老

老去樊遲始學農，醉來六一已稱翁。極知今古人才別，且愛山林興味同。望盡

西郊原正緑，夢回東牖日初紅。鱗鴻千里情無限，多在平安兩字中。瘦骨
志業平生士與農，已看年少作衰翁。瓜田麥隴高低似，水色山光遠近同。
豈緣吟是苦，病顔聊借酒爲紅。浮生歲月知多少，且復消磨向此中。恩分
公才豈合便明農，況是年華尚未翁。已羨雲霄平步起，不應林壑偶然同。
御酒千鍾緑，賞憶盆梅二月紅。回首舊遊山郭路，新題猶在碧籠中。風生
有時秋稼復春農，隨意村童與社翁。水寺山村行處好，酒杯詩興幾人同。
淺水蘆花白，霜落疏林柿子紅。猶有一杯千里共，思君多在月明中。

東江學士所藏花鳥圖上有袁海叟王青城詩因題其後

畫家風物總宜詩，海叟山翁兩得之。好是江南春雨後，數聲啼鳥在花枝。
美人家住畫圖中，澗竹山桃緑映紅。最是有情雙白頰，年年長此共春風。

黄河篇壽賈學士嗚和父九十

君不見崑崙山星宿海，中有波濤動光彩。散爲九曲之黄河，萬古神功荷真宰。千流百派春復秋，匯爲汴京通許州。鍾靈毓秀作人瑞，賈氏之老神仙儔。老仙行年過九帙，髮白如霜眼如漆。幾看河水決東西，笑指秋原是溝洫。玉堂一子早登朝，綵服諸孫長抱膝。鄉里人稱學士家，封章帝賜詞臣筆。晝錦堂前春日遲，黄河水流無盡期。共言寵命重頒日，又是仙槎初泛時。南都畫鷁思迎養，内苑黄封作壽卮。願將河水續春釀，歲歲來侑長生詩。

崔堋借梅留客不得自詠一首

短牆誰爲假花枝？春色鄰家尚有之。久别似曾相識面，縱遲猶是未開時。江南見慣難娛客，夜半情多獨詠詩。屈指花朝三日近，可將芳意負深卮？

花朝約邃翁看梅不至有詩次韻奉答

花朝晴日照芳枝，如此春光可負之？老我病回春暖後，待君猶在日斜時。提攜遠道雖無酒，慰藉幽懷幸有詩。却恐東園三日夜，冰輪不肯對璚巵。

薄暮邃庵攜酒見過席間再疊前韻

次第芳蕤欲滿枝，名花佳客兩兼之。可憐西閣春回地，猶及東衙夜散時。有約竟攜陶令酒，無言如索杜陵詩。殷勤更放千重萼，遥映筵前緑一巵。

緑萼梅盛開公儀憲長過我言别再疊前歲韻一首〔一〕

名花别有歲寒枝，畫譜依稀一見之。仙迹去來無定所，衆芳開謝不同時。京塵北望應回首，驛使南歸好寄詩。留取後園春色在，明年還與醉金巵。

【校勘記】

〔一〕抄本此詩題作「梅本緑萼前題未及爲客所駁再疊一首楊承嘉中書楊邃夫參政來會别」。

再疊一首贈二楊

畫家誰爲賞芳枝，忽見江南楊補之。索笑每逢曾借主，留歡剛及正開時。廣平鐵石心能賦，逋老湖山興入詩。揮翰不知端硯渴，且須狂吸露莖巵。

迎春花用梅韻

每迎春色上寒枝，九十韶光已半之。巧接故應煩妙手，競開如恐後芳時。可憐村杏惟供酒，肯讓江梅獨佔詩。記取花神初識面，未須傾蓋已傳巵。

迎春與梅並開總賦一首

紅芳的的映璚枝，種種東風各有之。孤賞似勝前度客，並開才及仲春時。年來北地多南物，老去新題續舊詩。芳意滿堂看不厭，一花須與一開巵。

毛憲清侍郎來看二花索用前韻仍限八字爲句首

天遣新芳發故枝，自家生意我知之。月來簾下移雙影，春到人間復幾時。且對羣英狂縱酒，莫嘲孤客苦吟詩。一宵良會千金直，高閣何年共此巵？憲清有白樓，予未及見。

李宗易編修索用前韻亦限八字爲句首

人家争種好花枝，此地幽芳偶共之。風起似翻雙舞袖，夜闌才及半醒時。可憐東閣新逢侶，猶有西湖未賦詩。明夕肯來花不厭，香醪重試淺深巵。

盧師邵御史索用前韻仍限律文八字爲句首以准皆各其及即若

以梅接杏本連枝，准擬東君管領之。皆有風情元異種，各分鄉土却同時。其人每愛温如玉，及物何妨妙入詩？即與詩家重訂約，若逢花發定開巵。

邃庵先生省墓雲南嘗贈詩三首其子中書舍人紹芳亦有是行過我告別因用舊韻以道今昔情見乎詞

北征不辭勞，南去還暫止。紛紛世禄家，似子能有幾？官曹近通籍，行役方未已。朝謁隨冠裳，庭趨尚國史。觸眼見江山，逢人問鄉里。努力青雲途，吾生今老矣。

驥生墮地走，遂有權奇稱。鯤飛北溟上，變化歸南瀛。鳳池在西掖，地位切以清。文場有遺珠，終使見者驚。無爲遽自滿，勖子以大成。通家重骨肉，贈比千金情。

平生衣冠家，自古文獻地。蔭澤本君恩，栽培亦天意。弧矢志不羈，乾坤迹如寄。幽蘭曜春華，喬木成晚翠。願爲太史遷，恥作周南滯。願爲麥舟子，預有先憂計。圖南極滇海，望北渺燕薊。晨昏思定省，夙夜勞寤寐。遄歸荷優詔，忠孝期兩遂。無耽晝錦遊，且念斑衣戲。

種樹

老去才看種樹書，欲將心事了閒居。移從南郭芳風外，潤及東園夜雨餘。汲得幽泉常愛滿，覆來新土每教虛。秋亭稍待成陰後，擬學潘郎駕板輿。

承家中書再來告別時盆梅尚未落仍疊前韻一首 二月念六日

客情春意滿芳枝，同向花前一送之。暖日扶笻當病起，夜堂燒燭記開時。重來定有相逢約，餘興還吟未了詩。無奈客行花又落，明朝誰與共深卮？

王體民驗封以詩來勸止作詩作字次韻答之

頗愛閒身樂事多，病來真悔鬢雙皤。詩窮恥學唐東野，書癖休耽晉永和。不用當門安鐵限，也須憑几聽清歌。多情莫謝肩輿客，且放王郎看竹過。

體民聞父病引疾歸請詩爲壽因用前韻以道其情

病回偏覺賞心多，聞説仙翁鬢未皤。花底聽鶯憐日暖，水邊隨柳愛風和。門迎畫省歸時節，坐按斑衣舞後歌。預報平安消息到，衡陽春雁晚來過。

王都憲希文父半隱翁輓詩

半是封君半隱君，山林城市許平分。江盤舊識鱸魚味，宫錦新裁獬豸文。書有澤存那忍讀，琴從亡後不堪聞。太行西北乘驄路，望斷秋空海上雲。

雨後東園得數句適充道至遂足成之

園亭不到已多時，冒雨扶笻事亦奇。新樹花開催更早，白頭人病起還遲。閒門静掩無塵入，鄰屋初成有燕知。却恨故人來較晚，未論書畫且銜杯。

芍藥始萌爲鶴所啄戲成三絶

種來紅藥幾多叢，老鶴無情啄漸空。天地也能隨動植，人間何事不相容？

長愛山禽骨相清，啄花餐草太傷情。不應老圃三春色，衹博空林半夜聲。

聲色本知非我事，休教得失太分明。何當照眼花千樹，更聽淩霄鶴數聲？

夏日西莊二首

一病經年懶出城，澗蘋溪柳不勝情。歸鴻北去先知暑，乾鵲西來忽報晴。落盡桃花紅雨亂，望迷芳草緑煙生。白頭每恨休官晚，纔得郊原幾度行。

紅滿園亭緑滿池，去年今日兩堪疑。一經老圃開花後，不見空林落葉時。隱愛入山猶恨淺，行憐策杖每嫌遲。從今一月須三度，一度還應一賦詩。

晚過趙生園看牡丹重入西濠汎舟二首

行盡南村又北溪，高城何意此攀躋？回舟柳浪風初轉，移席花陰日未西。野興忽教成汗漫，病懷真慰久羈棲。三年兩度看紅藥，又放天香入品題。

穩著肩輿過短岡，漫摇輕楫汎横塘。船頭火熟杯初暖，樹底風多葛正涼。釣得溪魚勞遠致，摘來蒲筍帶生嘗。無端世事那能盡？又是閒中一度忙。

題孫檢討汝宗母壽意圖

瑶池阿母開筵日，玉署仙郎拜恩出。賜服新裁錦繡文，畫圖巧試丹青筆。老樹疑攀五粒松，蟠桃訝結千年實。山芝海鶴非凡品，瑞雨祥風還應律。身似孤凰不作雙，家有二麟何但一？歸飛愛拂新毛羽，手澤親傳舊書帙。山際曾看馬上雲，袖中尚有江南橘。青鏡元無白髮生，黄封滿注金杯溢。板輿迎養時來往，應喜在途同在膝。從此官曹即是家，安閒便得長生術。

成國送牡丹四枝次來韻二絶

甲第名花舊所聞，天風吹送暖氤氲。膽瓶浸水經三宿，坐對西窗日又曛。

誰遣天香世上聞，暖風晴日共氤氲。欲知病後春多才，長在朝暉與夕曛。

赤壁圖

何人畫此赤壁圖？顛崖反嶂相撐扶。洪濤撼空石拔地，片月正照前峰孤。布袍長帽者誰子？風度頗似眉山蘇。江山轉眼不復識，異代豈論魏與吴？長留天地是何物？但有文字流江湖。此人此賦世稀有，如此丹青無地無。因懷故鄉訪遺迹，或有猿鶴歸來乎？

洴練莊詩 有序

寧庵少宗伯有莊在洴洌溪，「洌」讀若「淀」，蓋俗名也。按，韻書無「洌」字，所以亦不雅，而荆南唱和詩集有所謂「洴練湖」者，知爲傳者之誤，因改「洌」爲「練」以名其莊。請予書「洴練莊」三篆字，先以一詩，予既爲篆，復和來韻一首。

練溪之水光如練，練溪之詩清滿卷。洴澼真成水上文，機梭不作江南怨。静餘雙耳閒能洗，坐愛一身差可戀。不問莊生藥手龜，羞隨墨子悲絲變。何須火浣銷塵垢？不似愚神蒙詆嫚。里名勝母車當回，烏有刑天字須辨。卧遊久矣讓君曾，聽説灑然醒我倦。汎舟有興空江海，繭足無由出庭院。敢謂曲江非鑒湖，即看湘浦如陽羨。舊號新名次第更，前亭後圃書題遍。休言我不識江南，已向玄暉句中見。

王給事存約賦詩壽母八十請予次韻席間一首

家住天台天上天，古稀年是十年前。無人不道君家世，有客方知子母賢。鸞誥拜時身獨健，蠹魚書在手親傳。太平風景清和節，長記班衣舞壽筵。

芍藥得一花留客遇雨遂發小興

啄餘紅蕊故嫣然，老鶴無心尚有緣。四月已過猶是閏，一枝雖少更堪憐。詩家舊譜稱花相，秘閣新名有醉仙。天順間玉堂賞花詩，一種粉紅名醉仙顔，此其類也。好雨忽隨佳客至，不辭沾灑緑尊前。

何子元太僕將巡北畿過此告别漫賦一首

又向花前共濁醪，别情無數滿霜毛。文奇世合傳書種，官重人誰問馬曹。楚玉已三南國獻，周詩休獨北山勞。雲車天路時來往，莫待秋風灑賜袍。

張大經借芍藥盆花盛開與客同看疊前韻

種藥東園亦偶然，借花西郭有芳緣。根含宿土應長戀，雨拭新妝更可憐。罰酒漫依金谷數，賞心偏稱玉堂仙。一枝幽别如相待，猶在薰風雨日前。

園亭雨坐克温少宗伯誦邀子充閣老宜興山莊避暑詩二首索予和韻寄子充時子充亦欲卜居宜興不果而去

楚水吴山路正長，瀛州東下即滄浪。回瞻杜曲三台夜，且藉陶窗一枕涼。江草緑隨歸夢遠，御爐清引賜袍香。平生四海通家義，誰道朱陳自一鄉？

閏月園亭日正長，晚來還聽雨浪浪。衰顔漸老偏宜醉，病體微輕尚怯涼。汲愛溪泉醒酒渴，搗門山臼識茶香。買田陽羨皆成夢，猶羨君歸有故鄉。

病起遊西莊時何生送肩輿遂發小輿

病骨頻摇困小車，平郊穩步得輕輿。城頭雨過休擎蓋，野外風來不受裾。垂老倦餘雙足在，晏眠安愛一軒如。長安西北無多路，四韻吟成興有餘。

至西莊疊前韻

萬里功名幾傳車，百年身世此堪輿。長從魯叟思浮海，猶幸温生免斷裾。寒暑忽驚時代謝，陰晴休問夜何如。新愁舊恨知多少，一笑相看便有餘。

晚過陳氏園有芍藥數叢趙生攜酒共酌不見主而還再疊二首

洛下曾聞望小車，山陰今許造肩輿。林梢落日猶回首，花外香風漫引裾。佳客枉淹窮杜甫，上林空老病相如。向來花事真遲暮，又是西園一雨餘。

誤隨恩詔入公車，敢效狂歌似接輿。却向花間尋富貴，且從林下解冠裾。才憐夢得豪難敵，學比樊遲愧不如。從此看花休問主，問時詩興已無餘。

大經送石耳舊所未見以二絶句謝之偶觀梅聖俞集有石薛詩味其語意殆是物也

半似青泥半緑苔，盡多風雨少塵埃。唯應仄壁懸崖上，帶得秋聲滿樹來。

木耳空多石髓枯，人間石耳見還無。侍郎詩思清如許，分得風情與老夫。

題子昂畫馬圖卷上有馮海粟詩因次其韻

天廄飛龍八尺身，當時在野曾空羣。溪流濯出五花錦，戰壘欲赴千人軍。吴興王孫性好馬，藻繪流傳滿天下。韓幹揮毫漫有神，燕臺買骨空論價。研朱吮墨粉作圖，今人畫犬作於菟。争將骨肉看凡骨，怪怪道人嗟亦無。海粟名子振，長沙人，怪怪道人其別號也。

夢竹爲朱御史昇作朱舉進士爲行人夢其叔祖迪彝授以畫竹上有清風苦節字遂被臺選葢迪彝嘗以進士爲御史鄉人異之

江左家聲重竹林，舊堂新緑又成陰。畫圖仿佛三更夢，風節分明兩字箴。剥復在天元有數，炎涼於此本無心。試從齧蘖飧冰地，重聽敲金戛玉音。

椿桂堂詩 有序

予既爲學士賈君鳴和賦黄河篇，壽其尊翁樂菴封君，復題其所居椿桂堂者。蓋賈氏爲臨潁世望，壽德相承，封君孝義質直，嚴而能教，今年九十有二，有五子十孫八曾九玄，福祉之盛，士大夫家所僅見者，故鄉人擬諸竇氏，以名其堂；若鳴和文雅之純，孝思之篤，予所稔知，而其伯氏義民君志亦嘗與識：於是有不能已者。鳴和將之南都，取道歸省，與諸昆仲歌以侑觴，其亦可助封君之樂也夫？

一樹繁陰五樹花，自栽靈幹採仙葩。累朝雨露今重沐，四世兒孫復幾家？甲子謾從莊叟問，科名休向郄林誇。停杯載誦燕山句，晝錦堂前日未斜。

李東陽全集卷一〇九

懷麓堂詩續稿卷之六

延兒得男湯餅喜而有作

茫茫天道敢輕論？遺蔭猶看在一門。池鳳有波方照影，竹林多雨又生孫。年將七十爲人祖，老向三朝荷國恩。更愛北堂風日好，共持仙水灌靈根。

湯餅後喬員外宗何中書景明同過酒間再賦

熊夢獐書莫浪猜，清尊三日許重開。看花别圃愁風急，聽竹西堂待雨來。病骨幾時抛藥裹？老年偏覺減詩才。園紅徑緑知多少，憑仗東君取次裁。

借水三絶城西南有沙窩水甚甘洌喬生好事者日買一石予居稍遠不時致偶有佳客輒往借之以爲清事亦一新題也

沙窩水清絶點沙，人言此味可烹茶。應憐客到無茶吃，須借西鄰有水家。
沙窩小兒推水車，車聲汩汩水啞啞。未論杜甫三更渴，且借盧仝七碗茶。
朝朝借水不還錢，一斗那知直幾千？不用投錢向深井，且將詩句與人傳。

寄題黄鶴樓柬秦國聲都憲

扁舟我憶江頭泊，曾上高樓訪黄鶴。仙蹤恍惚不足論，俯視淵澄仰寥廓。山根杈枒若天鑿，棟宇參差連地絡。斷岸秋横赤壁磯，驚濤夜濺觀音閣。衡嶽雲開鴻雁峰，洞庭水落魚龍宫。使槎官棹日來往，其上或與銀河通。鵠飛已識圓方勢，鵬擊似起扶摇風。舊遊仿佛不再到，前日少年今老翁。江東才子中臺彦，萬里乾坤迹應半。碧嵩青岱幾停車，楚水荆山一揮翰。登斯樓也記須成，望美人兮天不見。晝日偏明豸繡衣，炎天不改冰霜面。憑將激濁揚清手，坐使澄江浄如練。歸雲倦鳥亦何心？目送高飛入霄漢。

南村草堂爲華亭劉鳳章作

輟耕遺迹久荒凉，又見南村一草堂。陶九成號南村，後居松江。夢隔五陵衣馬地，身居三泖水雲鄉。傳家舊有前朝誥，宋忠肅公摯之後，誥敕俱存。拭目來觀上國光。白首青袍渾似舊，海鷗多事莫高翔。

屠司寇元勳以詩寄壽時元勳致仕歸平湖八年年七十矣因次來韻答之

掄材藝苑得蘇公，聽履台階識鄭崇。君去久離塵網外，我歸方卧碧山中。明堂梁棟多相似，藥籠參苓信有功。萬里浮雲雙老眼，却從天路數鵷鴻。

己丑門生張宗伯啓昭、何司馬世光、張都憲朝用，皆年七十以上，曹憲副時中八十以上，皆已致仕。戊戌胡司徒永年亦過七十，今在南都。因與坐客談及，以爲盛事，故并記之。

是日有爲予寫真者壽詩適至再次前韻并寄元勳

莫寫褒公與鄂公，唐巾不比漢巾崇。身辭軒冕樊籠外，興在山林散誕中。老眼誤看花作陣，衰顔却笑酒無功。因君爲和南飛鶴，手拂絲絃送羽鴻。

觀寫真戲作二首

昔年曾寫廟堂身，今日看成隴畝人。須信能榮也能謝，兩般顔色一般春。

今吾元是故吾身，幾見新人换舊人。却笑丹青太多事，强將枯木爲添春。

斷酒

斷酒從來怕立名，名成終恐斷難成。祇應酒斷情猶在，縱是無名亦有情。

紅白酒

酒名能白色能紅，可是名同色不同。若道能紅更能白，紅顔終避白頭翁。

石壁阡詩爲豐論德原學作原學葬其父於東錢湖石壁潭阡是以名

海上湖名舊姓錢，山頭石壁近題阡。蜿蜒疊嶂圍還合，偃蹇長堤斷復連。遊履每空前後齒，漁歌時送往來船。孤亭迴出千林樹，一水平分萬頃田。漢閣巢成看鳳翥，陶岡指出得牛眠。司空谷是宜休地，圓澤生餘未了緣。極目川原佳麗景，傷心霜露泬寥天。行人佇立瞻雙表，聖主貤恩到九泉。宗譜未遥清敏胄，家風猶在廣文氈。瀧岡文許鄉邦誦，鄞國書應子姓傳。采藻敢忘葩客詠，束芻誰弔玉人賢？嗟予亦有煙霞癖，却望江雲興渺然。

味泉圖爲無錫錢榡題榡父孟浚號味泉久已即世榡爲此圖以識不忘請予賦之

隱君家住惠山傍，山下清泉不厭嘗。世外交情方識淡，吟餘詩骨自生涼。石頭城下書空寄，六一溪邊酒漫香。今日茶神非陸羽，也隨蘋藻薦杯觴。

漫興三十首

兩樹陰連缺處通，招提臺殿正當中。猶憐月白風清夜，一派笙簫起半空。

大亭丈餘高過牆，小亭八尺僅容牀。小亭不如大亭闊，却得槐陰一樹涼。

病來行步每須人，兀坐高眠任此身。縱有肩輿無廣路，園亭不到動經旬。

西園去歲竹初成，今歲東園筍又生。但得老身長健步，兩園隨意坐還行。

掘地爲池池水干，種花何似養魚難？直遣填池作平地，縱無魚釣有花看。

插棘成籬曲繞牆，編花作洞小如堂。老翁漫學童兒戲，一日常過半日忙。

林下蕭然一病身，揮毫不覺汗沾巾。蒼蠅欺我停揮扇，拂面撩須惱殺人。

縱酒從來不愛身，吟詩對局總傷神。若教此事渾抛却，枉作山林解綬人。

夜合花開合更開，開時猶把合時猜。莫怪客歸留不得，明朝還擬看花來。

九折牆根一徑苔，園亭忽然見崔巍。不是西湖雲水地，也應呼作小飛來。

井口轆轤聞水聲，園中菜畦渾欲平。呼童引水放教去，一夜池頭蛙亂鳴。

空亭六月已驚秋，旋設圍屏繞坐周。徑草叢花都不見，被人呼作背山樓。

老眼昏花懶看書，猶將朱墨校蟲魚。閒心自是難抛得，抛得閒心便有餘。

堯夫不肯著深衣，不道今人學古非。已怪漢儒規制略，千年周禮竟何歸？

簾外青山翠欲流，門前春水拍天浮。城南第宅寬如許，不及西涯數尺樓。

天青雲白樹蒼蒼，點染江山錦繡光。好是人間真畫本，晴時開看雨時藏。

衡嶽山高鴻雁稀，荆溪水深魚蟹肥。此身若問歸何處，我已無家何處歸？荆溪在宜興。

墓原東畔別爲門，且可題名作壽村。此是百年歸老地，餘生光景任乾坤。

竹籬茅舍爲何人？斷墨殘箋尚有神。乞向鄰家掛亭壁，白頭一見一沾巾。「竹籬茅舍」四字乃先君遺墨，近始得之。

文場弱冠忝持衡，黑髮歸來剩幾莖。莫問主司年少老，七旬之上五門生。

郁蒸連月不曾開，小坐園亭亦快哉。酷日炎埃渾避却，祇愁風雨打頭來。

鴻漸恥稱茶博士，曼卿空詫酒神仙。世間好著皆成累，不及希夷一覺眠。

雲覆香山紫氣多，地連高嶂接平坡。若爲移置西湖上，長見青山映碧波。

硯墨洗池池盡黑，柿林書葉葉全空。書成畢竟成何事？歲月消磨向此中。

調水城南自寫符，煎茶竹里旋生爐。祇將清事娱佳客，客去還應一事無。

水面凫鷖自拍浮，山頭鸛鶴任盤遊。人生却在樊籠裏，豈信天機得自由？

東家起樓高築牆，牆樓中有假山藏。西家無山牆數尺，却起高樓瞰我堂。

夏日園田麥已秋，晚風籬落豆初收。聽説農家好生事，閒愁不上老眉頭。

房山山房山作門，樹村村裏樹爲鄰。兩莊風月元無價，悔却從前賣與人。

玩物從來喪却心，多言害道亦長箴。狂歌縱飲非吾事，聊復裁詩一漫吟。

遊城南李氏莊遇雨

幾回遷居憶舊遊，城西亦是小并州。兒童共笑山公老，花鳥猶餘杜甫愁。蕭寺曉鐘催短夜，碧天涼雨送新秋。園林似覺來時晚，不及湖邊一放舟。

甲第名園一代雄，到門亭館錯西東。千年老樹化爲石，百尺修篁高入空。白髮主翁遺像在，符台仙客笑顔同。山川俯仰成今昔，無限幽情感慨中。

亭上松濤雜雨來，還從石底聽泉雷。澄波網散魚争躍，高閣梁空燕未回。身病豈應長伏枕？酒豪惟欠一登臺。草橋橋上行人度，萬事誰將逆旅猜？

雲起高城日漸低，雨來沙路忽成泥。遥山動色時時斂，亂草縈心處處迷。舞向別堂移彩袖，病妨危步失青黎。追遊莫恨登臨少，猶勝家園守故溪。

南園看竹愛青葱，又向西池數落紅。荷葉蓋頭人戴雨，浪花吹面客驚風。平登傑閣心猶壯，倒載肩輿計亦窮。誰道茲遊非四美？軟塵殘暑一時空。

張秀卿檢討擢按察副使提學湖南來告別因語及迎養事席間一首

使軺還似孝廉船，繡服能娱白髮年。三楚養供魚筍地，四明家住海雲天。思鄉夢遠多秋興，愛客情深少晝眠。珍重玉堂詞賦手，要看風教與人傳。

書朱孟辨小篆潮州韓文公廟碑卷

學士文稱天下雄，中書書亦古人風。今人轉益思前輩，何況昌黎百世功？

題實庵諒僧録扇

慈恩寺裏同遊伴，九十年來見在身。林下相逢俱白首，讓公先作一閒人。

虛談世外三千界，實住人間九十年。借問三千誰九十？實翁無語衹欣然。

希賢李宗伯將赴南都小亭話别因談及焚黄省母事識之以詩

長安官紙黄金色，上有絲綸字三百。彩毫騰出鳳凰池，回文制比蛟龍織。一朝擎下大明宫，兩世名題少宗伯。羡君元是玉堂人，曾歷藩司稱憲臣。已躡三台登八座，又向南都朝北辰。文章經濟應時用，賜秩推封皆主恩。青雲有路平如掌，使節仙槎自來往。命服還同綵袖明，燎煙直與層霄上。雪中萱草色相淩，雨後松楸日應長。故山巖壑生光輝，鄉人見者相嗟咨。共言今日遷官至，不似當年奉使歸。請看講殿香煙縷，猶繞君王舊賜衣。

平山草堂爲高少卿顒之作

維揚西來山漸平，父老傳是平山名。前崖開張後壁立，仰視屏嶂當簷楹。天垂四野盡空闊，泉落千澗流清泠。嘉禾瑞穀不知數，況有花樹敷華英。歐公作堂自有記，蘇老蜀岡空復情。司徒平生事經濟，三十九年霜更星。孤雲入岫有歸處，逝水到海無停聲。君當少年美文藻，人道此邦多地靈。早登詞垣歷諫省，近陟留都參列卿。已從滄海驚鯨破，復向朝陽聽風鳴。銀河又報秋槎到，白晝重看衣錦行。未論胸中幾雲夢，出門先見大江横。

劉給事濟聘吾女孫間來謁見禮部張郎中繼孟劉員外文焕及吾甥崔尚寶傑實議姻事請詩紀之限韻二首

春官才俊幾夔龍，柯伐元知此意濃。貧後敢言車百兩，豪來直放酒千鍾。須看彩鳳非凡鳥，莫道新蘿附老松。今日向平婚嫁畢，山林真可慰明農。

禹門桃浪起春龍，急雨驚雷入夜濃。翰苑文章三載業，劉嘗爲庶吉士。神州佳秀百年鍾。名家舊折蟾宫桂，老圃新移鳳尾松。欲把經綸付公等，要看時代比軒農。

春桂圖詩爲尚寶劉克柔父封君友桂翁作

堂上靈椿高插天，月宫逢著友中仙。風霜歲晚成陰地，雨露恩深結子年。燕谷有名空羡五，漆園多算每論千。詩家亦有長生意，憑語丹青次第傳。

成國家藏其外舅隆平侯所畫梅請題其上

隆平張侯擅毫素，當時武弁稱獨步。酒酣隨意點梅花，萬蕊千葩不知數。北來慣歷風霜苦，南遊更得江山助。家藏妙墨尚流傳，歲晚芳心歎遲暮。上公官貴兩乘龍，興在高堂匹練中。冰顔玉質貌相似，遠水遥山千萬重。春花已讓丈人行，摽實猶思古國風。廣平莫道腸如鐵，祇恐才疏賦未工。

新寧譚太傅壽七十

世傳圭組是家聲，手握貔貅壯甲兵。七帙有身猶矍鑠，五朝無日不升平。樓頭鐘鼓朝天夢，坐上壺歌愛客情。聞説廟堂須老將，似聞夷虜盡知名。

次韻答木齋

山陰曾枉右軍書，盤谷空慚李愿居。萬事到頭須有盡，一身之外已無餘。風催別院蟲聲急，月入斜窗樹影虛。回首西園幽僻地，幾時重綰故人車？

用韻答佩之提學

元白神交萬里書，朱陳家在一村居。總教城市心無累，自覺林泉興有餘。釀酒山中松桂熟，汎舟湖上水雲虚。惟應雨霽風恬日，獨駕東門款段車。

獨坐二首

獨坐復獨坐，一朝還一朝。市喧隨地遠，塵慮逐年消。有竹須留徑，無溪故著橋。莫言閒處樂，幽事不相饒。

又

獨坐復獨坐，一身還一身。夢醒風入鬢，起步月隨人。病覺吟詩少，慵教謝客頻。世情分巧拙，吾且任吾真。

採決明子與崔甥

侵晨散髮露巾行，自向秋園採決明。持贈不緣思遠道，試將心比玉人清。

西郊觀稼

自笑辛勤五十年，都無一頃是良田。兒童稍喜逢秋熟，鐘鼓還應起夜眠。倖免蒿藜供歉歲，且隨蘋藻薦靈筵。却憐久雨新晴地，不似看花載酒天。

銅盆歎

吾友尚僉憲宗禮嘗恵一銅盆，用之三十六年。既久而敝，念之不能置，乃爲詩以歎之。

吾家銅盆徑尺五，面圓如盤背如鼓。故人贈我來山西，云向潞州親市賈。銀盆太華瓦盆脆，此物用之真得所。更聞銅氣清人目，如濯秋波散炎暑。朝洮暮盥無停時，三十六年同出處。南攜遊吴東入魯，僮僕相將隨逆旅。頻呵數戒勿擊觸，有垢須磨漏須補。晏子狐裘歲已過，管寧木榻行將數。年多力衰用亦盡，物若有情當戀主。叩之不應微作聲，頗似招呼相答語。馬帷犬蓋亦何知，金石終當覆諸土。念之不忍棄牆角，目爲留連手爲撫。長安市工亦易致，貴在思人還物睹。却憶當初未贈時，此物應知在何許？達人大觀洞八極，倏忽存亡異今古。莫將微物累真情，一笑當軒日亭午。

抱甕亭爲寧庵

抱甕者誰叟，結亭來此溪？舊蔬纔拆土，新水旋成畦。老覺機心盡，閒看物理齊。猶懷肉食念，時與問蒸藜。

牆面軒爲寧庵

獨坐幽齋裏，牆高欲過肩。應思二南學，不似九年禪。虚景還生白，潛心且向玄。周官有遺訓，未語意先傳。

恒軒爲姑蘇盧伯常賦

門臨石湖水，家住越來溪。震澤滙其前，羣峰抱其西。幽人攬名勝，結構恒在兹。端居遠朝市，素履無磷緇。詩書本世業，禮義亦良規。繁華日過眼，物去我不知。川流與山峙，今古同天機。豸繡豈不貴？無忘芰荷衣。封君與隱士，今昨何是非？貞哉君子心，永矢不復疑。

曹孚若復求其兄定庵壽詩仍疊前韻惟第二句改三字爲四字蓋將爲歲例也

江南風景又今年，八十四回秋月圓。興到每思千里駕，詩成多在五更天。大蘇貌古惟長帽，小謝歌清正滿筵。老我向來書札倦，此情還爲故人偏。

陳侍御獻可求書舊詩誤寫二字因湊成一律

生平習隱計初成，老向田園合有情。客至每煩攜酒過，病回剛得傍花行。藤垂架底陰將合，果落林間子又生。醉後有書隨誤筆，詩家相見莫深評。

邃翁與客享胙有詩聞之次韻

春來一卧忽驚秋，聞道高筵足倡酬。晚歲徜徉容李願，同時英俊老楊修。登樓每愛千山色，濯足還思萬里流。定有公家餘餕在，幾時能爲故人留？

盧師邵訪何子元聯句二章攜以過我坐間次韻

日暮聯詩並馬過，秋來高興復誰多？已尋何遜城南約，獨欠崔郎村裏哦。是日招世興不至。

西郭今年收黍稌，東鄰昨夜有絃歌。老夫亦解閒中樂，奈此撩人物色何？

罷席尋幽事亦新，詩家原有好奇人。惟應白戰才猶劇，不爲行廚酒未醇。是日聞酒頗酸，殊不盡興。

老向田園非獨樂，病於書帙懶相親。兒童莫更催持燭，月下揮毫字字真。

蕭院判中立屢來問疾張少卿爲索一詩因用芍藥舊韻

客稀門巷坐蕭然，日日相過似有緣。縱飲直防成酒病，多情非是爲花憐。浮生未老先驚夢，健足能行也當仙。欲向桐君問奇種，幾時移置假山前。

李司空夫人壽七十其子主事繼先乞詩爲壽時司空公壽六十九矣

身貴元知儉不華，直從荆布到冠珈。三朝一品元臣配，七世同居義士家。耳聽霓裳風共水，手栽庭桂子能花。稀年預設長生宴，來歲還同醉九霞。

李東陽全集卷一一〇

懷麓堂詩續稿卷之七

十三夜邃翁見過疊前歲韻

曾上江樓記往年，君山一點月中圓。朱簾紫陌千家夜，璧影金光萬里天。詔出鳳凰聞罷草，賦成鸚鵡羨當筵。老來自覺聰明退，已讓公才十倍偏。

十四夜盧師邵御史攜酒見過疊前韻

暗數佳期不記年，月華長照酒杯圓。獨憐一日三秋夜，尚隔重雲萬里天。藤節短筇宜緩步，桂花新茗稱清筵。晴光若不如前夕，似覺嫦娥此意偏。

是日孫思行御史制東坡巾見贈顧士廉學士謂不可無作因疊前韻

樣出坡翁定幾年，還從妙制識方圓。分明木假山前地，不愧烏紗頂上天。佳客正攜陶令酒，晚風休入孟嘉筵。微酣不作傞傞舞，月下猶防照影偏。

何子元少卿以新意制一巾用全幅帛摺成四面摺處皆作山形予名爲小山巾并疊前韻

小山名稱隱居年，叢桂陰中月正圓。病後久辭簪紱地，老來真耐雪霜天。臨池散步時看影，岸幘高歌且據筵。若比坡巾終讓樸，今人休笑古人偏。

中秋夜園亭小會疊前韻

望月經宵似隔年，清光今昔是真圓。即看大地元無界，未信高樓別有天。直以篇章酬令節，緩將情話續家筵。書成秉燭呼兒問，老眼昏花莫太偏。

即席贈張大經亞卿疊前韻

地接芳鄰幾歲年，未須千里月同圓。多情肯爲頻攜酒，此景真成不負天。静看炎涼隨物態，醉疑賓主是誰筵？不因爾汝忘形甚，自覺山林性氣偏。

劉汝忠尚寶出枸杞酒疊前韻

杞酒西來定隔年，絶憐清苦勝甘圓。似添笠澤孤舟興，不是陽關萬里天。仙犬出時疑月見，壁蛇消後且開筵。從今亦合三分戲，藥力雖强恐近偏。

十六夜無客疊前韻

斷送風光了一年，月輪今夕尚能圓。三人花下元無客，獨樂園中自有天。澤國山川懷故里，彩堂燈燭喜家筵。良辰勝事誰兼得？不道人情取次偏。

十七夜顧士廉學士攜酒見過疊前韻

修成七寶自何年？酒面波心一樣圓。病渴罷思金掌露，夢飛不到玉堂天。兩宵賦後猶餘興，十客來時正滿筵。似恨冰輪東出緩，賞心先自日西偏。

是日有送牡丹二株者崔郎爲種於書室之後疊前韻謝之

異品名家不計年，移來宿土帶根圓。月中自擇栽花地，花下仍逢問月天。坐有車公方是客，談無焦遂不成筵。明春預定尋芳約，不道秋來景象偏。

來鶴樓詩

士廉學士於樓前養二鶴而孤，方與客會飲，忽有自空而下者，馴而不去，若是者再矣。因以「來鶴」名樓，請賦之。

樓外空寒入渺茫，樓頭孤客自飛翔。偶來天上風雲侶，同住江南水竹鄉。四面疏簾通海氣，五更清夢繞朝行。年年種子將雛意，手植庭松樹許長。

壽東山劉先生八十用耆英圖詩韻爲壽詩本爲邃庵楊先生作者中間語及東山蓋予三人者皆黎文僖公門下士情志氣分古所謂異姓兄弟者比嘗壽邃庵六十亦疊此韻是故有不能已云

君不見謝公風流絶代無，今人競寫東山圖。蒼生望公公不起，獨與山中風月相爲徒。逢時共羨功業盛，檢身似聞名教疏。劉公本是東山客，直以敦龐還古初。公少用文老用武，官在兵曹領羆虎。京營百萬獨登壇，嶺海東南舊開府。但令胡馬不飲黄河流，不願單於頸繫將軍組。孝宗天子真聖人，平生好武復好文。文多咨謀武籌略，坐鎮海宇清風塵。垂衣造膝賜顧問，眷遇不與諸曹均。先朝故事久復始，共道公才殊等倫。雲龍魚水千載不易際，至今想像升平辰。翻雲覆雨尋常事，誰遣爲農復爲士？生還已入玉門關，神交每到慈恩寺。眼看夷險皆平地，富貴功名本無意。但保初心是故吾，孰云大夢非浮世？劉郎莫賦桃花詩，種桃道士今何之？公年七十更八十，却羨人生從古希。金人已戒三緘口，巧匠真成雙縮手。東山無路入西州，南極有星朝北斗。閒來散步還搔首，不遇樵翁定漁叟。我從渭樹望江雲，遥壽先生一杯酒。少時共侍龍峰翁，四方學者皆胡公。長將陋質倚玉樹，似覺滿座生春風。升沉散聚靡定所，幾見雪爪留飛鴻。由來異姓有弟兄，意氣僅許三人同。公才碩大予凡庸，閎偉更羡楊弘農。楊公身居廟堂上，此興亦在山林中。公年最高身力健，一任春鳥催秋蟲。吾生頗似風中蓬，安得置我東山東？不隨絲竹醉絃管，但願谿雲山月葛衣藜杖長相從。

長沙酒不入京師黄都憲廷用附族子嘉敬味頗清苦顧學士廉謂不可無作因識以詩

憶别長沙四紀餘，一樽相對興何如？愁來轉覺鄉心苦，老去終看世味疏。試問百年誰醉醒，都將萬事此消除？墓原合與蘋蘩薦，擬掛城西款段車。

次曹盧二侍御奕棋賦詩韻

欹枕多塵夢，開軒兩故人。詩從狂後得，棋逐變時新。世外逢王質，湖邊老季真。此情渾厭却，吾且脱吾巾。

席上次諸客假山聯句韻

愛山不作買山人，疊石爲山亦近真。客至每多攜酒興，我歸剛及掛冠辰。牆陰翠竹根同瘦，石面蒼苔色尚新。却訝晚巖風雨急，醉來詩句不無神。幻出芙蓉小朵峰，也看蒼翠拂雲重。蕭條頗稱幽棲地，俊拔如争白戰鋒。竟日肩輿誰徑造？十年歸興此偏濃。多情更謝江南客，野色平添幾樹松。

吴寧庵將有使命毛礪齋石熊峰皆自遠至與蔣敬所同會因用舊韻紀事一首適有送牡丹者故及之

一客將行二客來，相逢聊復意遲回。門因問字多攜酒，徑爲栽花不惜苔。繼晷尚嫌銀燭暗，却寒時恐畫屏開。閉門方作吟鳶卧，不是當年對客才。

雙鵲圖爲陳侍御獻可題

琅玕枝上雙靈鵲，不在庭心在簷角。嘉音妙質便且清，相呼相喚如有情。一聲驚起朝天夢，萬户千門曙光動。一聲還惹故鄉心，寸草春暉芳意深。朝回不覺披衣起，聲在柏臺高樹裏。君不見繡衣持節正南巡，重瞳一顧慈顔喜。

暮秋西莊作

秋來又作一番寒，杖屨蕭然出户難。愁逐滿城風雨散，夢隨雙闕鼓鐘殘。黄花似報重陽節，白髮能消幾布冠。即欲幽棲謝塵事，不應詩債遠相干。

是日盧侍御遠致詩酒次韻答之

老去閒情減少年，且教塵世復園田。今朝白傅狂將舞，昨日陶翁醉欲眠。昨偶中酒，爲客所困，故云。自掃階苔移緩步，旋分畦菜入清筵。繡衣忽枉江南醖，猶及秋林落照天。

後庭蓼花一株盛開戲成一絶

百卉千花罷品評，一枝紅蓼動詩情。庭前落日涼風裏，如在秋江兩岸行。

方塘草亭爲魏太守廷楫題

泮池南去接方塘，怪見源頭活水長。下上雲天同一色，往來魚鳥自相忘。門前五馬新停節，江外重茅舊覆堂。檢點圖書三萬卷，臨行分付與諸郎。

秋夜與盧師邵侍御輩飲惠泉酒次聯句韻二首

惠泉春酒送如泉，都下如今已盛傳。有約能來夜半客，無人不道飲中仙。歌成楚里難爲下，名比盧郎孰愧前？莫怪詩狂今日甚，佳期漸近菊花天。

旋開銀甕瀉紅泉，一種奇香四坐傳。清愛徐郎堪比聖，狂教李白自稱仙。遥憐白雁初飛地，正及黄花九日前。更欲攜壺向西郭，晚涼吟對泬寥天。

西千草堂奉同守溪王公爲師邵侍御作

湖石溪雲遠市囂，平泉不羨李文饒。偶逢燕客傳新句，如聽吴歌過短橈。安樂窩中非異姓，小山叢裏漫相招。他年衣繡乘驄地，應憶當年駟馬橋。

雙壽圖爲周中書令題

永嘉山水重復重，層崖削出金芙蓉。晴映江日清若空，天台雁蕩多仙蹤。其下或與桃源通，煙霞縹緲虛無中。中有八十五歲翁，烏紗白髮顔如童。翟冠霞帔佩玲瓏，全家道氣如春濃。仙郎秀出珊瑚叢，身侍玉皇香案東。鸞書錦字雙盤龍，翩然飛下蓬萊宫。使槎三度回天風，手持縹軸圖青紅。山芝海鶴兼巖松，琥珀酒汎琉璃鐘。願翁及姥長相從，一日之養如三公。郎歸天闕何匆匆，南飛白鶴北來鴻，年年歲歲無終窮。

何生送菊攜酒有詩次韻二首

抱病無心出郭遊，客來長是爲花留。斸開緑野堂前地，分得長安擔上秋。陶令酒香誰與送？杜陵詩老漫成愁。功名不是山林事，莫遣黄花羨黑頭。

好花佳客兩難期，況是西堂酒熟時。采采能盈來杜袖，休休方且和坡詞。猶憐暖日回芳景，莫遣狂風損故枝。留取此花還此客，明朝重會可深辭？

九日集崔甥用杜牧之韻

說著登高興欲飛，向來都覺世情微。春閒下里狂能和，晚日西家醉始歸。錦字新恩傳好信，是日崔甥得五品誥。畫堂芳意藹餘暉。酒闌棋罷猶相戀，愛向花前看彩衣。

我家二首

種來黄菊似人長，客到時能共舉觴。有客有花兼有酒，我家無日不重陽。

我家無日不重陽，人意何如菊意長？若道吾人不如菊，年年送菊爲誰忙？

與衍聖公會別顧士廉學士汪抑之侍讀何子元少卿王叔武參政聯席偶坐皆予所取士限韻一首

坐席科名亦偶同，幾人頒白不兒童。數千里外山川隔，二十年前姓字通。勝地也應連岱嶽，好天先與散豐隆。今人未必全輸舊，努力文章繼古風。

贈衍聖公二首疊前韻

一代衣冠衍聖公，每看旌節自山東。三主聚散形蹤外，十載悲歡夢寐中。老鬢已驚今日白，醉顏猶愛少年紅。狂歌縱筆皆隨意，始信當權酒有功。

百代侯邦重魯公，尼山西面泗河東。奎文閣迥登臨外，兖郡城高指顧中。詔出泥封春送錦，祭餘官燭夜分紅。歸時尚憶先皇寵，莫記當年奉使功。

贈士廉疊前韻

斯文意氣本來同，幾見青山雪後童。歲序寒暄今昔異，鄉音南北往來通。天高自許心無怍，世治方看道有隆。二十餘年新掌篆，始知衣鉢是遺風。

贈喬本大疊前韻

絳帳青編兩地同，邃庵門下本成童。已看名中千錢選，敢謂身於六藝通。誰道交情今異古，亦知文運替還隆。明春定有南飛雁，莫惜佳音與便風。

贈趙爾錫疊前韻

鄉党情深父子同，眼看勺籥自成童。已教今日文章繼，何止當年句讀通？敢謂田園惟獨樂，真慚齒爵兩兼隆。因看緑野堂前調，要識衣冠有古風。

松棚歌

何太僕子元、盧侍御師邵言畿東三縣之交，有古松縱横屈曲，廣袤可二畝許，下有石柱數十，交互搘拄，不知爲何代物，以爲奇觀，欲得吾詩紀之，漫賦一首。

有客有客來自東，共言目睹多奇蹤。神州赤縣靈所鍾，層巒疊嶂争巃嵸。密雲懷柔平谷中，中有百丈之蟠松。骨如老鐵色如葱，蒼棚翠幕開帡幪。餘蔭可覆二畝宫，十步九折勢欲窮。忽復遠射如張弓，槎牙石柱撑虚空。幸不墮地沾沙蟲，排霜傲雪無春冬。晴光漏日金玲瓏，雨後或有流泉通。偃蓋及走形虯龍，此景此句將無同。故知雕刻皆天工，頗覺造化難爲功。未論澗碧與山紅，千花萬卉空蒙茸。

秦時恥涴大夫封，丁郎枉卜十八公。何曾夢此長髯翁？荒村古剎當路衝。來幡去節從憧憧，况被野衲隨樵童？吾生磊落羞樊籠，霜氣遠應豐山鐘。六十九年雙鬢蓬，向來有耳真若聾。酒酣興發氣成虹，仿佛置我徂徠峰。西飛海鶴將詩筒，松若有知如有逢，泠然和我來天風。

題明皇演樂圖

太平天子無封事，長日深宫事遊戲。自將新譜按宫商，一派笙簫起天際。明眸皓齒光相射，急管繁絃坐終夕。破費千金教得成，消磨一刻應須惜。争妍競巧如相助，翻喜太真情不露。妙耳疑聞蔡琰絃，垂瞳屢作周郎顧。鼓聲催花春未遲，侍臣進罷清平詞。低頭小語向中使，試問韓休知不知？哀音苦調何匆促，野老空聞曲江哭。君不見西川道上雨淋鈴，何似霓裳羽衣曲！

柏堂雨露卷爲曹汝學侍御題

柏府封章正到門，彩堂風景自晨昏。春暉暖入冰霜面，晚歲深沾雨露恩。千里江山生意動，百年柯葉古心存。汎舟故有詩人頌，長向高筵侑酒尊。

弭節寧親卷爲陳獻可侍御

嶺南旌節海東頭，鄉國真成晝錦遊。王事不遑將母養，春暉長是藉天留。江邊竹筍供晨饌，堂背萱花散晚愁。聞説平反多好信，家書頻與報官郵。

馮子佩光禄攜酒見過與顧學士士廉任通政廷瓚王太僕天宇何太僕子元馬光禄文明同會皆予禮部所校士也席間限韻各賦一詩予得四首

高情其奈故人何，話入更深意轉多。曾向榜中看姓字，且同花底聽絃歌。移家更欲尋山住，閉户猶煩載酒過。廊廟江湖雖異處，太平無地不恩波。

又

白髮蒼顔奈老何，向來詩興太無多。司空已辦休休谷，馬子從教浩浩歌。往事却看真夢寐，幽居誰道少經過？情深歲晚須重會，莫待青蘋起緑波。

又

樹猶如此奈人何，眼見庭槐葉漸多。老去尚聞鶯友調，少時曾聽鹿鳴歌。文章賴有江山助，駒隙還驚歲月過。猶記玉河堂似玉，有人同沐鳳池波。

又

莫將名姓問誰何，榜下文章復幾多。太僕少卿能楚調，翰林學士解吳歌。曾聞小帖泥金報，又見高軒織翠過。縱使得歸歸未得，秋風休起洞庭波。

題朱給事鳴陽二親壽圖

莆陽之山名八壺，仙家方壺還有無？神仙恍惚不可見，但見烏紗霞帔雙明珠。壺山老人元姓朱，平生解讀清隱書。指揮兒輩取科第，入侍紫闥當青蒲。仙家阿孁比金母，同拜丹書朝玉除。爾來甲子閲欲遍，顏面宛似兒童初。懸弧設帨歲復歲，綵袖不得庭闈趨。願從壺山山中采靈藥，釀以清醑隨甘腴。人間貴富似此乃實境，且復爲賦壺山圖。

題文與可墨竹

平生老可胸襟大，中有琅玕千萬個。意氣先從筆下生，霜毫直掃冰縑破。君看老幹淩空起，百節棱層無一挫。靈籟時聞澗壑鳴，疏林每放煙雲過。世間稚子争頭角，賴有清風起頑懦。彭城一派久蕭條，月落庭空幾人和。湘江篔谷同森爽，白石幽泉兩無那。試向高堂一掛看，病夫爲起山窗卧。

次韻答喬希大

舊寵新恩次第隨，人間富貴本無期。虞庭典在崇三禮，周制官高統六師。留務敢辭南國重，歸心不愧北山移。惟應道義同肝膽，傳語詩人莫浪疑。

與張大經夜話用衍聖公韻

白髮無情也自公，江流自古必朝東。年光過隙寒暄裏，宦海浮萍聚散中。硯墨洗將池水黑，棋聲敲盡燭花紅。新年定有西堂約，重向騷壇録舊功。

瓊林醉歸圖爲張編修璧題

天門御榜開龍虎，勝日高筵動簫鼓。彤廷罷獻策三千，華省拜瞻天尺五。坐中接席盡公卿，堂下公曹獻歌舞。風雲平地步相隨，袍笏滿城人快睹。醉插宫花信馬歸，踏遍長安軟紅土。曲江聞喜皆恩宴，盛事祇應傳近古。翰林張郎偉風度，早有家聲動荆楚。三世重登進士科，一官獨入圖書府。東塗西抹少年事，老我今方謝簪組。羨君光寵爲君期，好竭丹心報明主。

菰菜粥

夜水沉雲黑，秋塲帶雨乾。遠能辭市價，清許助盤餐。病肺還思暖，詩脾却耐寒。芳甘如可釀，同醉蓼花灘。

薏苡粥

味自神農辨，名因漢史傳。掌看疑露白，盤寫訝珠圓。入齒偏宜老，輕身也解仙。清時無野謗，飽飯不知年。

橙糕

帶雨移春樹，和霜糝夜糕。潤含蜂蜜軟，搗學兔心勞。入鼎浮清茗，分杯薦濁醪。老饕能作賦，黄陸漫相遭。

不寐

歲序當長至節，風光近古稀年。白雲飛處凝佇，紅日高時醉眠。世事任教巧拙，人情閲盡媸妍。問予蹤迹何似，不在山邊水邊。

幽堂長夜無寐，秉燭真成卧遊。萬里江山湖上，十年舊事心頭。春風芳草行徑，秋水蘆花釣舟。門外問奇人至，一樽聊與銷憂。

舊讀陶元亮傳，前生向子平身。老來粗了婚嫁，醉後都忘主賓。無地買栽黄菊，有人持贈綸巾。會將野服閒步，别與丹青寫真。

富貴一場春夢，乾坤幾個閒人。鏡中華髮盡白，樓外昏鐘更晨。烏雀常時過耳，山林是處容身。東園松林安否？又報春光一新。

冬暖渾如春暖，都無雪片風埃。河冰兩月重解，桃李漫山亂開。獸炭從低舊價，狐裘幸免新裁。細推物理何似，且盡尊前一杯。

成國送赤壁圖酬以二絶

兀坐西堂興轉孤，每因城市憶江湖。多情故有千金贈，萬里雲山一畫圖。

異代江山迹已陳，圖中赤壁尚嶙峋。老夫正著坡巾坐，莫是當年賦裏人。

管夫人墨竹卷爲張汝立題卷後有管書數百字皆趙體也

書家曾説衛夫人，管氏兼傳畫裏神。翠袖不須愁日暮，玉堂風月兩佳賓。

笑看清風動綺疏，管城芳思入新圖。篔簹谷裏燒春筍，曾似文家噴飯無？

壽蕭御史子邕母茅孺人詩

眼見萱花雪後新，天教老景殿靈椿。庭闈舊得宜男兆，臺府今成報主身。意滿密縫衣上綫，名高列女傳中人。平安更有平反報，一笑慈顏兩地春。

尋春圖

翠柳紅桃應碧波，老來無力奈春何！看花祇恐花將盡，載酒猶嫌酒未多。彭澤栽時千載興，玄都種後幾人過？芒鞋竹杖無拘束，且向空山發浩歌。

冬日西莊作

北郭幽期强自尋，敝裘無奈野寒侵。長途日短行人急，委巷風多落葉深。一望江山千里月，百年婚嫁九原心。灞橋不是無風雪，猶勝空齋忍凍吟。

蝶戀花四首次盧師邵韻

天與詩人風日好，詩若不成定被天公惱。四坐賓朋都向道，詩逋酒債齊還了。

却訝老夫今已老，秋月寒多翻到冬來少。日色漸低風漸小，閒愁且莫傷懷抱。

飯顆山前詩骨瘦，遥望岳陽樓上鄉心舊。人壽不如山更壽，秋來景好春來又。

詩到南容三已復，時崔甥在坐。人事天時恰好來相就。直放胸懷包宇宙，從教醉醒忘昏晝。

富貴浮雲非我意，不似時人日日爭閒氣。有限光陰無限地，又看短日過長至。

目送官程催驛騎，北使南巡且共西園醉。女嫁男婚心已遂，從今老了都無事。

六十年光今過九，白髮衰顔老態般般有。古語傳來嗟已久，破除萬事無過酒。

美景良辰難盡取，且學杜陵步屧村村柳。待到明年三月後，香醪一斗詩千首。

風入松二闋壽邃庵先生

一冬天氣暖如春，風雪避良辰。玉堂黄閣非凡世，神仙是、官府中人。御酒香分琥珀，宫袍光動麒麟。

華裾翠織軟紅塵，無日不車輪。公心自信清如水，何曾似要路通津？但願堯年舜日，長歌聖主賢臣。

與君同壽六旬餘，君弟我兄如。青袍黑髮當年事，何心到、玉帶金魚？夢見周公老矣，身隨陶令歸歟？

看君平步躡天衢，來往五雲車。塵緣未斷煙霞想，時常聽月佩風琚。分付瀛洲去鶴，殷勤好寄回書。

雨中花題花二闋

崖際碧堆紅縐，泉竇雪消冰溜。偃蓋拏空，蟠根入地，石與松俱瘦。尺樹寸山人比豆，妙思幾人能構？愛小李將軍，前朝風物，千載還如舊。

地角移來方寸，個是畫家風韻。鏤出心肝，望窮目睫，毫髮無遺恨。老眼生花燈有暈，時喚書童來問。指卷尾孤亭，溪頭遠水，渺渺天無盡。

買炭

買炭來西市，圍爐避北風。不辭然比桂，且免卧如弓。酒暖疑添緑，灰殘尚惜紅。邊兵與溝瘠，歲事恐難窮。

畫貓

菊籬苔徑雨新晴，階下狸兒緩步行。花日漸高晴正午，葉風初動耳如驚。去來總解知人意，夙夜能忘報主情？惟有一時雄捷地，丹青欲畫恐難成。

次木齋先生與馮雪湖提學聯句見懷韻

別來無日不思君，誰復清言與令儀？花下白元非舊伴，鼎邊韓孟有新詩。閒能習静忙偏少，夢爲貪歡覺每遲。擬向江南尋舊約，年光如此欲安之！

京國交遊入夢思，江西士子愛豐儀。夢回京闕雲邊路，興滿湖山雪後詩。朔地蕭條花事少，楚天寒落雁書遲。城中得似江南樂，短屐輕舟信所之。

臘月江梅盛開與崔甥用舊韻

每從鄰屋借花枝，嘉種南來偶得之。開似玉人中酒後，賞當金谷未春時。蹇驢有興猶無雪，羯鼓無歌但有詩。今日我家真是主，館賓須與共芳卮。

崔甥每歲爲予借梅今歲爲予養梅用韻吟謝

北地難栽雪後枝，郎君能爲我培之。吟哦事異崔斯立，描畫吾非李伯時。自信通家原有約，豈應今度却無詩？相逢更莫論賓主，每一花開勸一卮。

此梅乃蕭院判中立所贈亦用韻謝之

都無緑葉有青枝，曾見前人亦賦之。渠似董仙分杏地，我非杜甫乞桃時。休吹五月愁中笛，且傳孤山隱後詩〔一〕。明日看花須過我，可能攜取玉泉卮？玉泉酒亦杭物。

【校勘記】

〔一〕「傳」，原作「博」，此處當是用林和靖孤山隱居之典，以意當作「傳」，顯以形近而訛。

張御史汝立提學南畿花下會别借韻一首

寒花開滿臘前枝，有客將行欲贈之。都下祇應先紀瑞，江南却恐未逢時。多情一日難忘酒，好事千回不厭詩。明到江陵須憶我，燈前花底共傳卮。

約齋爲周子庚作

衆理散萬物，攬之在一心。浩浩天壤間，鳶魚自飛沉。博哉宣尼訓，約猶是良箴。善誘得顔淵，慎守惟曾參。俗儒侈聞見，極力窮高深。本根棄如遺，枝葉忽成林。紛紛義利交，坐使百慮侵。況復誇呲子，流蕩成荒淫。有斐東南顔，羣籍恣披尋。逢時陟朝省，雅志輕華簪。才猷信卓犖，歉若不自任。歷覽聖賢際，謂言古猶今。勖君平生業，惜此分寸陰。

李東陽全集卷一一一

懷麓堂詩續稿卷之八

元日試筆

暖風晴日又新年，浄几明窗亦舊緣。身病已從殘歲減，酒方真得故人傳。時有送屠蘇方藥者。梅花著樹紅將滿，松影當庭碧正圓。好是江南清隱地，不知家在帝城邊。

紅梅兩株並開詩興落莫又復斷飲客謂連歲借梅不乏觴詠今自有梅不可虛負仍用前韻一首

東風隨處有花枝，莫問人亡我得之。好事每懷曾借主，多情況值並開時？千金夜刻須留月，三日春光可負詩？從此一花還一酌，直教花盡始停卮。

賞梅之會聞希大生子仍用前韻

畫堂芳意藹連枝，六日春光我得之。病起恰當開酒候，客來剛及看花時。秀鍾龍虎城中地，兆協熊羆夢裏詩。更與元方留夜話，醉餘猶續兩三巵。

上元日厚齋先生借梅分致一樹用韻自笑一首

人家常與借花枝，借者翻勞我借之。萬物分毫元有主，東君去住本無時。尋春錯訝林逋宅，逸客應吟杜甫詩。留取後園紅半樹，兩筵燈火各傳巵。

是日夜會令用各姓依序爲起字仍押前韻聯句正倒各一首

予亦戲作

陳根今夜發新枝，喬木陰中偶見之。汪藻正停揮制手，趙奢方及罷兵時。何于水部元同調，劉以豪名本爲詩。崔鶡勝遊皆妙士，李邕多客豈空巵？

李氏空傳百萬枝，崔郎著姓幾如之。劉伶酒有停杯戒，何晏年非傅粉時。趙重秦庭能返璧，汪從江派早傳詩。喬松已落濃花後，陳迹猶堪寄一巵。

崔甥席上賞繚絲燈次邃庵先生韻二首

冰花脆薄綵絲柔，散作春米滿帝州。白雪誤疑銀海眩，碧空先訝火星流。詩腸萬縷應難盡，市價千錢不易酬。總爲情多看不厭，葛巾藜杖去還留。

火樹銀花白間紅，天機别出偶然同。輕裝遠歷千山路，雜組兼勞百練功。長許夜深淹醉客，極憐心苦是良工。狂吟縱飲緣何事？萬象終歸一幻中。

病起西莊感事二首時亡弟溟以子兆延貴贈中書舍人亡兒兆先之女夫劉給事濟是日墓見故有是作

東風一月滿春城，病起猶堪出郭行。廊廟江湖憂樂地，山川雲物古今情。周南樹摽梅初實，謝氏池邊草又生。分付先原休飲恨，百年光寵一時并。

十里川原舊帶城，石橋沙路繞溪行。花前對酒真如夢，病後逢春却有情。山樹鳥鳴鶯未囀，御河冰泮水還生。閒愁種種消應盡，一笑人間萬事并。

又和從婿張指揮楫韻一首

高臺一望俯平皋，野客來登興亦豪。村味早嘗新社酒，春寒猶惹舊宮袍。園紅尚憶花千樹，地渴還思雨一槔。名教本來多樂事，漫將心迹付莊騷。

恭題景陵御筆後二首

畫竹

舞鸞飛鳳影難收，零落人間八十秋。不見龍池揮翰日，九霄風露想神遊。

畫馬

曾統三軍駕六龍，逐雷驅電繞山東。歸來藻繪升平事，似録當時一戰功。

恭題茂陵御筆畫牛後

帝力如天物不知，草青牛飽及春時。玉堂記取揮毫日，曾試東郊問喘詞。東陽被選爲庶吉士時，命閣試丙吉論及東郊時雨詩，故云。

正月晦日夢爲人題畫竹一律記第三聯因續成之

九龍山色自嵯峨，誰寫修篁映碧波？萬壑泠風天籟寂，半庭斜影月明多。如聞鳳鳥今衰矣，欲采琅玕奈遠何。惟有夜窗孤枕夢，醒來猶作夢中哦。

甘泉書屋爲胡主事永齡作泉本名甘井今改名

青絲裊裊上銀牀，一曲幽泉帶草堂。濯罷夢纓剛免濁，漱淺孫齒尚餘涼。高年好助含飴樂，佳景方知啖蔗長。惟有寸心清苦在，坐來真與物相忘。

嘗鱘魚羹有作

水族名偏重，庖羞品最奇。道途吳地遠，風味楚人知。裹鮓空傳帖，調羹已後時。未須占食指，聊爲撚吟髭。

蟠桃行壽劉中允母

度索山頭古桃樹，花開如雲子如露。人間天上道路兩茫茫，往復求之不知處。漢家宫闕通仙臺，瑶池阿母從西來。手出袖中顆顆之嘉實，侑以席上灩灩之深杯。自言此果三千年花一結子，笑指方朔偷三回。鸞軿鶴馭事恍惚，塵世豈有真蓬萊？似聞遺核大於斗，代與相傳神爲守。國初以來賦者誰最工？龍門學士文章手。從來穹壤如許大，奇蹤異物無不有。至今詩畫各矜誇，長爲人家介眉壽。襄坦劉郎壽母時，邀予爲賦蟠桃詞。亦知在意不在物，貴以吉語當佳期。母年六十歲加一，又見甲子相推移。丹書錦誥爛五色，朱顏皓髮明雙眉。人言神仙中人不易得，風骨自是煙霞姿。詞垣諫院總才俊，長者先拜少者隨。共持仙桃捧壽酒，云自上林賜出非凡枝。天台洞口空採藥，玄都觀前休詠詩。君家故事到此乃實景，回視千葩萬卉徒紛披。願桃常新酒常熟，記取年年二月蟠桃開日來獻長生卮。

山水圖爲劉司馬世衡作

高臺百尺淩空起，夜色沉沉澹如水。舉頭見月不見人，一望煙雲千萬里。松風蕭蕭竹露寒，幽谷悄悄無猗蘭。山童竟日抱琴去，不遇知音誰與彈？醉翁之意不愛酒，縱有百篇無一斗。興到乘舟雪後溪，夢驚繫馬門前柳。古稱大隱居市城，丹崖翠壁空逃名。閒來自可心語口，吟罷如聞影答形。看君豈是漁樵客，中有經綸濟時策。還從畎畝問蒼生，誰向東山起安石？

曹孚若司務以疾在告不預賞梅之會以詩致意次韻答之

種得梅花樹樹新，花須笑我白頭人。野心自覺林逋老，詩律空懷子建親。西寺狂來三日醉，東君抛却二分春。惟應送酒傳箋地，巷北鄰南兩病身。

與席上諸客借前韻

載酒尋花事事新，知君不作問奇人。西堂地僻來應少，南客情多看轉親。出郭未能遊古寺，聞隆喜寺有梅花盛開。背巖猶得見餘春。休嗟萬木凋零後，閱盡繁華是此身。

與棋士范洪次邃翁韻 寧波人

京華觀棋場，屢見第一手。客從浙東來，二趙略相偶。寧波趙九成、温州趙卷。自餘各門徑，往往競妍丑。名鄉得一范，少壯成白首。縱横任所向，奇正無不有。從容雜談諧，日夕忘怒詬。回看負氣者，心役形爲瘦。矜强竟誰輸，悔誤恒自咎。吾嘗究譜法，僅僅辨攻守。翻思東坡翁，不善棋與酒。我酒亦如棋，從今兩緘口。

十峰書屋爲曹司務時信作 曹九峰僉憲，定庵憲副之弟也。

九峰峰後一支分，人道多才總不羣。詩骨瘦如逢飯顆，仙家清許住茅君。聽鶯郭外村村柳，採藥溪頭步步雲。長愛吴歌聲激烈，幾時重向酒邊聞？

竹澗爲潘太僕仲魯作 時潘赴南京。

疏林簌簌水泠泠，家住雙谿第幾汀？滿地清陰秋未掃，隔窗幽夢午還醒。每從蠟屐窮時到，更向紅塵僻處聽。明日滁陽西澗裏，可能重問醉翁亭？

清明日西莊作

好天晴日净無塵，歲入清明景象新。疏雨灑花才隔夜，暖風吹面不勝春。心同洛下行隨柳，興託周南詠采蘋。百感中人哪可盡，更看雙鬢白如銀。

术山書屋爲嚴同知時泰作

種术深山此地曾，泉聲決決路登登。溪雲斷後人争採，石火敲時手自蒸。一代功名歸藥籠，十年心事繞書燈。鄉邦共指題橋處，遥在城南紫翠層。

襄陵酒柬邃庵

襄陵水清清絶塵，襄陵酒香香可人。三冬甕底閉霜雪，二月釀作梨花春。素光不動月皎皎，緑浪細蹙風粼粼。酒惟在格不在味，世上好惡並如字。空甘辛。五年前不入京國，乍以賞識開心神。瓶深酒淺不易致，縱有舟楫無通津。石淙詩翁美風度，贈送不厭僮奴頻。向來大尊尊數斗，却視瓨瓿何其貧！翁從何處得此物？故吏義重門生親。嗟予不識子雲字，好事恥乞微高鄰。情長量短坐歎息，病後尚戒垂堂身。獨醒衆樂兩不遂，欲置廣席延佳賓。翁來相就且劇飲，共醉莫負花朝辰。

謝安圍棋圖

長江自與天開闢，典午河山限南北。江東才俊多如雲，獨爲蒼生起安石。東山歌管日從容，西州花樹春冥濛。似將富貴等夢幻，却視名教爲樊籠。秦城老氐兵百萬，笑指江流鞭可斷。羽書告急公不聞，一局圍棋有深算。八公草木皆人形，中霄虜騎無留行。捷書報公公不喜，且復對客收棋枰。公非不聞聞不驚，胸中自有平胡兵。公非不喜喜不亂，恥與兒女争功名。因從棋法識兵法，要使物情歸鎮壓。亞夫堅卧豈安眠？寇准酣歌非戲狎。浪説樵翁爛斧柯，任教詩老嘲蜩甲。眼看萬事有虧成，手執三機發生殺。吾生僻性惟江湖，登高弔古意躊躇。前朝人物幾凋换，此老風流真有無？堂前飛燕非舊屋，城上龍盤今帝都。車書一統天下樂，與客共看東山圖。

去歲安汝礪黄門送盆榴一株花期已過栽於園地秋月忽開數十花今年花當益盛而汝礪得告南歸漫賦一首

安君家有安石榴，盆中老樹枝相樛。時當五月花不發，但見屋角濃陰稠。爲言官舍庭苦狹，城市豈比林塘幽？盆栽碗汲不自遂，意欲種我西園秋。秋來預恐節序晚，忽報繁紅盈樹頭。從知物理有消息，誰遣造化分恩讎？朝培夕溉愛復惜，蔭覆更作冰霜謀。新春屈指待花發，憶子正泛江南舟。何時花下一樽酒，爛漫共醉黄金甌？

偈問實庵笑而不答歲加一齡載吟兩偈亦以代翁答耳

有脚幾曾離實地，無心長是住虚空。問渠立命安身法，虚實都來兩字中。
九十一年朝暮如，百齡光景在須臾。問渠甲子今多少，那有功夫數念珠。

城西陳氏莊牡丹盛開崔甥與客共賞蕃兒馳報速我一行戲作二首

手種名花浪得名，花間走馬故相迎。小兒知我興不淺，幽事惱人眠未成。如解語時應待雨，難忘情處且宜晴。狂飇酷日須勞避，莫負肩輿數里行。

今朝出處未分明，聞得花開便出城。看竹例何曾問主，留詩壁少舊題名。紅芳不受風欺得，白墮剛逢酒釀成。莫怪多情還易醉，阮家羣從謝家甥。

崔甥連失一女二女孫情不能釋慰之以詩

嫩緑繁紅幾歲華，一枝零落兩枝斜。君家合是冰霜地，祇種松筠不種花。

得雨

一雨動經歲，秋殘春又歸。到窗時側耳，入坐忽沾衣。地渴如貪飲，花窮似解圍。賞心何足道，先與救年饑。

題太湖分趣卷曹太僕汝學嘗爲假山以是名請賦之

太湖水深不？極歷堯年經禹迹。漰淪蕩汩幾千秋，頓使泥沙化爲石。大者屹立成兩山，小者散落波濤間。良工點染入圖畫，巧匠壘壘如巖巒。世人厭真却愛假，人意似與天機關。君不見大江之南山北固，中有曹卿山下住。開園疊石意何勞，來自湖波最深處。或爲巃嵸峰，欻忽晴空起雲霧；或爲崚嶒磴，只尺層臺若飛步；或爲略彴橋、硿巃洞，高者可凌卑可度。有時絶頂試登臨，郭外羣山歸指顧。分得乾坤一片秋，不須更畫滄洲趣。曹卿好奇有古風，平生丘壑蟠心胸。草堂閉後已十載，臺寺夢與湖山通。長安城中一卷石，笑我幻質難爲工。仙乎豈有縮地術？愚也欲效移山公。題詩爲我刻石壁，嗟我老矣慎勿多事安紗籠。

再過趙生園池二首

老去慵看近侍花，又隨春色到君家。紅顔不爲耽杯酒，白髮羞將插帽紗。地接河山開錦繡，天教風雨洗塵沙。一般村巷城西路，却笑東陵衹種瓜。

古燕城北太行東，十里溪泉窈窕通。臺樹影疏時漏日，渚蘋香細不禁風。衣冠自合開詩社，村廓何緣著釣翁？留取看花餘興在，曲闌干外月明中。

又疊前韻二首

出城長是爲看花，恠底開時不在家。新幄已添青步障，舊題誰護碧籠紗。催詩次第雲將雨，照影分明水見沙。懶向芳菲鬭春色，老來身計比匏瓜。

倒舵回船西復東，渚蘗溪荇礙還通。簾櫳半捲山頭日，楊柳時來水面風。上日壺觴陪勝客，舊時兒女識衰翁。牡丹開過芙蕖發，消盡閒愁向此中。

張指揮莊看花

幾度看花載酒過，花開不似此園多。香風滿地飄蝴蝶，落日當筵照綺羅。禁省久違靈運直，豔詞不作退之歌。風流却愛張公子，奈爾千篇萬户何！

恩養堂爲建安楊主事易作

黄華山下萱花黄，白頭老母居高堂。霜枝露葉慘欲暮，短日下照天無光。郎官乞身向親側，却籍君恩慰顔色。都將一日换三公，更喜高年沾匹帛。郎官身貴登仙曹，望雲不見心徒勞。封章已荷新頒誥，舞袖空餘舊錫袍。君家閥閱高如許，人去堂存幾寒暑。應同口澤念桮棬，不獨山居蔽風雨。少師勳名天下聞，中書文藻揚清芬。他時晝錦還鄉地，猶是春暉報母身。

與楊遜夫小坐東園望雨不至感而有作

過雲飛雨望還無，且向園中聽轆轤。文似茂陵心更渴，客來江閣興難孤。江南使者何時到？河北蒼生恐未蘇。好待隨車三日足，却從豐稔問荒蕪。

又一首

緑槐亭下午陰涼，滿地遊絲白晝長。遠望似嫌花作障，醉眠須辦石爲牀。惟應問俗村村到，不爲催科日日忙。猶有通家餘話在，重來杯酒莫相忘。

德卿家有古鏡徑可八九寸背有雙魚形制甚朴蓋其母夫人奩具今六十餘年矣間以視予請賦之

玉白冰清紫翠斑，一生辛苦十年閒。江心雙鯉形猶在，月下孤鸞去不還。每向珍藏思故物，時從拂拭見慈顔。至今冰鑒無私照，猶在郎君掌握間。

西盤書屋

太行西下石爲盤，不作當年李願看。四面碧雲當坐起，半空蒼雪灑窗寒。芝蘭室裏春長在，絃誦聲中夜未闌。記取少時鴻漸地，羽儀今已立朝端。

柳屏精舍

睥睨牆高十丈屏，羣山四面繞空冥。紅塵路隔春遊斷，碧樹陰多午夢醒。歸院不迷青瑣路，閉門時寫太玄經。官曹此日深如許，應憶城南舊草亭。

大觀草亭

手結山茅近水傍，一亭新構小如堂。乾坤許大身能幾？歲月從多世更長。莊子謾誇齊物論，嵇康不用養生方。平生道眼分明在，爲取功名夢一場。

尚友山堂

謾説如蘭復斷金，典刑端可作規箴。書中自與聖賢語，門外不聞車馬音。莫遣紅顏空白首，須知異代有同心。蒼龍古意無人識，坐對青燈拂素琴。

白峰書屋爲孫參政禎作

草堂遥對北峰寒，長向高樓獨倚闌。山氣入秋排闥送，月光通夜捲簾看。門臨赤縣無車馬，地接青霄見羽翰。聞道孫康曾映雪，風流不數晉衣冠。

菊泉題户部羅主事乃翁遺卷

武昌城南隱者家，秋來無處無黄花。餐英自許一身健，插帽忽驚雙鬢華。山根泉水清如玉，自汲深清灌寒緑。品格元非富貴花，藥名已注神仙籙。南陽服食多壽民，南山賦詠惟詩人。此花此水鎮常在，此老風流今絶塵。清風明月無錢買，碧葉黄花秋不改。應有書香比桂蘭，須教世澤同江海。清時令子尚書郎，感恩戀德故難忘。願花不凋泉不涸，長與遊人説武昌。

五月七日

秘殿森嚴聖語温，十年前是一乾坤。孤臣林壑餘生在，帝里金湯舊業存。舜殿南風難解愠，漢陵西望欲銷魂。年年此日無窮恨，風雨瀟瀟獨閉門。

敬亭張亞卿西莊有作五月五日

白石橋邊緑水傍，高門隱隱帶垂陽。溪魚自躍元無餌，賀燕争飛故繞梁。帝里山川誇負郭，田家風景愛端陽。鄰莊雞犬遥相接，隔歲重過意未償。

河邊二古柳各二十圍相傳爲百年前物感而賦之

西湖水邊曲復曲，靈通觀前東更東。傍堤老樹歲月古，入穴蟄蟲螻蟻空。散步一時忘溽暑，披襟四面愛涼風。留連未了詩人興，猶在鳴蟬落照中。

族子嘉敬初命爲兵部司務見於畏吾村世墓感而有作

自緣身病解朝簪，幾度來停郭外驂。隴麥盡枯無宿雉，園桑初老半成蠶。村居地僻人稀到，歲月情深我未堪。猶喜竹林多雨露，直從江北過江南。

壽筵喜雨詩一首初度前十日癸丑門生以詩酒相慶是夜雨明日己未門生繼至復雨久旱得此蓋自是雨不絕感而賦之

壽堂芳事接朝曛，好雨聲來半夜聞。早歲有人如作楫，勝筵無客不能文。行憐草木皆生意，坐對壺觴帶宿醺。老我無心曾出岫，愛看英俊正爲雲。

七十自壽三首

少時髫丱總成霜，舊話分明記轉長。五十年前惟老母，七千里外是吾鄉。古稀事且從人說，後樂心能與世忘。起向庭闈稱壽酒，更呼兒女盡餘觴。

不出門庭有路岐，直從巇險到平夷。苦心用盡終何益？蔗境餐來祇獨知。康泰一身惟仗藥，破除萬事却憑詩。詩成自壽還堪笑，人過稀年復幾時！

旱時須雨雨須晴，好雨晴時眼倍明。天假壽筵如應卜，客當佳景更多情。即看三伏炎蒸盡，但覺滿堂和氣生。一自老親年八十，不妨重此醉深觥。

石鼓歌

昔聞石鼓在太學，鼓形穹窿石犖确。髫年釋褐隨班行，未暇研覃與揚榷。始官翰林歲分獻，晚以代祀觀尤數。我思古人不可見，健筆雄詞兩超卓。宣王謨烈繼成康，況有文章存古樸。是時風俗猶渾灝，不貴紛華貴堅確。勒功太廟告中興，講武岐陽猶獵校。未論凱旋奏鐃歌，復遣揚言播聲樂。神靈地不愛圖書，大玉天然謝雕琢。垂垂屋漏隕牆痕，隱隱昏星露芒角。初如淮徐振師旅，壯士當場鳴劍槊。

又如申甫端冠紳，儐相聯階舞干箾。恨不删修比六經，獲以科名分黜擢。年深歲長世運改，誰向鴻荒究綿邈？嬴劉以後無此文，欲與混沌分清濁。驟看筆勢尋風骨，細剔苔痕認斑駁。原抛野擲隨榛菅，冬經雪霜夏冰雹。疑瘞大鼎存銘識，似毁明堂露榱桷。當時十鼓一爲臼，猶幸農家事舂繳。愛惜應勞鬼護呵，搜尋不厭山嶢崅。暗中摸索亦可知，辨口尚煩争衆踔。宋人空解寶燕石，卞氏祇知歸楚璞。聖朝天子方好儒，化雨恩波極沾渥。戟門森嚴鼓羅列，庇以高簷護重幄。見之起敬還興慕，以手摩挲防擊撲。我生學篆希前蹤，回視俗書羞齷齪。力崇雅素去澆浮，每向迷途問先覺。家藏舊本出梨棗，楮墨輕虚不盈握。行年七十始效顰，老臂支撑目昏眊。邕書孔經鉉秦刻，格力雖殊苦形貌。拾殘補缺能幾何？萬一涓埃裨海嶽。太原宋生生好奇，鐵筆爲予親刻斫。吁嗟往者不復還，庶免方來盡消剥。還從祭酒告諸生，誦此衣冠日三濯。

李東陽全集卷一一二至一一三

懷麓堂文續稿十二卷

李東陽全集卷一一二

懷麓堂文續稿卷之一

記八首

常州府修城記

凡藩郡衛所所治，必建城郭，以宿兵守民，防御姦宄。國家重熙累洽百五十年，武備浸緩，城不時葺，識治體者必先焉。常州府古毗陵郡，爲南都肘腋，吴越喉襟，地最要且重。自晉太康初，已有城。唐天祐間，增置外郭。歷代以降，修廢不常。我太祖高皇帝下江南，命中山侯湯公和以重兵鎮之，始於郭内改築今城，周十里有奇。既久，爲霖潦所壞。成化間，知府孫侯仁修之。輒復壞，掌固之令，視爲虚文。

正德辛未冬，渤海李侯嵩來知府事，首議修築。時北方羣盜出没，畿省閭城郭弗豫者多嬰其害。江南遠在數千里外，咸謂侯爲過計。侯曰：「城固當修，修必豫。雖勞吾民，亦佚道也，吾與樂其成耳。」乃白於巡撫都御史王君縝、巡按御史原君軒、清戎御史何君棐、巡捕御史某君某，皆以爲宜。侯亟令於衆，第產賦金，量力制役，刻日定籍，丈度尺計，分工而並作。聽政之暇，躬莅其勤惰而懲勸之。補缺爲完，益庳爲崇，飾舊爲新。垣壤堅厚，廉角峻整。樓櫓扉闑，閎深壯麗。而又滌隍浚池，架梁成塗。凡爲城之事，罔不備具。越三月而告畢。居者櫛比，行者輻湊，萬目改視，千夫增氣。吏慶於官，士頌於庠，民歌於野，皆幸其功之成。而猶或以爲無大損益者。

居無何，北盜爲王師所迫，舍騎入舟，上溯江漢，乘流而下，越鎮江，逾孟瀆，急攻江陰。東南之民安於富庶，不習兵革，流言夜驚，危不自保。侯以完城付寮屬暨戎衛，曰：「是足以守，吾任其戰。」躬帥吏士民兵拒於江。謀畫内定，勇敢外倡，厚爲募賞，而嚴其不用命。賊方貪利肆志，藐如無人，不虞其遽出也。我兵恃城爲本，倚守爲命，無不一當百，禽其醜若干人，賊引而退。月餘再至，將殊死戰，聞侯復出，竟不敢逼，西奔於狼山。會提督軍務都御史陸君完移兵江南，以舟師蹙而殲之，事遂大定。向之惑者始相率而語曰：「我侯之力，斯城之功也。」

蓋常之屬邑有四，而江陰當盜之衝，其去郡治，不啻百里。使當是時城不固，則守不敢出，出必不能展布心力，以收成功。今一城修而闔境無事，旁至吳越諸郡，皆按堵貼席，獲免於驚擾之患。是其所繫豈細故哉！天下之事，恒壞於因循，而成於豫備。使爲郡縣者皆能先事而慮，貞固而幹，乘高據深，被堅執鋭，固守而力禦，則保障之利，天下共之。彼蕞爾之寇，猝然之變，豈至燎原而焚？不然，則斯役也雖無所試，吾固將與之，況其明效顯驗焯焯如此哉！且民保於城，城保於德。莒恃陋而不修城，魯恃城而不修政，春秋皆譏之。李侯之修，蓋有不徒然者。常之大夫士，僉謂不可無所紀述，以示來世。台州府同知武進殷君鎰，予中表之鄙也，以侯予禮部所舉士，寓書於工部郎中顧君可學上京師。湖廣布政參議江陰夏君從壽，亦予所舉，道其事尤詳。因爲文及詩，寓而歸之，俾刻焉。

侯歷監察御史，有聲，其爲郡，治行茂著，比以御賊功，加禄三品。佐斯役者，爲同知羅瑋，通判陳碧、温應璧、謝思道，推官粟登，故並書之。而諸執役出力之名氏，則列之碑陰。其詩曰：

有城巖巖，有池潭潭，大江之南。築之隆隆，浚之溶溶，郡侯之功。侯之始謀，有廢必修，其民咻咻。侯心不移，謂所宜爲，曰匪吾私。澤流令行，既經既營，不日其成。人繁物華，中孽以牙，於江之涯。兵强勢尊，賊徒既奔，我城固存。内安外攘，乃治之常，矧此一方？維城峨峨，壯我山河，侯功不磨。

鐵柯記

南京刑部尚書東吴劉公與清，嘗欲以「鐵柯」自號。或問其義，曰：「吾性愛松柏，生崖谷間，不爲石屈；歷歲寒，不爲霜雪撓。人謂其枝柯若鐵然，蓋以自況，亦因以自勵也。」其鄉人杜啓子開者爲監察御史，出按於閩，得古銅印，有「鐵柯」二篆字，以遺公。公喜曰：「古人殆先得我心矣！」遂定號焉。贈太子太保吴文定公、少傅守谿王公皆爲之説。比公以考績北上，請記於予。

予惟：人，物之靈也。天下之物，惟人所用，然人之於物，非徒用也，亦或有資焉。小者寄情興，大者比德性，是必其物之善，其弗善者，弗與也。今夫松柏之爲物，記禮者取其不易，聖人歎其後凋。凡木之類，莫與爲比，詞人賦客，乃至以鐵喻之。鐵，金類也，金堅於木，鐵又其最堅者，兹以松柏比德，亦善矣。猶以爲未似，而又以鐵喻之。然則人之於松柏，猶松之於鐵也。宋廣平守正不屈，人謂其有鐵心；劉元城直言受禍，人稱其爲鐵漢：古人亦有是言矣。御史之職，所以摧姦去暴，故名臺以柏，名斧以鐵，公之義其亦有取於斯耶，否耶？

公舉進士，歷縣令，入内臺，峨冠正笏，風裁卓卓。累遷都御史，巡撫四川。揚善激惡，剷除垢弊。又開古路，以避峽江之險。坐不待報，爲權姦所中。嬰縲絏，褫官職，而未嘗少挫。及其事平論定，佐兵曹，掌邦禁，歷兩京。閲三載，年過七十，而精采充溢，才力强健，顧少壯所不及，無愧乎所自號者。信斯名之可言，而斯言之必可行也。自是而觀，若公者，松耶，鐵耶，其合二物而爲之耶？吾不得而辨也。且松與鐵皆無情之物，雖有善，亦滯而不能通，固公之所託以自勵，若遂物視而名稱之，亦失之粗矣，請更於其用之大者求之。

忠誠堂記

忠誠堂者，太子太傅朱公之堂也。公嘗謂予曰：「輔之曾大父東平武烈王賜第城西，肇建斯堂，名以著志，且以爲子孫訓。大父平陰武愍王重加修飾，及吾父太師莊簡公，至於今世居之。請紀名義，以識不忘。」吾父贈特進府君託交於莊簡公，實締姻好，吾妻封一品夫人於公爲姊，有世契焉，吾之登斯堂舊矣。

竊聞孔子謂「臣事君以忠」，程子謂「至誠事君，則成人臣」，「至誠事親，則成人子」，忠誠者，臣子之本也。古者世禄而不世官，必才德可用，乃任以事。周命君牙爲司徒，稱「乃祖乃父，世篤忠貞」，「厥有成績，紀於太常」，勉其纘舊服，配前人，而祖父之名不見於載籍。漢之功臣，自蕭、曹以下，皆有券誓，及其苗裔，而承德繼業者亦難其人。國朝之制，武臣有戎功者，皆得世廕，而奇勳異績，則命以爵邑，錫之誥券。今世享公爵者，不過四五家。

東平以靖難元功，始受封國，暨於平陰，以出師死王事，無愧乎所謂忠誠者。我莊簡公總南京留務三十餘年，老成重厚，足稱委寄，獨念國恥未雪，父仇未報，不得一當匈奴，怒髮扼腕，終其身而有遺憾。今公在先朝嗣爵受任，分領三千神機諸營，繼掌留務者十餘年。今天子即祚，特加官秩，以示優異。公以世臣讀父書，守家法，崇奉陵廟，修治城隍，練兵蓄糧，用人養士，承命代告天地、社稷、大江之神，皆能舉職修禮。若其事上篤慎，守官清儉，持重而不伐，恒久而不變，人蓋多稱之。尤極孝敬，念母太夫人居京第，迎養弗獲，累乞謝政，歸奉定省。上察其情懇，特許之。至則敕掌三千營及左軍都督府事，代祀之命、宴享之禮、書籍服器人口之賜，後先相繼。又念祖父賜葬北山，乞假展掃。許以歲春秋二祭，尤常格所不及。論者謂其守留都則綽有父風，總京營則繩其祖武。其於先緒，可謂有光，而公之宅心莅事，惴惴恒恐不及。及追憶平陰未報之仇、莊簡未終之志，亦惓惓不置，而年富力强，若猶有待於後者。予於朱氏一門四世之盛，因仰歎聖天子篤念舊臣，報功之典，遠過前漢，不使專美於周。深恩厚德，公之子孫不可以不知也。公之請記，固將有感於斯堂也夫！

公長子麟，以恩與功，累官至錦衣衛指揮僉事。次子鳳，以恩賜冠服。庶子曰鸞。雲仍之澤，蓋未可量。長女適崇信伯費柱，斯堂之訓，亦其所預聞者也。

公字廷贊，輔其名。能琴，善大書，喜吟詠。以家廟有松數株，號松庵；比又以堂後有古槐高數丈，亦先世手澤所在，故更以枕槐名：予獨取其義之大者著於篇。

京江靳氏祠堂記

禮部尚書兼翰林學士京江靳君充道謂予曰：「貴之喪先通議府君久矣。自入仕籍，十有餘年，丁母范淑人憂歸，先人舊廬已孫於從兄，乃購城南隙地以居。首營祠堂於正寢之東；前復爲堂曰『敦敍』，以爲享餕之地；名公著作有及於世德者，皆刻於壁之四周；又前爲兩廡，東貯祭器，西爲致齋之所。經始於正德丙寅之冬，落於丁卯之春，凡五閲月而成。祭之儀一準文公家禮，如不作佛事、不用楮錢之類，關大義者，皆不敢悖。而亦有不能盡同者，若四世之位，以中爲尊，蓋用生者之序，亦先人之所嘗行者也。每朔望行參拜儀，餘日灑掃，則令子弟將其事，蓋慮其不繼，或至於曠也。器用今制，品用時物，若古式所具者，亦兼用之，以存其舊，不敢廢也。奉先考妣遺像於堂之東室，俾更世之後，主以次祧，而此像存焉，蓋念家所由起，而因以自私其親者也。置祭田百畝於瓜渚，出其餘以周宗人，又推以贍母氏之族。蓋本於敕葬我母之恩，亦母之望於我者，雖非治命，而亦不敢忘也。嘗慨夫世之庸人愚婦禮佛飯僧以爲親報者，固習俗使然，亦以吾儒祭亨之禮不行於天下，彼其哀慕孝敬之情不得不於此乎？託使儒名而禮學者皆行於家而成教於國，習久而人自化之，亦庶乎無惑於此也。」

予聞而歎曰：人子之於親，無所於報，惟視其所得爲者爲之，生則盡養，死則盡哀，如是而已矣。顧養有窮而哀則無窮，慎終者止於一時，而追遠者及於累世，世世而傳之，雖至於無窮，可也。聖人恐人之忘其親，故制爲祭祀之禮；又恐其汎而厭也，而爲之節，服止乎三年，數止於四代，儀文器度，皆有限而不得過，夫然後可以常行而至於無窮。古者自官師、適士而上皆有廟，中世以降，廟制不修，乃有世家、廷臣，朝廷爲之立廟以愧其心者。朱子之作家禮，蓋首及之。又謂世遠俗異，略爲斟酌，以求其可必行，顧猶有未成者。延及於今，非獨此禮之廢，而習俗之異，亦已甚矣。非大臣君子蹈行而振厲之，其將誰責哉！

靳氏爲江南族望，高祖諱實，曾祖諱誠，自元季入國朝，皆隱德弗耀。祖諱榮，以行義聞；考諱瑜，爲温州府經歷，廉慎有才略：皆贈通議大夫禮部右侍郎。而温州尤以遺愛爲邦人所祀，其世德所從來遠矣。充道碩學慎行，考古禮，稽時制，修譜乘，以合宗族。祠堂之建，蓋竭志極力而爲之者，故雖細枝末節，必審而後定，非苟爲旦夕之計也。爲子孫者，慎守而善繼之，由堂構之務，以盡烝嘗之義，移孝爲忠，自家而國，以及於天下，君子之澤其有窮乎？

充道繼以記請，因述其辭，識其所爲作者。又爲之詩，俾祭畢而歌之，以爲旅酬之侑云。其詩曰：

我生有身，吾親何之？我居有廬，吾親曷依？我食我飲，必先醴粢。我繒我帛，必陳裳衣。我有新堂，可烝可嘗。茅沙於陰，董燎於陽。有誠則神，豈幽弗明？神盍斯來，子孫在傍。揭揭徵君，嚴嚴郡幕。勤勤舊業，先世有作。祠堂峨峨，既樸而臒。祭田芃芃，既播而獲。有虔祀事，惟愛惟慤。源源世澤，百世無涸。

費氏孝友堂記

太子太保禮部尚書兼武英殿大學士湖東費公子充有世居之堂，其鄉大夫士相與名之曰「孝友」，以表世德，而爲之請記於予曰：「言之不如文之遠也。」子充之考贈禮部尚書五峰公及妣余夫人，予皆嘗爲銘誌。又觀丘文莊公所著大父贈尚書樂庵公表及傳、文穆公所誌伯父參議復庵公及子充所自爲誌其叔父雪峰君者，得其世爲詳。參諸大夫士所稱者，皆合。

蓋樂庵未冠時，父病，嘗刲股肉爲糜以進；事繼母張如母；代父養祖母徐，終其身。惟一弟，衣必兩制，食必同案，病則俱卧起；每見人家析産，輒愀然不樂。參議公少服父教，聞叱吒聲輒誦讀不輟；事寡嫂恭甚；每俸入，必與三弟共之；取浦江鄭氏家規，仿以爲訓。五峰公以父羸嘗悉予季父；念母周夫人多疾，躬習醫藥；曾祖母王孺人墓弗戒於盜，手拾遺骼，内諸故槥；弟雪峰病，親爲扶持，至察其穢器；聞其革，冒江濤就與之訣；扶其孤雋寯，嘗夜入寢閣，抱之出以避賊。皆倫理之大者。伯氏敏庵及雪峰皆舉鄉貢，季順庵爲義官，皆綽有家法。子充復振起之，費氏至是始大顯。而孝友之聞，日以益著，其所由來遠矣。

夫孝友之道，有生則有之，自身以達於家國、於天下，無貴賤賢不肖，一也。若與於家國天下，則可以及於人人，此則儒者之學仕之事也。費氏以儒爲家，自樂庵公躬履力踐，而弗用於世。二子者僅舉於鄉，參議公亦不顯，然其倫理之誼，世克承之。及子充以弱冠舉大魁，文名動天下，其在講筵稽據啓沃、在史局纂述褒貶者，皆是道也。今被簡召入秘閣，參預機密，天下事無所不得聞。當聖天子奉養兩宫、親睦九祖之日，内則告謀猷，外則宣命令，戡叛亂，功賞並懋，官階疊進，凡有耳目者，莫不聞而知之矣。移忠之道、揚名之義，有目者所具瞻焉。昔宋仁宗願得忠孝狀元，應選者亦未能滿其所望，故上之求下，甚於下之求上也。予知子充久，比與同事，已閲歲。見其論必傳正，守不徇俗，勳業所就，蓋望之深矣。夫世之隱者不過教於家，必仕者乃與於國於天下。鄉也者，家國之交也。然則，諸大夫士之心亦豈獨爲費氏世德傳哉？因爲之記，俾書於堂室，以示夫耳目所逮者，庶不以爲恒言庸行而忽之也。

子充之行凡十人。從兄憲，以參議子出後敏庵，實爲宗子。從弟寀，繼舉進士，爲翰林編修。弟完及從子懋中，復同鄉貢。子懋賢，岐嶷特出。羣從如寧、官、崇、寤及懋和、懋禮、懋元、懋恭輩二十餘人，森然林立，皆同處此堂者。孝友之澤，殆未艾云。

浣玉齋記

有號浣玉翁者，錦衣指揮同知范侯國用因以名其所居之齋。

客有過而問曰：「齋名何義也？」翁曰：「吾之生也，吾父命之名曰瑄。瑄，玉類也，故字從『玉』。吾父不以瑄爲弗類，將以玉我於成者也。瑄自有知識以來，顧名思義，質諸師友之訓，而有得焉。古之比德者必以玉，蓋取其温而栗，且久也。向使温而可狎，栗而不可親，温且栗矣而不可以久，皆不可以爲玉。物之可以言德者，莫玉若也。人之靈豈不物若哉？而必比於物者，非以其德乎？顧所處有不同者，玉蝕於土則昏，陷於泥則汙，必有以濯之，則其温而栗者猶玉也。人之弗靈，其蝕與陷有甚於泥滓者。日日而濯之，猶懼其移於物也；久而弗濯，則失其所以爲人。此吾齋之所以名也。」

客聞而歎曰：「吾聞侯之在官也，奉法守律，視貨賄若鴆毒然。自領文簿，司訪緝，外奉使命，内理詔獄，以至督治工役諸務，未嘗有玷。用是以功績被簡，官至五命，秩登三品，禄奉之外，無所增入，僅足爲俯育計，而不以一動其心。非其謹畏出於天性，宜不至此，亦有得於兹齋也夫？」翁曰：「若是，則予惡敢當？然不敢以不勉也。」

客曰：「嗟乎！君子有三戒，其老也，血氣既衰，戒之在得。年至於七十，不可謂不壽矣，而其所自律者固存，不可謂不難矣。然人固有勉於平生而壞於一旦者，使果不爲外物所累，則視世之貨賄財物猶泥滓也，其不爲完名全德矣乎？而恒患乎莫之能也。」於是翁起而謝曰：「瑄不敏，敢不夙夜惟斯言是圖。」

越數日，翁子鐸介其中表兄錦衣指揮僉事葉侯蕃請記於予。蕃父都指揮使贈都督同知大用持廉秉公，自少至老，不少變聲光，事業皦皦，在人耳目。蓋翁之薰染觀感以爲終身地，視諸師友之訓尤切。蕃亦世守名義，可與言者也。故爲之記。正德癸酉冬十月某日，實翁初度，蕃蓋不爲俗賀而以德愛故云。

重建黟縣知縣董君生祠記

徽之黟有生祠，蓋爲前知縣董君建者。君以成化乙未進士來莅兹縣，及被召爲御史，民思之不能忘，爲作是祠於縣之東偏，每歲春秋必饗之，春坊右諭德劉君景元爲記。

越三十餘年，君已擢雲南知府致事而歸。祠故湫隘，至是益就圮。耆民舒曜輩謀改卜於學宫近地，未果。推官張君應祺以公事至黟，披閲縣誌，知有君祠。衆復申前議，張君曰：「昔人建祠，密邇縣治，蓋以風厲後之有民社者。徙之無謂，宜仍其舊而新之。」民相率鼓義捐金粟者五十餘家。乃伐木陶瓦，鳩工就役，一不以煩於官。爲祠堂四楹，中肖君像；後堂四楹，以庋君所得誥敕之文；前爲門，旁爲左右廡：高爽疏達，悉加於舊。經始於正德壬申春二月，至秋七月而成。衆謂不可無記，乃請張君狀其事，走書致介以請於予。

夫觀人之政者，徵之官不若徵之民，民之好惡向背，有不容僞。顧出於一時者，非有所爲而爲，則有所畏而不敢不爲，故史重去思，而律有見任立碑之禁，凡以此也。董君自縣而升御史，祠之建或亦有疑焉。及出而爲郡，則稍遠矣，棄而歸，則疏且久矣，祠且廢而復葺，葺又加廣焉。昔之民壯者老，老者死，雖有所畏而爲與畏而不敢不爲者，不能使其子孫人人同也。非有塗巷之議、家庭之習浹於耳目，得之言論相尋而不絶者，能然乎？今明神有祠，名賢有祀，舉有賞，廢有罰，有司者又力能爲之，猶不能使其不墜。然則，董君之徵之民也，不可謂不難矣。君之爲政，易直近民，務施實惠。黟多山谷，每大雨水溢，壞民田墓，築三堤以捍之，史、葉二村，辟田致數百畝；縣去府遠，民苦陸運，請折銀價，歲省以千計；科第久闕，簡俊茂士，躬督教之，舉者踵接。此其鑿鑿可據信者。他如恤孤振乏，禱旱致雨，制豪猾，抑兼并，至於壇壝廟學，百廢具舉，皆其職所得爲而民所欲聚者，蓋狀之所述云耳，前記已備載之，今不厭重録者，以祠之重建故也。後之令長知實惠可以得民也，亦奚以作僞爲哉！

君名復，字德初，浙之會稽人。今年七十有二，尚康强無恙。其兄豫，舉戊戌進士，累官福建按察僉事卒，嘗知吾茶陵州，亦有惠政。子玘，弘治乙丑進士及第，累官翰林侍讀，以文行聞於時。

羅池書屋記

羅池在柳州城東二百武，廣袤可數里，澄波渟蓄，準平而鑒照。其外，大江自西北來，繞池而南，復東北折而南去，蓋柳詩所謂「回腸九曲」者也。江之外，峰巒巃嵸，偃伏翕辟，千態萬狀，於凡動植之形、器物之象，靡所不似。柳記所稱山水可遊者，已極摹寫，而其居人有鑒識者，猶以爲未盡其妙。

其山之方嚴端重，爲羣峰之望者曰玉屏，計氏之居實向之。計之彦有曰宗道字惟中者，嘗構數屋，讀書其間。俯池仰山，挹清而攬秀，風雲月露、禽魚竹樹之聲色香氣，時取而日探之。所以豁胸襟，發志意，殆有卓乎其與立、暢乎其不括者。望遠之懷、登高之賦，宛乎不忘於心間。嘗繪圖述事，指其雲物謂予曰：「此吾親之所舍也。」指其山水丘壑曰：「此吾童子時所釣遊也。」蓋未嘗不倦倦焉。又嘗謂予曰：「池之地故窪，環池而岸處者，雖貧家窶士，類能誦習經史，名科第，取官職，自宋以來已然。説者以爲風氣所萃，而亦莫之知也。」

予觀惟中之父□君，舉鄉貢，知桃源縣，今封南京户部員外郎。惟中舉鄉貢第一，登弘治己未進士，歔歷郡縣，今在南京爲户部郎中，傳芳繼美，則兹地所僅見也。夫人與地恒相須而不相悖，羅池之名，非子厚不著，然其誦習可舉戒者固存，惟中之賢，宜思之審矣。且所謂書屋者，諸經子史，皆在其所誦習，亦寧獨一柳氏止哉！

惟中與予諸弟少同筆硯，其舉禮部，予實校其文。久不通問，暨予退處林壑，再上京師，以文字相往還。此其志有足取者，其以記請，曷容以默？於是乎書。

李東陽全集卷一一三

懷麓堂文續稿卷之二

記七首

遺善堂記

華亭顧氏，世居松城之西南古西湖之南涯，二十餘世。翰林侍讀學士士廉之祖遺善處士，望於鄉。厥考可閒封君，嘗新故居，追念先訓，擬爲堂，以「寶善」名。材用既具，未構而没。士廉實踵而成之，爲間三，高兩丈有奇，其深有加焉。嘗請予書扁額，予謂宜仍祖號，以示訓法，因名曰「遺善之堂」。堂之東爲先祠，西有室，名曰「芳蘭」，以延賓客，後有樓，爲間亦三，而高深皆有加焉。並城而望，有稻田，極目數里，名曰「觀稼」。祠之東，下瞰流渠，又爲小樓跨之，名曰「來鶴」。循階而下，果實蔬茹，區分類聚，花竹羅列，水石間錯，各極其勝。藏修遊息，惟用是適，而斯堂巍然居其中。士廉復請於予曰：「願爲清記其所爲名者。」

予惟：善，天下所同也。天下之人同受此理於天，是善者，天之所遺也。然人不能以皆善，於是君以善教其臣民，祖父以教其子若孫。教之而善，雖其所固有，而亦君親所遺也。顧親之教專於訓法，以待其自化。於是又有責善之戒，豈必如官府之禁令然哉！蕭文終之言曰：「後世賢，師吾儉；不賢，無爲勢家所奪。」龐德公之言曰：「世人遺之以危，我獨遺之以安。」是猶以得失福禍計，非純乎善者也。若一經滿籯之語，則不過羨韋氏功名之盛，又惡足深論哉！嗟夫！顧氏之世德久矣。蓋自宋、元以來，安土力穡，至於處士，積德累義，弗爲世用，以教於其家。可聞志節卓立，以學士初命，封編修，始享禄養，其爲訓法，猶先世也。學士君篤學慎行，粹然爲完人，遭時向用，非林壑所能滯。鄉之所遺者，寧不爲兼善天下之資乎？若山川草木，靈秀所萃，耳目所被，雖爲外物，然曾點之詠歸，程伯叔子之吟弄，曷嘗不取諸物？亦豈獨爲窮居獨善者道哉！於此有得焉，則斯堂之勝，亦舉德成業之地，而其所遺者，固不止是也。子嘗表處士，銘封君，載其名諱行履頗悉。

記爲堂作也，故於其事與義特詳，以爲來者告焉。繫之詩曰：

孰遺我善？自我祖翁兮。采彼芳蘭，植於庭中兮。培以沃壤，潤之風雨兮。有茁其秀，爲蕤爲叢兮。惟德之馨，有薦必通兮。孰寶我善，惟先公兮。匵彼良玉，若器在宗兮。時不我售，子孫其逢兮。大則瑚璉，爲璜爲琮兮。匪物之貴，有美在衷兮。堂之崇崇，棟隆隆兮。惟考底法，亦我代終兮。榦以孝敬，翼以友恭兮。廉以爲隅，智以爲窗兮。圖史有辭，糞牆有容兮。南條之山，結爲九峰兮。岷嶓之水，播爲三江兮。矗之寵寵，流淙淙兮。惟善之澤，匪源曷從兮。遠則取物，近則省躬兮。積德有基，人道有方兮。擴此身教，於家於邦兮。薰我仁里，化我俗龐兮。推善之遺，與堂無窮兮。

周氏孝友堂記

周氏世居南昌寧州，爲望族。福建按察使公儀別卜居於州治西北鳳凰山。山之下有秀水，水有二源，相去百步，而近其東源。行百步而西，西源行百步而南，至所居之西南而合焉。復繞州治之南，東會修水以入於彭蠡。其山上聳而旁展，其水澄中而紆外，而兹居實當其間。登堂而望，則一州之山水左右拱揖，前迎而後負，近者可挹，遠者可溯而得也。蓋公儀自舉進士，歷官刑部，三命而至正郎，遷按察副使，又三命四藩而登憲長，出入勞勩，不遑内顧，間以其暇，乃得爲之，越二十餘年而始遂。於是地得其勝，居得其宜，公儀之志若甚慊乎此者。

落成之日，其鄉之人載酒稱賀，皆欲褒以嘉名。有捧觴而起者，請名曰「孝友之堂」。或問曰：「不以地而以人，不以物而以義，何謂也？」觴者曰：「兄弟之好，歌於斯干；國族之聚，頌於張老。人非孝友，不足以爲人，亦無以刑於家，以及於邦矣。世降俗薄，居養是移。於是有美服食、華居室以自奉者，彝倫之懿，謾爲常談，甚者不復知爲何物。按察君明經擢第，學古入官，其律身睦祖，宜有得於斯理者。以是名堂，固所自盡，亦所以遺後人也。」問者曰：「請究其説。」觴者又酌而進曰：「按察君有叔母，寡而老，割田分粟，給之終身。又有叔僦居河濱，以市中室舍徙而居之。數日，河驟漲，舊所僦地皆漂没，溺死者數人，而叔以遷獲免。鄉人若某者聞之，有從弟旅次於外，亦召與同居。若某者奪其弟之田廬，悉以還之。觀於此，其處身及家以及其鄉者，概亦可見其他。恒言庸行，固未暇悉論也。」衆皆曰：「若是，則名之堂也固宜。」於是，攝州事瑞州推官汪君浚倡於諸大夫士，賦爲歌詩，彙成卷帙，而斯堂之名益著，殆非徒山水形勝之間也。

公儀名季鳳，予禮部所舉士。比上京師，請記堂所由作，因并記其事如此。公儀之伯兄公瑞，舉進士，以副都御史致仕於家。

兗州府鄉賢名宦祠記

兗州知府童君旭莅事之暇，覽郡乘，閱史志，謂兗爲文獻地，歷代以來，治兹土者亦多政迹，思有以張之。下諸州縣師生名儒故老，博訪集議，得若干人。白於巡撫都御史趙君璜、巡按御史□君□，暨布政、按察，守巡、提學諸君，請舉祀事，咸以爲宜。會禮部奉詔檄天下學校撤去文昌祠，乃以其地祠鄉賢，又辟其西隙地以祠名宦，各爲堂設主，疏其時代、名氏、官爵，以春秋仲月從事。經始於正德甲戌某月，落成於某月。遣使具書上京師，請於予曰：「祠始未有，而今實創之，非有所紀述，後之繼者或視爲常事，甚者久而廢焉，猶弗舉也。」予曰：「祭之道惟親與神，蓋自報本反始，至於崇德報功，皆義所不容已者。」

祭法稱：有功德，御災捍患，以死勤事，則祀之，而鄉先生亦祭於社。惟孔子之道行於天下，故天下通祀之。自餘教一鄉，治一郡，其鄉若郡之人固所當祀。顧鄉賢祠間亦有之，而名宦之祠則益鮮矣。兗本魯之封國，聖賢所生。周公之治，賢賢而親親。孔子爲宓子賤，固稱其有君。子又謂：居是邦，事大夫之賢，友其士之仁。學孔子者曰：「孟子其所謂友者，非獨於當世止也。」今爲兗之士與民者號於衆曰：「吾所居者，聖人之鄉也。」非惟其人，天下之人皆曰：「然。」然則所以望之者，必加重矣。爲之官者號於衆曰：「吾所治者，聖人之鄉也。」非惟其人，天下之人皆曰：「然。」然則所以責之者，亦加重矣。聖人不易學也。後有周子者曰：「士希賢，苟賢矣，然後可以希聖。」魯之從遊速肖與後代之傳經授業者，蓋已從祀廟庭，通於天下。其凡一德一功者，不於此焉祀之，固缺典哉！自兹祠之舉也，凡預於是禮者，士必思學，吏必思法。學之優者不獨爲士，隨所任使，將以澤天下之人；宦之成者不獨觀法前政，其於聖賢之學有得焉，擴之天下，將益廣矣。苟徒俎豆干羽以爲儀，登降奠獻以爲容，矜名稱，飾觀美，爲郡縣增故事，則非童君之意，謂之猶弗舉焉，亦可也。

童君弘治己未進士，予禮部所校者，歷户部郎中，流賊之變，嘗往平之。

光霽樓記

光霽樓者，太子太保户部尚書兼武英殿大學士靳君充道所構也。充道既以故居遜其族兄，别買隙地於府治之南，爲堂，爲室，爲先祠、家塾，皆從簡樸。部使者爲建綽楔於門，巍然高聳，而回視堂與室皆弗稱，於是斯樓作焉。其楹六，高二丈有奇，負陰面陽，疏爽暢達，若軼塵壒而憑空虚者。其後則長江外繞，北固内抱；前則黄鶴、華蓋、京峴諸山，左右拱揖。每天開景霽，衆皺駢列，清漣遠帶，羣芳雜卉，呈奇獻巧，各極其狀，凡一郡之勝，可坐而得也。落成之日，充道在京師，鄉大夫士遊其門者兵科都給事中安君金輩，皆欲爲之嘉名，以請於予，予名之曰「光霽」。又以質之少傅邃庵楊先生，先生曰：「名此甚善。」諸君復予請記之。

夫人之志氣與天地萬物相爲流通，而得其正者恒鮮。陰霾霧雹，雖天地不能無，山川、草木、羽毛、鱗介之類，往往失其常性，君子必擇而取之，乃有益乎身，以及於人人。浴沂風雩之興，卓乎不可尚已。賢如周子者，程伯叔子見之，謂吟風弄月以歸，有「吾與點也」之意。黄魯直，詩人也，亦稱其胸懷灑落，如光風霽月。延平李氏謂善形容有道者氣象，故朱子以「風月無邊」贊之。是其運用之妙，沾被之功，雖未盡用，而存養涵泳，積中發外者，可想而見。蓋嘗旅寓鎮江，授徒講道，後人爲亭，以存遺迹，摘魯直所稱道者名之。

充道博極經籍，動法古人。律身訓子，有師儉之堂；慎威儀，節言語，有誦抑之齋；於斯樓也，則有仰高景行之願、本天親上之義，得諸周子者爲深，比之名亭，加一等矣。今學行大成，爲天子所簡任，讜言直道，方柱石廊廟，庇覆民物，顯施於天下，巖居穴處，固非其所有事，而中之所存，蓋通窮達而一致也，豈若騷人韻士流連光景，騖乎外，無益乎其内者爲哉！

充道以邃庵故，亦嘗講學於予，爲知己。予聞斯樓而不可得見，顧嘗遊江南，頗得江山之勝。摹寫不足，從而爲之歌。歌曰：

光風兮自東，忽飄揚兮滿空。入我户兮穿我櫳，植草木兮動昆蟲。匪樓之高兮，孰來此風？遠取諸物兮，吾心則同。

又歌曰：

霽月兮中天，旁燭兮無邊。照我棟兮當我軒，豁雲霧兮開山川。匪樓之高兮，孰得其全？近取諸身兮，吾心則然。

諸君他日有登斯樓者，取吾辭歌之，於充道之志或有相發，而勳業之盛，亦於是徵焉。姑書之卷帙，俾後來者知樓之所由始。

修改鉅野縣城池記

鉅野在古兖州，爲澤藪，當河之下流。自漢置縣，唐爲麟州，後周爲濟州，元爲濟寧路，皆治於此。轄諸州邑，至以爲封國。舊有城，周袤十餘里。國初復爲縣，屬兖府濟寧州。城久就圮，民居寡鮮，半爲園田。

正德庚午以來，流賊爲孽，今山東按察司僉事牛君鸞實知縣事，極力守御，民賴以無恐。代者遂不能支。今知縣余君守觀再代，遍覽形勢，思得其要，白於巡撫、巡按暨布政、按察諸君，請改圖之。因革相半，其東南仍舊址，加以高厚；西北荒僻之地，則畫界而止。移土而築，計之凡五里有奇。四門各建高樓，外爲甕城，爲雉牆，爲鋪舍。啓閉以時，巡警有節。壕池亦引而緣城，浚舊通新，爲懸橋以便行止。中則學宫廨宇，並加修飾。辟二街五市以區四民，屋棟鱗次，物貨輻湊，就而居者，無慮二三百家。故舊老長，皆以爲自有城郭以來，無若是盛者。經始於壬申，終於甲戌。惟以冬月農隙舉事，不妨本業；材物之費，不煩於民，隨宜取給，各適其用，而籍記明聲，不私於人。役之善者莫加焉。

夫設險之義見諸易象，掌固之令著於周官，城池之制，自古有之矣。都城百雉，小者亦五之一。燕之下齊者七十餘城，蓋雖子男之國，其不城者無幾矣。秦銷兵甲，城必隨之。漢之初，今天下縣邑皆爲城。鉅野，固漢縣也。自時厥後，廢置無常，名實不副。承平既久，千里之内，或爲丘墟。蓋天下之患，常起於因循，事至而應，倉卒無所措，幸其力定，而怠玩隨之，苟得一代，輒委之以去，凡所謂政者皆然，而不獨城也。比歲潢池之變，因城爲守者，歷歷可驗，而地勢人力，相爲重輕。鉅野嘗爲州路所治，故其城闊遠，舊規尚存，修廢舉墜，此其時也。顧土廣民稀，功不易成，而守亦難遂。考諸田制，出入相友，則守望相助；參入兵法，無所不備，則無所不置。況瘡痍甫定，畚鍤方興。若徒務美觀而無實效，方之弗舉，抑又甚焉。余侯執簡而御繁，事半而功倍，此宋人所謂形勢足以相援，攻守足以相赴，用力少而得算多者也。然守國以險，而保之在人，故孔子寧存信而去兵，孟子論城郭，必先禮義。侯能以佚道使民，其不能以民守土乎？

刑部署員外郎中書舍人宋君滄，鉅野人也，暨其鄉人父老嘉余侯之善政，而樂其成功，計其當顯陟以去，請記其事，刻石於城，以告後之有民社者，知有所嗣守云。

余侯，衡陽人，辛未進士。佐其役者，縣丞朱鳳，主簿任能、王裕、張佐，典史陳德徽。凡有事於斯者，皆附書於碑之後。

景州重建董子書院記

景州之西南六十里，有鎮曰廣川，漢大儒董子仲舒實居之。鎮有董家里，土人亦呼爲董學村，相傳即下帷講誦之地。按漢書，河間國有廣川縣，今景屬河間府，則鎮即古縣也。州舊有董子祠二：其一在里中，最古，有唐、宋碑碣；一在州北門之外，不知始何時。元天曆初，蓨縣尹呂思誠病其卑隘，作新祠於城東高丘之上，遷其主享焉，所謂廣川臺者是也。後十餘年，當順帝時，河間總管王思誠復即里中古祠爲董子書院，請設山長一人，以奉時祀，且領教事。久而皆廢。國朝天順中，御史章璠重作城東祠，益祀元魏高允以下八人，更其名曰「景賢」，於是董子無專祠於其鄉矣。

正德乙亥，御史吴郡盧君雍按行至景，求其族姓墳墓，無復存者，惟書院遺址在榛莽間，門塾堂皃之迹，可尋而見也。乃屬河間知府陸君棟、知景州徐政，俾經營之。始於首夏，甫閲月而成。其中爲堂三間，以奉董子像；旁翼兩齋，繚以周垣，揭以名額；而又刻其遺書，以惠學者。使至京師請予記。

惟董子之道見於大廷之三策，聖賢之學、帝王爲治之法備矣。其間道原於天之言、正誼不謀利之論，以及王伯、玉石之辨，尤爲精切。蓋自戰國訖於秦，權謀術數、淫辭邪説遍於天下，高識正論至是而後發焉。雖以廉直忤世，不得公卿之位以行其志，然漢家一代表六經、宗孔氏而黜百家者，非董子誰其啓之？宋之大儒稱其本領純正，度越漢、唐諸子，凡以此也。古亦有云：太上立德，其次立功，其次立言。若董子之德與言，皆有足尚，功固非其所計，亦有不可得而誣者也。使當時獲究其用，則雜伯之治必當大有匡救以歸於正，豈獨託之空言而已哉！讀其書者思其人，思其人者及其鄉，望其山川，瞻其草木，皆有嗟咨羡慕之意，亦何必堂室丘壟然後爲近哉！上丁之祀，與享聖庭，朝廷之所以報功也；書院之儀，儼居師席，臨其鄉人，後賢之所以崇德也。多識前言，歷考成法，以求所謂古之人者，寧獨非來學之責哉！且胡元叔季之世，懷賢慕義者尚能表而章之，矧我朝文命誕敷，太祖秩祀親加釐正，太宗定鼎北方，河間之地邇在畿輔，王化所先，被聞董子之風，能不慨然而興乎？然則，諸君之望於景人者亦厚矣。

盧君以進士舉，好古而文，興革舉刺，必先風教。陸君亦舉進士，予禮部所校者，以詞翰飾政治，與徐君同志協力以成兹役，皆於法所得書。又有毛公書院在河間，亦爲重建，别有記。

竹巖記

河南左方伯新安程公泰，字用元，别號竹巖。没餘三十年，次子監察御史昌詣予曰：「昌蚤違先人，今幸竊科第，備諫員，封不逮職，禄不逮養，終身思慕之懷無所於託，請記先人號，使得朝夕誦之，以圖不忘。」予初識御史君，公仲子廉憲君杲，予癸丑禮部所舉士。予友篁墩先生嘗銘公墓碑，載公事爲甚悉，予特爲記之。

蓋草木之中，惟竹可以比德，而聳翠巖石，具瞻實存。公以竹巖自號，則昔人所謂樹德之固、立身之直、體道之空、立志之貞，將見其有不可掩者，而因以自厲也。公在地曹，則累餉軍需，因事論列；參藩政，則撫綏遠夷，芟釐宿弊；伯一方，則守法律己，倡率僚屬。巖巖之節，固可想見。至於辭禮部之聘幣，却邊帥之厚遺，臨得不苟，尤人所難。是雖不欲人知，自有不可掩焉者，公之自厲，亦因之而自見矣。又聞公善寫竹，其與七賢放三徑之逸、蒼梧葛陂之奇，必能想象摹放，有以得其蹤迹之勝。顧公之自號巖，石而已，則其表世厲俗之意，固亦有在哉！

廉憲君駐湖南使節，遠近肅清；御史君清浙東戎籍，隱匿搜剔。異地同軌，先後輝映，則公之自厲於身者，又有以垂於後也。爲公之子孫者，當思世其德云。

李東陽全集卷一四

懷麓堂文續稿卷之三

敍引十二首

呆齋先生文集序

我文安劉公先生遺文若干卷，皆所自擇。或以類析，或以歲次，自舉業程式、講章奏疏、應制代言，以至著述、賦詠、應答之作，皆備焉。

東陽少竊科第，入翰林爲庶吉士，奉詔受業，獲聆緒論。謂爲文必博先而約後。譬之山焉，必出雲雨，産寶玉，生材木禽獸，而朽株糞壤亦雜乎其間，斯足以爲嶽，爲鎮；譬之水焉，必吞吐日月，藏蓄黿龍，變現蛟蜃，而汙泥濁潦來而不辭，受之而無所不容，斯足爲河，爲江，爲海。古之所爲大家者，皆然也。若句鍛字煉，探之而有窮，取之而無復餘者，不過爲孤峰絶澗而止，惡足以成其大哉！至其伸紙運思，揮毫對客，正書旁竄，晷不移日，稿不易幅，而典册金石，施諸朝廷，播諸四方者，往往而是。徐而求之，則見其渟涛演迤，頓挫奔放，奇正並用，變化而不常者，皆相與駭愕歎羨，以爲不可及。及登秘閣，析疑義，稽古訓，或日詠百詩，或一揮九制。嘗有質宋人名氏者，先生援筆就案，列其世次若譜係然，乃定爲某人之子，某人之侄，詞臣學士恒侈言之。蓋先生之父石潭封君常教其遍讀經史，而戒勿作文。及見所私著，始有八面受敵之譽，於是縱其所爲。比得鄉試，怪不在優等，謂不魁春選，無相見也。果以禮部第一人及第。是其厚積而後售，持盈而後發，溢乎心胸而著之藻翰者，無惑乎其大如此也。古稱文章與氣運相高下，即其人論之，則其情志行業，亦可考而知也。

國朝洪武初，肇起文運。宋潛溪諸公，遠不可見。永樂以後，至於正統，楊文貞公實主文柄。鄉郡之彦，每以屬諸先生。文貞之文，亦所自擇，世服其精，而後人乃有刻爲續集至數十卷者。先生餘稿嘗裒而焚之，於衆所傳誦或未之録，今存者不過十之四五而已。蓋雖以博教人，而自律之約乃如此。豈所謂小慚大好，猶有非末學淺見所能測識者耶？昔漢劉向、宋劉敞皆博極羣籍，以文章名，而未見於用。先生純確樸厚之心，復出流俗，優遊翰林，晚始大用，用亦不久。雖其功業未竟，而其文偉然大鳴於時，固一代之盛哉！

先生嘗閲東陽閣試炎暑賦，進而謂曰：「吾老矣，縱不死，亦當去矣！子必勉之！」東陽雖知嗜學，無所底就，目熟遺文，耳存善誘，不知涕淚之交頤也。

是集，先生之子府通判稼刻於廬州，本鉅字細，弗便翻閲，其仲子南京太常寺少卿稱重刻之。時先生門下士皆散去，東陽獨謝政居京邑，謹爲序其編之首。先生官至禮部左侍郎兼翰林學士，贈尚書，賜謚文安，學者稱爲呆齋先生。集以齋名者，仍其舊也。若其名字、邑里，天下共知之，而行狀、碑誌具載於附録，可互見云。

孝友堂詩序

吏部驗封郎中黄岡王君濟舉進士，爲南京户部主事。會今天子登極，恭上兩宫尊號，詔兩京文臣當被封命者悉予誥敕，獲封其父竹坡翁時曜如其官，母某氏爲安人。其敕命之詞有曰：「孝友躬行，家居表率。」户部尚書安陸孫公爲摘二字，名其堂曰「孝友之堂」。鄉大夫士傳之，以及於予。

予惟：孝友者，弟子之道，終身行之而不可易者也。周命君陳曰：「惟孝友於兄弟，克施有政。」孔子以爲是亦爲政，又謂孝可移於君，弟可移於長，傳者亦謂不出家而成教於國。蓋家國一道，處則教焉，仕則行焉，不可以顯晦論也。近世推恩之典，資格所應，類皆有之，若不以爲異者。顧天子命六卿，吏部統百官，文選之所簡，考功之所最，驗封乃得而行之。計時而後請，量功而後授，其有失者寡矣。閭閻之行，不能悉達於朝廷，誥敕之詞，多出於代言之手，若亦不爲甚異者。然天子任之詞臣，詞臣據之吏部而又采之輿論，彼此之相參，下上之相信，其有失者寡矣。夫以子之貴而褒錫其親，所以勸忠與孝，得之者固以爲難。若親親老老之恩，出於朝廷，及於臣下，嘉期勝會，無俟乎考績之時者，其難尤甚。然京朝臺省，大抵亦皆其人。徐而考之，其有失焉者亦寡矣。

予家本出長沙，與黄州同省數百里而近。聞湖南北稱王封君之賢，謂其七、八歲時，連失怙恃，鞠於庶母李氏。恨不逮養，事李如母。奉諸兄如事父然，撫諸子皆與己出無異。歲積粟數千斛，以應族人之用，年豐則去息，年凶則棄責。置祀田一區，以備烝嘗祭掃之禮。平生以勤儉起家，寖致饒裕。每戒子孫，勿以奢僭廢業，曰：「此所以保家而睦祖也。」迹其言行，皆出於倫理，著於家庭，敕命所褒，殆非虚語。濟方學古檢身，不墮流俗，以行藝爲吏部所簡至今官，孝友之教，得於家者有素，是其封也不爲幸，而其美也不爲溢矣。況今驗封所掌，躬自爲之，必將精覈允覆，爲有職者勸。且其勳業所就，功利所被，殆未可量。又以見綏猷之責、作師之道，得於累朝聖天子作養振厲之餘者，豈獨於家教然哉！

夫自有經傳以來，孝友者，天下言之矣。朱子入朝，聞正心誠意之説爲時所厭，謂平生所學在此，竟以此言進。學孔子者，必自朱子始，予豈敢以孝友爲常談庸行而不思所以相勵乎哉！

今年翁壽六十，十月二十日實其誕辰。濟方縻於官，欲有所頌禱而未能也，乃徵諸能賦者，爲詩十章，授簡於予。張仲之孝友，詩人言之，亦孔子所取、朱子所傳者。予不能詩，請以是言爲翁壽。

周氏手澤引

周文端公與其子曾書帖數紙，蓋致仕出郭及還家後事。皆隨事信筆，語兼俗雅，事兼鉅細，若庭趨面命者，而居官處家、守身應務之義，罔不悉具。其配韓夫人亦通書史，能爲韻語，其手書二紙，曾並藏之爲一卷。

曾自兵部主事累官尚寶少卿，今爲浙江右參政。出以示予，距始書時已十五寒暑矣。嗟夫！無恤之簡，不過三年，史氏稱之，以爲能子。今參政恪守家訓，而文足以發之，受簡存澤，此其一端耳。若公之文集、家乘，將與其伯兄後府都事孟共傳之，姑識此以俟。

白洲詩集序

白洲李先生詩集若干卷，知府熊君桂刻於徽州，以書抵予曰：「是詩之傳，非先生莫可與屬者。」予惡得以不敏辭哉！

先生少有能詩名。其爲辭〔一〕，峭拔矯健，不犯塵俗，不蹈前人陳迹。或對客揮毫，或聯句疊韻，新意奇語，層見迭出，迫之而不以爲難，引之而不知所窮。當其興況所寄，羣紛衆慮，一不以嬰其心。然官劇曹，理重獄，庭無留案，圄無滯囚。耳目所逮，有羨慕而無訾議，固未嘗以此廢彼也，其亦可謂難已。及歷藩臬，出入臺省，前後數十年，復往數千萬里，江山之助固不俟論，而學校之繩矩、牧字之惠澤、敵愾之鋒力，間與是焉發之。校之巖居窟處枯槁窮瘠之士，殆不可同日而語。然放情丘壑，模象景物，則不待以侍郎謝病、都憲請老而後得也。非其身固有之，其能然乎？

昔裴中立以御史大夫出掌是柄，而官屬燕飲，不廢詠歌；白樂天爲刑部，賓友倡和，殆無虚日。緑野之堂、香山之社，卒以鳴當時，傳後世。然則所謂詩人少達而多窮者，豈天下之定論哉？蓋亦有兼之者矣。若先生負抱遭際，兩得其盛，弛而能張，憂而能樂，豈山林所得而久閟、廟堂所得而終滯者邪？

予與先生夙相知厚，爲文字道義交。過從倡和，動窮日夜，或沿流忘歸，或然絜繼燭，亦嘗有脱習遠俗而爲之者。今乃得盡觀其詩，而有感焉。顧是編嘗拾於煨燼之餘，兩浙以前，類多遺佚，當有求而補之者。且先生身尚健，興益豪，後所續得，未可以卷帙計也。比予解組之後，方喜盍簪，而先生復别我以去。然則徽州雖不吾請，固將有以張之，況其請之勤耶？

徽州，先生門人，予禮部所舉士。郡治卓異，有不止於政通人和者，此蓋其餘力云。

【校勘記】

〔一〕「辭」，原無，據正德本懷麓堂稿文後稿卷二補。

瓜涇集序

瓜涇集詩文若干卷，都察院右副都御史徐公所著也。公世居蘇之長洲，卜築於瓜涇之上，因地爲號，集是以名。其門人監察御史賀君泰刻於福建，今監察御史盧君雍嘗賓其家塾，相好也，間爲之請序於予。

予昔與公同朝，每會於吴文定公家。見所與倡和，知公才舊矣。及予代祀闕里孔廟，公實以巡撫爲東道主。祭告燕饗、登降酬酢之暇，相與考古迹，泳聖涯，議圖志。又以其餘賦詠往復，旬累月浹，久而不倦。公致事之三年，予亦解組，中間書問亦不絶。乃今獲睹其集之成，蓋凡所及見者，皆在焉。

夫所謂文者，必本諸經傳，參諸子史，而以其心之所得、口之能言者發之，然後隨其才質，有所成就。苟徒掇拾剽襲於片語隻字間，雖有組織繪畫之巧，卒無所用於世也。執是以考之，宜莫有遁其情者。於此見作文之難，非可以强而致也。公在黌校時，已明經授徒，博涉羣集，與文定上下論議。及登進士，歷郎署藩憲，以政事名，而問學不輟，其所得蓋非以旦夕計者。而江山之雄壯、草木之華秀、民情物理之繁且廣，又從而益之。故其爲文平正通達，無鉤棘晦滯之病。其與詩尤所篤好，觸事感物，寓情託興，時出新意，不爲陳言俗調所汩。及其脱屣章紱，放意丘壑，亦胸中所固有，非强而抑之者，視其少時，有所加焉。今年七十有五，耳目聰明，神采精健，著述吟諷，殆無虚日，其所續得，當彙次於後。其在山東爲泉志，則別刻以傳，不在集中。東吴舊稱文獻地，碑板傳刻，後先相映。若葉文莊公及文定及静逸陸先生鼎儀之文、滄洲張先生亨父之詩，予皆得序之。今復序斯集，以俟他日觀民風、志藝文者采擇焉。

公名源，字仲山，別號椒園道人，成化己未進士。歷工部主事、兵部郎中、廣東參政、湖廣布政使，至今官。清慎之行，終始如一日云。

雲谷遺芳集序

新建之熊氏，有世德焉，至雲谷封君乃顯。君諱源，字仁山，雲谷其所自號。以子桂初命贈大理左評事，用是揚於朝廷，聞於四方，顯其家。文儒墨卿交譽迭贊，賦詠有什，頌禱有作，哀挽有歌，而李白洲都憲之銘、張東白學士之表，尤詳且備。桂乃彙而藏之，釐爲三卷，蓋於是有家乘焉。

夫名之在天下，惟鄉鄙耳目所逮，有不容僞。然必善者之好，而後爲賢。故汝南之評，非許劭不能任，猶必月一易之者，誠以老少之戒殊，始終之不易保也。且言之毁譽以時，文之褒貶以世，銘表之作，出於蓋棺事定之時，而東白、白洲非獨一許劭比者。其稱君惠足濟物，義能除害，皆據事紀實，事涉鄉人不善者，至斥其名姓，不少避，其可徵而信也較然矣。若祖父之與子孫，處者則遺之以安，仕者則遺之以清，則皆君子之澤，其道可久。籯金一經，乃時人所羨慕，未足深論。至積陰德爲長久計，是涉於有爲，其言雖是，而意則非，説者以爲非司馬文正公語也。

君有八子，分經而教。科第之名揚、爵秩之登進、封誥之褒賜，雖非其所要致而取必者，而平反之惠、撫字之績，皆君之訓。熊氏之澤，獨非雲谷之所遺乎？今徽人視其守若視其父母，又推其愛，以及其生，亦有爲之撰述者。然則，君之名與君之澤，其益顯也。

桂之舉於禮部，予實校其文。聞其世德，核諸家乘，因爲題其編之首。

贈禮部尚書沈君輓詩序

禮部左侍郎掌通政司事沈君汝學之卒，朝廷既贈爲尚書，命有司治葬事，遣官諭祭。公卿以下，弔奠贈賻，爲之狀述銘表，又爲哀輓之詩若干篇。越十有餘年，其子大理左寺副掌中書舍人事鋭於予從子兆延爲寮長，介而請序。予與君同京産，又同朝，其喪也，以病不及弔，覽其詩而傷之。

歌詩之體，本以樂情性，發志意，惟哀輓之歌起於執紼，則用之乎哀。雖非古義，而其行於世亦久矣。今名薦鄉科，貴聯國戚，官至列卿，甲第華煥，子姓森立，極一時之盛，宜無所事乎哀者。夫死生之於人亦大矣。薤露之辭，本以施諸王公貴人，非謂貴而無可哀者。且予於君得可哀者二焉：人之壽以六十爲下，而君止五十有九，不足以稱壽，其年可哀也；苟非其人，雖壽而死，其友或倚其門而歌，數百載之後，遊者至鼓琴於墓，今不必憑棺而弔，執紼而送，草宿木拱，而悲悼之辭相續而不絶，則其人亦可哀也。

君娶於昌國張莊肅公之女弟，爲慈壽皇太后之姑，所謂國戚者如此。爲人和厚樂易，不事矜敖，視鄉鄰若姻戚，待寮寀如昆弟，其人之賢又如此。詩之作豈非有以致之然哉！且執紼行於一時，家乘之傳至於百世。是雖禮之末節，而於文獻亦有徵焉。是必子孫之賢者，乃能守而不廢。苟非其人，則其所事亦有異乎此者矣。鋭承家學，用父蔭累今秩，守官莅事，甚理而文，宜於此有不容已者。

君之先出華亭，以贅冒高姓，至君始復沈氏家乘，此其一事，觀者勿徒以輓詩目之。

燕對録序

弘治乙卯春，東陽自翰林承乏内閣。時孝宗皇帝臨朝淵默，自朝參復命、經筵日講之外，罕接天顔。凡有擬奏、陳説、答問之類，每用本票揭帖，大則具題本，雖日累月續，往往不能盡。丁巳之夏，忽遣司禮監宣至平臺，上取諸司題奏，質問可否，令各擬票，面賜裁决，親御宸翰，批而行之。自是稍稍召對，并及部院大臣，詢其政務，若欲復祖宗之舊者。及孝肅太皇太后之喪，議禮考文，久或移晷，多或連日，藹然家人父子之情，不見於世者，蓋數十年於兹矣。逮於乙丑之夏，入乾清，承顧命，諄切數千百言。俯仰今昔，肝腑摧裂，不勝罔極之憾。每敷對之暇，退而記憶，謹書於册，以紀聖德，存故典。顧天語嚴密，連延不絶，雖承顔造膝，有不能悉聞而盡記者，而况於報酬稱塞之效哉！惟中心藏之，何日忘之，猶可以自贖於萬一耳。若今天子嗣統更化以來，亦嘗屢召詢問，對答之語，并續於後，以著始終之意云。正德九年六月朔日，具官致仕臣李東陽拜首稽首謹序。

蓉溪書屋詩序

都察院右副都御史金君舜舉，世居綿州。城東三里有莊焉，莊之北東百餘里，有水曰芙蓉溪。迤邐而南，入於涪江。山縈水抱，禽魚上下，竹樹交錯，四時景物，遞相禪續，連延而不絶。惟芙蓉之花，當八、九月盛開，溪是以名。舜舉自家食時，已心賞之。越成化，弘治間舉進士，爲御史，遷按察，敭歷中外，不遑寧處。正德之初，權姦扇虐，罷政家居，乃構屋數楹，貯先世所藏書畫，名之曰「芙蓉書屋」。比歲以來，朝廷釐革庶政，去邪振滯。舜舉復起而掌憲山東，巡撫延綏，佐理内臺，奉使中外。賢勞之暇，顧懷舊邦，不離心目。禮部尚書劉君仁仲、喬君希大皆有賦詠，以紀其勝，大夫士聞而和者，多至若干篇。舜舉以予雅有世契，請序首簡。

予惟：士之生必得其地，故山川之奇秀，往往鍾而爲人。人之情志亦有取諸物，以爲儆戒遊息之用。雖草木之華實，亦所不棄。及其至也，則所謂物者，終託乎人以傳，此所謂物之靈。而其不足傳者，固不論也。蜀之地，峽江、劍閣之勝，甲於天下；芙蓉之華，以錦名城。詞宗墨客侈談而樂道者，尚矣。蓉溪之名，殆於是有取焉。蓋其爲物，香色並茂，顧不於春夏而於秋，貞姿晚節，誠有異乎凡卉者。唐之詩人固有得其情事而託以爲名者，無聞焉。舜舉蚤傳家學，趾美甲科，承先世未成之志，方履亨衢，遽觸奇禍，斂而弗耀，若於時有所未協。今年逾半百，乃入掌風紀，爲天子耳目，重任遠道，方進未止，而二子又踵接冠組，極一時之盛，其於物有不謀而合者。況舜舉之清才雅操，悴而不爲歉，榮而不爲驕，藏器待時，持恒守固，有久大之道。則是居也，其將取諸物邪，抑爲物所託而傳邪？諸君皆善鳴者，觀其詩，豈徒識草木之名？於凡事父事君之道，亦可以興矣。

舜舉之父良貴君，舉成化己丑進士，終廣西左參政。子皋，正德辛未進士，爲翰林檢討。皞亦舉甲戌進士云。

會別聯句詩引

希大自北而南，三年而始會，兩月而遽別。往復繾綣，其情可知。邃庵先生暨予，皆有一日之長，欲爲聯句，以敍離合。適邃庵爲公務所絆，又以予方退處，弗能出門户，乃創新例，各出起句，以書郵相遞續。予以銓曹繁重、形迹之嫌爲解，而希大意不置，謂二先生不宜有是。其理似直，予不能屈也。於是日一再遞，得七言律八章、五言古一章。雖出倉卒，亦詩家奇事，不可以不録，乃令邃庵之子紹芳及吾子兆蕃各書其半。卷既成，希大已就道，則屬其兄本大寄之，以終是約云。

屏山别業詩引

封刑部主事華亭曹君廷獻世居玉屏山，有田及莊，據湖海之勝。其子浙江憲副時中舉進士爲刑部副郎時，嘗請予爲屏山别業之詩，太常少卿陸君鼎儀而下皆有和章，裒爲一卷。其師憲副夏君正夫提學山東，載諸行橐，已而，人與卷俱亡，時中痛念不能置。既謝官政二十餘年，以書屬其從弟都察院幕時信復請於予。蓋自時信舉鄉貢，入京師，必以卷至，每一失意，輒攜之以歸，如是者數矣。顧予以久勞暫逸之身，筆硯荒落，載閱寒暑，乃重録此詩，復篆其卷首而歸之。

惟封君之敦雅絶俗，爲一鄉善士，以山自名，而不見於世久矣。時中清修勇退，年逾八十而好學不倦，有君子風焉。因憶成化己丑，予分考禮部，得其文，久而信其賢。方以高年雅操，世所稀有，爲科目重自解於不職之誚，又當林壑之暇，遞相倡和於數千里之外，而其弟亦有以相之。則是山之勝，聞於京師，達於天下，亦豈獨爲一鄉之勝地乎哉！

曹氏本吴興人，後徙華亭，爲望族。時中之兄時泰，舉景泰甲戌進士，以詞翰名於時。

董文僖公集序

董文僖公集若干卷，其子天錫手自編校，將鋟梓以傳。

公初舉鄉薦遊國學時，已能古文歌詩。暨及第入翰林，奉詔與庶吉士肄業，學益博，製作日益工，四方造請酬應，無虚旬月。其直經筵，有講讀之章；使朝鮮，有述事之録；在南都，有紀行之作：並爲一集。蓋皆所自録，而散佚不存者弗預也。

予與公同官久，雅相契厚，朝夕倡和，至相爲諧謔，必以文。公嘗謂：「文章貴規矩，尤尚警策。苟執常而不變，雖多而無所於用。」予感乎其言，而亦徵乎其文也。古之以文名者，若左氏、司馬氏、韓氏皆預史事，歐、蘇、曾、王諸氏皆出自翰林。蓋翰林、史局典法所在，理道所出，以爲根榦，律度之真正、藻飾之華彩遞相傳續，若所謂專門而居肆，故雖不中，亦不遠。自餘間見獨得者固不乏人，而出盤之珠、汎駕之御，殆亦多矣。公所爲詩文，大抵皆清峻簡潔，脱去塵俗，不爲詰屈怪誕之語。雖不能盡録一傳，然觀一隅而知室，嘗一臠而知羹，欲求公者，於斯集焉足矣。

國朝儒臣出翰林者，類謚爲文，惟劉忠愍從其所重，陳莊静則避其名。文僖之謚凡四，而其所爲文者不同。張學士士謙尚清，倪禮部尚達，吾師禮部黎公尚平正，公之文則如前所云者。二禮部之文，予皆嘗有序述，兹特舉其概而爲公序，故獨詳之云爾。

公贛之寧都人，諱越，字尚矩，號圭峰，官至南京工部尚書，贈太子少保，皆大夫士所熟知。予以易名，故集稱其謚。公之行，應議法所謂小心畏忌者，予已爲銘墓，可互見云。天錫繼舉進士，累官刑部郎中，今爲山東都轉運鹽使。精問學，慎官守，克肖其父，且能暗誦予及公詩多至百首。其請予序，尤汲汲不置，謂非此，則先君之目弗瞑。屬稿之夕，公適見夢。嗚呼，其亦有感於予言也夫！

李東陽全集卷一一五

懷麓堂文續稿卷之四

序十首

括囊稿序

括囊稿者，涞水教諭贈南京太僕丞文君公大所著詩也。其子知温州府林欲刻於郡齋，未果而卒。今南京太僕少卿森手自編校，刻於家。比上京師，請序首簡。

夫士之爲古文歌詩者，每奪於舉業，或終身不相及；山林巖穴之間，雖富有述作，或不本之經術，卒未免支離畔散而無所歸。論者蓋兩難之。封君早邃易學，執經問業者往往掇巍科、階膴仕以去，君獨不時售，累舉僅得一第。而程試之暇，不廢吟諷。其所爲詩又尚風韻，有節制，寧樸而不爲巧，寧簡而不爲汎，故雖月累歲積，而其所自擇者止於如此。且其古體有敬身慎獨語，尤詞人藝匠所不能道。非根於經術者，能然乎？雜文若干篇，亦皆平實簡浄，類其爲詩。今併爲一集，雖非君所自擇，而亦君之志也。且經學之於詞賦，深淺難易固不俟論，然苟可以合繩墨、取名籍而止，顧不若行四方、傳後世者，其難尤甚。故父子祖孫世守經業者時不乏人，而詞賦之承傳殆不數見。

文氏兄弟繼舉進士，職業治行光於前人，又皆以詞翰侈聲聞，東丘文獻，於是有徵焉。君之孫璧，方績學待用，尤善楷書，是稿其手録者，故附書之。

都氏節義編序

都氏節義編一卷，爲節婦唐氏及義士文信作也。元知縣俞貞木所著傳、國朝姑蘇志人物小傳，及諸大夫士詩賦讚頌之文，皆在焉。蓋節婦之玄孫太僕少卿致仕穆所輯也。

傳稱都、唐皆吳人，節婦歸南山處士思賢，年二十七而寡。義士其子也，方在繈褓；一女始齔。時值世亂，家産蕩析，唐自西廓徙城市，攜遺書及子女以居。或諷使自活，節婦義不肯，曰：「向非爲都氏嗣續計，吾死久矣。」義士竟用母教，讀書勵行爲成人。其父友徐佑之者，日使嫗慰問，妻以愛女。洪武中，佑之坐事，義士請代行。佑之以其母在，不可。佑之尋得白還。後復坐他事，義士曰：「吾母已終，亦既有子，可以死矣。」乃潛冒佑之名以往，死於刑部。佑之感其義，不蓄姬侍，卒以無子。義士二子震、巽，歲祔祭焉。

嗟夫！節義人之大防，顧死生之際有未易言者。故或見於間世，出於一鄉。若母子相繼，其難尤甚。節婦無容議矣，義士之舉，容或以爲過。然士死知己，古有是言。父母在，不許友以死，禮經所載。義士之念初發，猶若未審，及母死子生，以身殉義，亦其時也。於此而又訾之，則負恩滅義以爲己利者乃爲賢乎？

太僕君予禮部所校士，勤苦績學，爲禮部郎中。年未六十，遂乞身以去，朝廷嘉其静退，特陟今官，君子以爲節義之報。其闡揚先德以爲後訓，亦孝之一事也。若徐佑之所以處其甥，都氏二子所以厚其外祖者，皆與義爲得，故附書之。

劉文和公集序

人有形斯有氣，有氣斯有聲。文者，聲之成章者也。氣昌而大，則其文雄偉明悒，惟所欲言而無所底滯。一餒於中，則萎苶綿弱，不能自振。强而使之，不失之蹇澀，必陷於怪僻，劇鉥刻斫，矻矻若不給其役，心愈勞而氣之傷也益甚矣。且人之聲少而弱，長而壯，老而衰。其少而不弱，老而不衰者蓋鮮。惟文亦然，一視其氣而已矣。孔子之論辭尚達，其所謂達固未易言，歷代之文亦未暇悉論。朱子深慨夫文之弊，謂今之爲文徒得減字與换字法耳。夫爲文而法止於是，又惡知有所謂氣者哉！

劉文和公自在太學，隱然有公輔望，固已氣蓋一時，文名大著。舉進士，入翰林，直講經幄，辭義剴切，奇節鏘聳，天子每斂容聽之，論者稱爲講官第一。編纂史局，考校藝苑，奉敕應制，皆秉直傅正，飾以葩藻，蔚爲國華。及登秘閣，預樞務，開口論天下事，侃侃無所避。凡典册、制誥、章疏之作，大闡厥蘊。又以其暇爲銘誌、傳狀、序記、箴贊、歌吟賦詠諸作。勇退之後，自放山水間，揮灑吟諷，未嘗少倦。當其意得興發，援筆伸紙，頃刻數十百言。鐫石繡梓，碑板卷軸，遍於中外，家傳而人誦。辭旨暢達，文字識職，有不暇減而自健、不屑换而自新者。蓋其氣完然無所傷，而其文粹然以成。生以著其名，没以定其謚，誠可謂一代之偉作也。抑聞公之考封太子太保松溪先生以學行爲鄉老成，家訓嚴整，有古人風範。公之氣雖禀於天，而得於義方者，亦安可誣哉？

公平生著作，殆不下數十卷，其伯子□□知府鈁藏於家。會鄉弗戒盜，逸於兵燹。中子尚寶丞鋭，旁搜累輯，僅得若干篇，彙次成帙，將就梓以傳。鋭慎官守，習故典，尤精文事，間以序請。東陽少時，在翰林從公後，公於文章極重許可，謬加獎進。比得其文觀之，雖蠡勺之見，不能測其津涯，然未嘗不知爲文之難而歎前輩之不可復作也，敢以糠粃爲嘉穀先？

公諱翊，字叔温，青之壽光人。正統戊辰進士，累官光禄大夫柱國太子太保户部尚書兼謹身殿大學士致仕，贈文和，其賜謚云。

湯陰李氏族譜序

湯陰李氏族譜若干卷，太子太保工部尚書時器所作也。李氏舊居河南，爲望族。宋高宗時有二公者，其子萬户成嘗從岳武穆爲衛鎮撫，領金牌，統民兵，保障鄉里，因以所居爲鎮撫寨，其東名金牌寨，至於今猶然。宋亡，鎮撫之子孫皆隱姓名。歷元世，散處不一，一遷陝西白水縣，一遷鳳陽壽州。國初，鎮撫之裔孫避兵太行者，始復故縣。有曰具瞻者，舉孝廉，爲浙江台州知府。弟載中以人材薦知湖廣當陽縣，有循良稱，是爲太保公所自出。曾祖諱義，祖諱健，皆未顯。考諱琛，舉經明行修，爲陝西鳳翔府訓導，終於倉使。長子鎡，爲義官。次曰鐩，即太保公也。於是贈其曾祖以下三世皆如其官，階光禄大夫，勳柱國，而李氏始大顯於時。是太保公之言曰：「李之爲氏亦古矣。自吾族言之，二公之上不可得而推矣。至何哉？譜牒亡焉耳。今之居湯陰者十有餘世，世系相續，明有端緒，支派之繁，至百有餘人。以十有餘世之久，百有餘人之繁，而譜不著，則久益久，藩亦藩，其不至於不可知者幾希矣。鐩爲此懼，於是及吾之所知者存之。次其世系，紀其出處行實，俾後之爲子孫者知吾之志，世續而代修之，以至於無窮，獨非吾祖父之望於子孫者哉？」

予惟：李氏之族，在天下爲最繁，而其所出最爲難考。一則謂皋陶爲理官，子孫以理爲氏。後理徵之妻擕子利真而逃，食木子得全，改理爲李，傳十一世爲老聃。又有指樹爲姓之説。皆出傳記，非經史所載。唐及南唐賜姓之多，尤不易辨。獨老聃之後，一居隴西，一居趙郡。今湯陰固趙地也，但世代既遠，遷徙不常，所謂二公者，亦久徙而後復，況遠而益久者乎？唐以前，譜牒姓氏皆繫於官，猶有舛誤。至於國姓，亦不免疑信相半。況於後世此學寖微，閭閻市井之人無所與責。猶幸大夫士之賢且貴如歐、蘇氏者爲之。宗子之法雖未盡復，然自其所可知者推之，則敬宗尊祖之義見於敍族之間，孝弟之心不由然而生者，吾弗信也。

湯陰李氏之貴而賢者，宜莫如太保公。公舉進士，蚤以才行歷事累朝，内治刑工，外綜兵食。今當工作繁重之日，節財憂國，上下賴之。而又敦倫理，明譜系，尤公卿家所罕見。蓋自歷世以來，雖科貢不乏，而是舉也必待於是。要之，家政亦非其人莫之舉也。其子繼先爲吏部主事，典内閣圖籍，克家用譽。而羣從之盛，森森相續，世世而守之，譜之傳其有窮乎？然則是譜也雖自太保公始，可也。予亦李姓，顧不釐正舊譜爲公愧，姑因公請爲序以識之。

太子太保工部尚書李公雙壽詩序

當邦國承平之世，必有耆年舊德之臣端委於廟堂之上，發謀出慮，率屬宣力，以代天工，理民事，則政成而治美。家之興也，亦必有賢淑之配陰相默助於閨壼之内，則子孫賢而蔭澤不竭。故典謨訓誥，稱良臣壽耇老成人者，不一而足。大夫宗婦歌於風，令妻壽母播於頌，臣道婦道並於易傳見之，其義一也。顧人之壽最爲難得，年至七十，古以爲稀，此猶天下之通論。若崇階重禄，榮封顯號，伉儷偕老，饗子孫之奉，蓋絶無而僅有也。予自弱歲入朝，閲世頗久，耳目所逮，惟吏部尚書泰和王文端、鹽山王忠肅二公。文端之貴，夫人實留總家務，雖年逾中壽，身披其榮，而未嘗目睹其盛。於是知福禄之在人，亦難乎其備矣。

太子太保工部尚書湯陰李公時器，舉進士於憲宗朝，歷刑部、鴻臚，已有名。暨孝宗臨御，尤加簡注，自太僕、光禄，遷侍郎。督餉陝西，軍饋不乏。閲京畿諸關，移置險隘，增立城戍，尤著成績。其在工部最久，凡事勢之緩急、材用之贏縮、土地之有無多寡、民力之任不任，皆深知洞見，隨宜而善應。至於難處之際，不獲已之幾，危言極論，惟國與民是計。雖累疏辭免，而勉留益切，至遣官敦迫，趣令供職。蓋其身之所繫如此。今年六十有九，聰明强健，與少壯無異。文臣在廷者，齒莫加焉。元配鄭夫人，其先有七世同居者，稱爲義門。性禀柔淑，無華言外好，少以織紡佐筆墨，累封至一品命服。外居常繒帛，酏醴醯菜，皆出親制。厚遇庶子，過其嫡孫，族党難之。自孝肅太皇太后、慈聖康懿太皇太后及皇太后之大禮令節，内殿朝賀，未嘗不預。今其年已七十矣。其子繼先，起國子生，歷中書舍人，爲吏部主事，直内閣，典書籍。愉婉孝養，奉職之暇，幹綜家政，稱爲能子。其他幼稚，各見頭角。徽諸子道，亦有代終之義。及夫人退食燕處，顧而樂之。外内雍睦，和氣交萃。蓋自鞶帨之結，至於几杖之撰，非遊學使命，未嘗有一日之别。公卿家若此者，指不能再屈也。非培植積累之深且厚，曷克以致是哉！

繼先以夫人先届七十，嘗白於公，請予詩爲母壽。而公之官屬廊郎中珩輩瞻德容而聞懿範者，交相慶羨，復請予文，並致祝頌。公之婿崔編修銑，實翰林名士，述其事行甚悉。予與公同朝，且同甲，而晚歲所遭值去公遠甚，因爲之張之，以發諸君之意云。

倪文毅公集序

有紀載之文，有講讀之文，有敷奏之文，有著述賦詠之文。紀載尚嚴，講讀尚切，敷奏尚直，著述賦詠尚富。惟所尚而各適其用，然後可以爲文。然則數者皆用於朝廷、臺閣、部署、館局之間，裨政益令，以及於天下。惟所謂著述賦詠者，則通乎隱顯。蓋人情物理、風俗名教，無處無之。雖非其所得爲，而亦所得言。其所言者，又窮深極博而無所不得盡。若兩用而兼能者，則一代而不數見也。苟不得其所而徒以爲文，則不過枝辭蔓説，雖施之天下，亦無實用，而況不見於用者哉！

青谿倪先生弱冠舉進士，歷翰林編修、侍讀，以至學士。嘗修英廟實録及憲宗文華大訓，紀載之文，秘在史局，世莫得而見也。講讀經幄，根據書史，傳以時事，明爽暢達，有竦天聽而回聖心者，然其功猶隱而難知。及出爲禮部侍郎，進尚書，加太子太保，改南京吏、兵二部，參贊留務，入掌吏部，如黜淫祠，却異物，謹天戒，守舊章諸疏，亦嘗考古義，稽故典，極陳利害，辭嚴理正，得古人告君之體。是其文見於敷奏間，天下皆傾耳注目，顯然知勳業之所由建，非苟具簿書，循條格之爲者，誠可謂有用之文也。至其詞賦、碑表、序記、著述、賦詠之作，長篇大章，泉湧山出，聲應響答，情興逸發，事理並備，遊刃於全牛之内，安行於逐水之曲，固其天資所得，素業所就，以鳴一時，傳四方者。自先生觀之，亦其餘力所及。視彼旬鍛月煉、章追而句琢者，固其所不暇爲，亦其所不屑爲也。

先生之父文僖公在正統間以文名，有集行於世，東陽嘗得而序之。先生之文，手自編訂，以所號名青谿漫稿。知府熊君桂刻於徽州，其嗣子中書舍人霦請予序。予與先生同舉進士，入翰林，志業契分，極親且厚。既銘其事行之大，獨於文有未盡發者，故爲序諸簡端。

先生諱岳，字舜咨，贈榮禄大夫、少保，文毅其賜謚也。國朝父子入翰林，爲學士，並謚爲文，實自倪氏始。且以文集繼世梓行者，金華王忠文公之外，不一再見，亦於此著一代之盛云。

屠氏家乘録序

太子太保刑部尚書致仕屠君元勳作家乘録三卷，首以累朝封誥、諭祭、敕命之典，次以先世譜系、銘誌、表狀之文，而官署賡和之詩詞亦附焉。比以書屬其子兵部主事應塤請予序。

予惟：古者諸侯世國，卿大夫世家。國必有史，以紀一國之政，而史亦有謂之乘者。天子之卿大夫視次國之侯伯，雖不得爲史，而亦有家乘之名，則以載一家之事。而後之修史者，亦或采焉。作史之法貴實而不貴誇。上古之世，聖人已憂其文勝，闕文之不見，蓋永歎焉。惟乘亦然，或失之攀附，或失之誇耀，則其弊也尤甚。故作史固難，而作乘亦不易也。

君自工部主事歷刑部郎中、大理寺少卿，擢都察院副都御史，進侍郎，以至尚書。中間若封贈之命、奉使之命，數多褒奬。至於請老之命，加秩一品，給驛續食，月廩歲隸，恩禮咸備。而褒奬之辭尤重，如所謂「正身率屬，憂國愛民，遂達人知止之情，保君子有終之節」者，不一而足。此聖代用賢優老之義，其關係天下甚大，非獨一家之私也。君身自起家，無所事乎攀附，褒嘉之寵，自祖考而後及其身，不獨於其進，而亦於其退，非苟爲誇耀者也。且上稽於天子之典章，下徵於士大夫之著作，其事核以詳，其文序而理，故茲乘之作，論者善之。君以文學名，雖治劇曹，涉遠道，不廢詞翰。觀於此，亦可以概見矣。

夫思榮寵之盛，則圖所以保其終；念積累之難，則求所以復其始。應埴繼舉甲科，踵美郎署，志業詞藝，綽有家法，嗣而作者，蓋不獨於茲乘止也。予以場屋知君，久而悉其賢，契分甚厚。喜其宦業之成而繼世之有人也，因序而歸之。

君名勳，元勳其字，嘉興平湖人。

聯封並壽詩序

有以聯封並壽詩卷來謁者，户部主事武昌胡君椿。問其所爲詩，則曰：「椿之將試禮部也，吾父母年偕七十，時當誕辰，置酒稱壽，戀戀不忍别，蓋曰得第之榮，不如色養之樂也。吾父顧欿然弗悦，曰：『吾亦嘗有志科第矣，然而未能。意其爾屬，爾能成之，是代吾事也。爾其行諸！』椿黽勉就道。明年得進士，知江西新昌縣。乃迎養於官，朝夕奉侍，每歲誕辰，必就宦邸爲壽。三年被徵，又三年而被錫命，封吾父爲承德郎户部主事，母爲安人。於是，吾父母之年七十有七矣。鄉之大夫士爲椿賦之，朝之大夫士聞者，又從而和焉，此卷之所以作也。」

予惟：人之壽以百歲爲期，而不能以皆百，故得十之七者，古以爲稀。又得其十之七，則加少矣。當七十而使其子仕，又七年而饗其封。所爲仕與封者，皆千百人之選，或終身不能預而並得之。計日而算，刻期而取，如昔人所謂執券契左右手相付者，且以伉儷之賢，同生並壽，康寧裕樂，此雖窮居約處，亦不可以必得，而兼得之。時與椿同試禮部者十有餘人舉進士，獲封賜者指不再屈。同邑之士雖蒙封賜，而二親並存者無聞焉。是不亦尤難矣哉！然人固知遭際之難，而不知所自致者之不易也。子之教未有不由父母以成。封君三世皆以儒學有聞於學官，教子書史，先之行義，蓋有外傅所不逮，户部之取科第者以之；目睹官政，考其得失，時加戒勵，曰：「雖官曹部使操殿最之柄者，莫之或過。」其稱賢令長者以之。選擇之典、封賜之命，非苟焉而得者也。今督糧畿甸，律身莅屬，愛民節用，綽有令聞。由是而晉崇階，膺顯錫，尤未可量。耄期之壽，猶有待於後，是豈可以事指而數限哉！

封君字本厚，沖澹雅素，喜吟詠，通方藥，善周人之急；安人王氏，婦道母儀，足稱楷範：是皆非徒壽者。予嘗聞諸何少卿子元、易檢討欽之，而吾從子貢士嘉敬道之尤詳，故以椿請，序於詩之首。封君誕在十一月九日，椿欲先期致之，而舉觴南鄉，祝百千歲壽，亦庶幾迎養之意云。

童封君雙壽詩序

洪範稽疑以身之康彊、子孫之逢爲吉，五福以壽爲先，次以富與康寧，而皆不及禄。蓋稽疑自上而言，福雖兼上下，而逮極錫民，必由上始，固無事乎所謂禄者。然凡厥正人，既富方穀，則所謂富乃爵禄之云，非世之所謂利也。夫壽者，人之所大欲。使有筋力之累、嗣續之慮嬰乎其心，則後世所謂壽則多辱者。爵禄之貴，或在其身，或於子孫乎取之，一有焉，然後有益乎壽，而亦難乎其備矣。於此有兼備者，固道路之所歆羡，文人墨客亦侈言之，而況爲之子孫者哉！

封户部主事沔陽童君伯衡，少聰穎，博涉經籍。厥考醉翁先生欲遣入郡學，治科舉業。君性素孝慕，不忍違養，辭不就。郡河之濱有地名滄浪，相傳爲濯纓故處，買田築磯，自號爲滄浪釣者。居常行家禮，立庭訓，修宗譜，以遺後人。遣子旭就學，以成祖志。教以律身莅政之方。旭舉進士，知上高縣，迎養於官。封君樂之，忘其身之在客也。旭以旌異徵入户部爲主事，以最績被錫命，累遷至郎中，擢知兖州府。會王師平流賊，以督餉功加禄三品。顧縻於職守，不獲歸視定省，乃分歲入爲甘旨費。封君高年彊力，安居腆養，忘其子之在官也。封君娶安人胡氏，爲鉛山知縣清之女，勤儉恭惠，媲德於夫。家庭之訓、郡縣之養、封錫之命、康彊壽考之樂，無弗同者。此又人之所難，耳目所逮，蓋絶無而僅有者也。

鄉之大夫士多爲歌詩以紀盛美，達諸朝紳，交應迭和，彙爲鉅編。封君以明年丙子壽躋七十，其誕辰在九月七日。安人少封君一歲，誕在七月七日。兖州以書上京師，請序首簡，先期致之，以代祝頌。予以場屋知兖州，聞其治郡慎而克幹，有惠在民。吾甥衍聖公孔知德述之尤悉，且道其欲得吾文意，懇懇不置。因揆諸人情，本其家教，稽之經傳，備言之。又推詩人未盡之意，以一言蔽之曰：攸好德。

張東海集序

東海之濵有張汝弼先生者，嘗觀於海而有得焉，因以「東海」自號。少善草書，雄偉俊逸，自成一家。同時名能書者，皆莫能及，碑板卷帙，流布邇遠，至於外國，東海之名，遂遍天下。其爲詩，清煉脱俗，力追古作。意興所到，信手縱筆，多不屬稿。即有所屬，以草書故，輒爲人持去。先生亦自謂刻集太多，欲矯時弊，不復置意其間。清詞警句，時或傳誦，而見其全集者蓋鮮。其爲文，隨事觸物，必根理義，不爲華藻枝葉之辭。特自慎重，不苟作。又以無稿故，益加少焉。故以書掩其詩，詩掩其文，説者乃謂藝之至者不兩能，非知先生之深者也。先生殁且二十年，其子廣西按察副使弘宜亦卒，家又遭回禄之變，兵科都給事中弘至檢諸舊篋，不能十一。又訪諸姻友所藏及胥吏所私録者，得其二三，爲一卷。而時所傳誦者，尚未之備，以續録未已，隨所得爲先後，將刻梓以傳。以先生之詩、之文而止此，甚可惜也。

昔之論書者必先人品，豈惟書哉！人之品必先道德，所謂道德者，非必禹行舜趨，服堯之服，而後爲至。惟義利邪正不汩於中，涵養既久，則英華自發於外，如珠藏玉韞，有不可掩者。先生晚得科第，爲兵部郎官最久。志操耿耿，不爲污合。開口論議，無所顧忌。未嘗謟媚，以干進取。中所自負，往往於辭章發之。及知南安，律己愛物，政宜其人。未久而致仕以去，故其政事又爲文章所掩。而其文之存亦止此，豈不重可惜哉！然空青丹砂，金膏水碧，顆拾而塊玩之，亦知其爲至寶，固不必堆盤積笥，然後爲富，而況文哉！況於其人可重哉！使後世知其人之重，則其文益重矣。

先生諱弼，汝弼其字，松之華亭人。其舉進士在成化丙戌。卒於弘治丁巳，年六十有三〔一〕。子弘宜、弘至皆繼舉進士。弘至爲翰林庶吉士，世其家。弘正、弘玉、弘金、弘圭，皆不失矩範。諸孫之繼而起者相望，張氏之文獻固於是乎徵。集既成，弘至以書上京師，介翰林侍讀學士顧君士廉請予序。嗚呼，予言豈足爲先生重哉！

【校勘記】

〔一〕「三」，原無，據明正德本張東海先生詩集四卷文集五卷卷首補。

李東陽全集卷一一六

懷麓堂文續稿卷之五

銘箴十一首　賦二首　雜著三首*

鼎硯銘

弗鑄弗烹，而形是名。惟琢惟磨，其道乃成。不倚其足，其實不覆。不括其口，其大可受。發爲文章，盡物之有。惟金石同久，名不可朽。物有相似，功有相濟。

* 原刻本於此卷卷首僅標「銘箴十首」，而「賦二首」標於二賦正文之前，「雜著三首」標於雜著正文之前。此卷末另收一銘，因改「銘箴十首」爲「銘箴十一首」，並將此銘移於二賦之前。

象器爲智，比德爲義。誰其作之？曰靳充道氏。

方池硯銘 有序

尚寶劉汝忠有大父松溪翁所制方池硯，弗戒於守，乃象舊規爲此硯。謂予曰：「請爲鈫銘。」銘曰：

理之堅，其文則宣；家之延，其象也賢。物且然，矧德與言？惟中書君，其永傳。

楊元性初字箴

邃庵楊先生應寧冠其孫元，禮部尚書劉君仁仲爲賓，字之曰性初，予爲之箴。箴曰：

天德有四，元實其始。而亨而利，貞則復起。於時爲春，萬滙斯發。於人爲仁，衆理攸括。人本天賦，靡分聖愚。質梏習溺，遂忘厥初。有善復者，惟己是克。去欲存理，乃見天德。加爾元服，是曰成人。名而者祖，字爾者賓。祖字從乾，賓字從仁。其則不遠，慎書爾紳。

芝秀堂銘 有序

東吴盧氏，居越來溪之上，處士府君惟明，少而孤。母王氏守節不貳，撫教篤至。處士奉養甚謹，孝聞於鄉。天順癸未，有芝産於庭。人曰：「此孝徵也。」其子伯常甫隱居教授，追念先德，名所居爲「芝秀堂」。其孫雍舉進士，爲監察御史，請予銘。予聞御史君賢而有文，乃爲作銘。銘曰：

靈芝無根，實出氣類。匪仙則祥，異彼凡卉。國望有吴，族望有盧。有芝在庭，惟孝子之符。孝子失怙，無母何恃？惟養之善，匪色伊志。孝子有子，教成於鄉。孝子有孫，名顯於邦。其顯惟何？賢科憲府。曰有是父，曰無忝祖。匪惟物華，惟地之靈。亦有人瑞，實相須以成。石湖左匯，横山右抱。惟斯堂之銘，來世是考。

蒙翁手制竹節硯銘

水出石中，蒙之功；竹在石上，節之象。象尚以文，器制以人。人之文，其永存乎！

硯銘

面如滿月，得兔之靈。背有三足，象烏之形。缺其盈，闕其明。結地之秀，鍾天之精，將以成人文之名兮！

太師英國公像贊

特進光禄大夫左柱國太師兼太子太師英國張公之卒，上震悼不置，賜祭十五壇，致賻治葬，謚恭簡。又超常格，追封寧陽王，錫之誥命。其子錦衣衛指揮同知銘暨其嫡孫侖，奉遺像請贊於予。乃作贊曰：

一代元臣，累朝將種。家學經韜，世傳圭珙。藹德容之外和，隱英神之内聳。地分茅土，視五嶽以同班；禮賀闕廷，帥衆星而北拱。監國史而竹帛流傳，掌京營而貔貅振竦。當時代之恬熙，值金湯之壯鞏。鎮雅俗而不言其功，藴奇謀而不售其勇。賡都俞喜起之歌，饗甘脆鼎鐘之奉。賜之甲第，則夏屋渠渠；宜爾子孫，則螽斯總總。絲蘿稱國戚之門，碑表望世忠之家。箕裘之業，尚期與弓冶而同風；帶礪之盟，猶足佐河山於一統。

延春堂銘 有序

錢塘蕭中立，世以醫鳴。涉書史，通詞翰。時有所論述，自以爲得秘傳焉。徵入太醫院，供奉御藥，以功遷院判。京師人無富貴賤貧，造請邀致，夜以繼日。而崇信重義，不徇貨利，既久而名益彰。嘗作一堂曰「延春」，著志也。予舊識中立，凡有疾病，不論風雨寒暑，邀之必至，至必爲盡心焉。予感其誼，爲作延春堂銘。銘曰：

歲有四序，厥初惟春。於行爲木，於性爲仁。煦以陽暉，潤之甘雨。噓枯發榮，物得其所。其收在秋，各以藏之。相彼生植，兹惟其時。惟天好生，物有終極。孰其延之，開我壽域？君相造命，以人補天。分職治事，醫其有焉。惟炎暨黄，實肇製作。物辨草木，書載方藥。經殘異代，學散多門。或戕其枝，或伐其根。有儒一醫，吴越之際。蕭姓昂名，中立其字。旁覽傳記，上窺化機。若溺與援，若寒與衣。

三折爲良，十全爲上。朝勒暮餀，有職無曠。有患必捍，靡災弗除。一闔之外，皆春之餘。順天之令，遵王之政。願厥有生，以考終命。皇有錫福，臣有奏功。有堂延春，與世無窮。

郴州何氏鐵鐘銘 有序

郴州何處士德翁，當元之亂，鄉人請主山寨，團兵捍賊。處士謝不往，因以善自晦毀田業。每得穀粟，以鐵鐘貯之。滿輒易酒食衣物，與姻戚共用，不留餘積。卒之壽考終命，完其族人。五傳而四舉科第，三得進士。居偏橋者，用武功世指揮同知。家益昌大，而其鐘固存。俗呼爲鐵罄，實則鐘也。今太僕少卿孟春追念祖德，請爲銘，俾諸子孫世守焉。銘曰：

弗我利之。疇其器之？惟德其視之。不簾而懸，其聲弗宜。不量而受，實則多有。聲我辟之，實我致之。匪徒致之，

嚴時泰應階字箴

江夏嚴君時泰，字應階。既舉進士，知溧陽。以徵上京師，擢鎮江同知。其爲人好修而嗜學，念所爲字未有申其義者，請爲箴以自警。凡今之徵索文字，類以彰寵光，敘景物，鮮有爲是請者，予嘉其義，從而爲之箴。箴曰：

天有顥氣，其精爲星。三台有名，六符是徵。其上爲君，尊莫與京。中爲相臣，下則士氓。時之泰矣，其階乃平。孰職其事？孰操其衡？化機所動，不令而行。天官有書，軒轅有經。自古則然，有符必貞。惟人之生，實稟靈秀。奉使指象，郎官應宿。喉舌有司，衣裳有繡。逢時則難，匪先斯後。觀天之文，視夜如晝。省躬得失，察政休咎。有來一儒，翼軫之墟。名自考錫，字出賓除。身際景運，科登薦書。出宰百里，其光煒如。緣飾羣治，皆文之餘。惟宦有途，可公可孤。可皋可伊，惟聖有模。彼亦何人，吾生豈徒？平平王道，蕩蕩天衢。勖爾志業，終身是圖。

友恭堂銘 有序

太子太保兵部尚書長洲陸公全卿，爲予言其曾祖樹橘府君守道。永樂中，以人材徵，奉使湖廣，督理逋欠。以民窮困狀言於部曹，請爲蠲免，不聽。辭疾而歸，與諸弟終老於家，名其堂曰「友恭」。其祖起敬，父宗博，皆贈兵部左侍郎，世篤先訓。請予銘，以識不忘。太保之豐功偉績，世固知之。友恭之義，予得諸鄉人者爲多，乃爲作銘。銘曰：

人有至親，必先父子。次則兄弟，其分一體。事親爲仁，從兄爲義。

待隱園賦

吾友邃庵楊先生定居京江，作待隱之園，爲詩二十篇以著志。顧縻於官，不得歸，輒起屢辭而未得請。謂予亦嘗爲習隱之詩，請賦其事。予每讀烏有亡是之辭，疑其怪誕，不近於理。乃據事直述，略爲韻語，斐然成章，以俟知者采焉。其辭曰：

待隱先生問於習隱翁曰：「子之習於隱也有年矣。蓋自戊午至於壬申，身在臺閣，志存丘樊。蚤作夜息，輾轉而不得遂者十五六春，疏累數十章，章累數百言。大義皦日，哀辭吁天。情既激而彌陳，意將窮而始宣。一旦而獲此者，何其難也！乃今居不出委巷，屋不過數椽。無于公駟馬之門，無蘇家二頃之田。不釣於溪，不樵於山。而意氣飄逸，形神静閒。吟弄乎風月之餘，遊戲乎翰墨之間。是殆時與事而相逢，習與性而俱安。若予之發迹滇海，卜居江干。有水有山，有丘有園。閲壯及老，由昏逮晨，極目乎莽蒼之墟，遊心乎清泠之淵。固嘗感山靈之見夢，慚往代之移文，目炯炯而有燭，心摇摇而若旃。往復轇轕，莫知其端。」

語未畢，習隱翁瞿然而對曰：「吾嘗聞之矣。石城迤邐，鐵甕巉嶢。扼吴、越之喉襟，望荆、揚之上遊。峰隱焦光之廬，湖通范蠡之舟。訪海嶽之名庵，築丁卯之故橋。乃有茂林深樾，沃壤平疇。鑿城成沼，飛暈起樓。巖松塢竹，徑菊屏榴。堂臨池於一鑒，亭望月於層霄。煦玄冥之栗冽，濯朱夏之炎歊。復有古鼎鑄象，叢書汗牛。藻繪朝設，枰棋夜敲。丹符玉節，桂棹蘭橈。或擔簦以就業，或載酒而相邀。可以攄寫宿抱，驅除隱憂。浩浩乎無所與滯，綽綽乎其有餘留。然而居不得越歲，夢不得終宵。動王孫春草之思，廑八公叢桂之招。若是者亦有由矣。自君之剡舉鶚薦，池登鳳毛。振玄歌於藩臬，舞干羽於廟郊。憧憧乎道路之衝，擾擾乎戎馬之交。信葵藿之自許，何稻粱之暇求？爾其志足以體國，才足以訏謀；文足以黻治，武足以好仇。聳德望於朝端，播聲名於海陬。及夫纓冠同室，擊楫中流。旌孑孑而在浚，舄几几以歸周。掌和鈞於國計，秉衡鑒於天曹。合弛張於一道，歷出入於均勞。乃能上補衮職，下統百寮。贊決廟議，甄收俊髦。湖襟海量，蘗行冰操。信運氣之不數，實明良之是遭。若予之礦石不礪，朽木不雕。馬既老而不智，蟲將蟄而不秋。計還歸之既晚，豈與子而同儔者乎？」

待隱先生憮然而歎曰：「嗟乎！所謂體國者子之言是也，而所以處我者則未至也。夫詘於不知己而信於知己者，士也；行或使之止或尼之者，勢也。故予之心與子同，而迹未容以不異也。予將東向掛冠，南遊鼓枻。振衣乎千仞之岡，託興乎九夷之地。解猿鶴之深悲，結松筠之晚契。歌元和聖德之詩，續六一醉翁之記。惜往日之難追，豈來年之姑待？」

習隱翁曰：「不揣固陋，敢窺高邃。知公之一，不知其二。蠡滄海者莫測其深，株鄧林者僅數其細。諒賢者之有益於人，昧達士之無累於世。吾謹閉口，請言君志。」

待隱先生乃援琴而歌曰：「瞻彼大塊，何茫茫兮。我居國都，懷舊鄉兮。我水我山，天一方兮。我仕我隱，理之恒兮。今吾故吾，幸勿喪兮。國恩既酬，安復望兮？時則可兮，毋曰將兮。」其聲琅琅，其興洋洋。若激若昂，若抑若揚。習隱翁不能和，擊節而應之。其起也若狂，其坐也若忘。於是相與泚筆伸紙，引壺就觴。劇飲大噱，若無人之在旁。翁既醉止，徑卧大牀。先生醒然獨立而遠眺，見雲山兮蒼蒼。

荆溪賦

宜興荆溪之勝，予聞之徐文靖公舊矣。吴禮部克温世居其上，爲余道之尤詳，請賦之。乃作賦曰：

有溪來自東南兮，勢奔騰而蜿蜒。界甸服以爲中心兮，稱宜興之名川。上源出於蕪湖兮，下通流於震澤。乃雲雨之是興兮，亦蛟龍之攸宅。歷松江以入海兮，渺不知其所極。棹蘭舟而遐鶩兮，與羣山而逶迤。畫屏爛乎前陳兮，錦障紛其後隨。樓臺倒景於空青兮，沙石分明而陸離。彼魚與鳥其何心兮，亦水泳而雲飛。惟夫君之好修兮，稟坤輿之清淑。鍾世澤於名門兮，蔭嘉林於喬木。泓一鑑以爲池兮，結重茅以爲屋。朝擥秀乎山巔兮，暮搴芳乎水曲。抱經濟以用世兮，出觀光於兩都。躡瀛海之高蹤兮，覽長江之壯圖。歎墨突之不得黔兮，念陶園之將蕪。列魁象於三台兮，寄高情於五湖。予養癖於林泉兮，每探奇而索奥。考兹地於山經兮，恨不高飛而遠到。懷文靖之盟言兮，亦惟斯人之爲好。慕楚頌之遺風兮，矧蜀山之惟肖？孰使溪之名荆兮，山洞庭之是號？豈不懷乎三湘兮？莽風濤之浩浩。楚人聚而咻之兮，功垂成而不告。歲忽忽其屢更兮，意惘惘而莫宣。時寐往而寤來兮，宛兹溪之在前。吾將探石髓於神山兮，尋勝境於桃源。佇飛舄於王喬兮，溯歸槎於張騫。雲幢霧節，不可以久駐兮，恍若送乎登仙。

荆溪主人聞而歌曰：「予之溪兮故鄉，予之莊兮北堂。抱予甕兮水傍，洴予練兮中央。進則用兮退有藏，參吾道兮相與翺翔。招美人兮不來，渺予懷兮天一方。」

予亦從而和之曰：「荆之溪兮孰使爲清？荆之山兮孰使爲靈？人與地而俱佳兮，文與獻而俱徵。彼信美而非吾土兮，悵無樓之可登。感妙思於吴歌兮，託騷辭於楚聲。」

政首贈何子元參政

論王政者必以食爲首：堯典首授時；舜咨十二牧，首曰食；禹陳六府，必曰穀；文王治先九一；箕子衍八政，先食貨；孔子答問政，先足食；孟子每論政，必先養民，田畝而下，至雞豚、魚鱉、布帛、絲枲之細，雖詳不厭，謂有民斯有國，不如是，不足以爲治。其爲政最難。

官之設，凡以爲民也，而又專其職。職之舉廢，治忽繫之矣。國朝稽古制，重民事，兩畿之外，建布政司如古州牧，而加其一官，置布政使爲長，又多爲之參佐，下至州縣皆然。以爲專也，又特有置以掌糧儲，有差遣以領部運。夫其法之詳如是，則其政之重也可知已。顧承平既久，其難爲甚。

天下之糧儲有二：宗藩府衛、官吏士卒之用，謂之存留；京師、邊徼官士之給，謂之起運：皆有定額。不幸而有水旱、盜賊之虞，則存留者寧緩，而起運不可闕，其常也。河南密邇北畿，運事尤急。比歲以來，兵燹横作，殘破之地廢於耕穫，蠲免之數疲於攤補，而欲執一切之法以臨之，力倍蓰而不可得。此徵斂之難也。領解之役，必擇殷實有力者爲之。曩歲利於饒羨，皆樂爲用。今小者困逋負，大者破家業，望而避之，若蹈水火。夫富家之留輸，貧單之般載，在唐已然，而今則甚矣。若非審覈產力，參之丁户，隨宜而適用，徒以三等九則之籍概而使之，必至於憊民而債事。是差解之難抑又甚焉。至於輸納之費，月累歲益，莫知紀極。夫雀鼠之耗，五代以前已有之，論者猶謂倉廩乃有司之責，不宜使百姓償之，然猶有名，今所謂正耗者是已。宋之頭子補助直達，猶充公用，而不免爲郡縣之利。今則非郡縣也，是又將誰歸乎？輸納之難，又有不可勝言者矣。

郴州何子元爲河南參政，部諸府歲運之粟於京師，竣事而歸。予前所云者，蓋與其長共之，而私無讟言，公無闕科。中所云者，綱貫聯絡，各分職役，速者先完，緩者後畢，而率無蕩析顛躋之患。後所云者，於不得已之中，有猶可得爲之計，蓋十分而省其三四焉。於是上下交譽，中外無間，以爲能勝其難也。

予不與於政，未嘗與之劇論，但知其敏而能勤，律己而恤下；研核經史，而不廢簿書；樂山水，工文藻，而以遊覽賦詠爲戒，矻矻焉憂國與民之不暇。而其經畫之方、調劑之術，不能悉也。姑述所聞見，作政首以貽之，且問焉。如以予老且病，不能坐聽也，請著之篇章，尚能卧而閲之。

師儉堂訓

戒庵主人作堂於京江之上，北固之前。地勢深厚，制度渾堅。築壤爲基，采木爲椽。不刻斫以爲華，不藻繪以爲妍。落成之日，客不旅賀，席不肆筵；啜茗而退，曳履而還。端坐若忘，凝思入玄。名其堂曰「師儉」，揭大扁而高懸。

其子年將舞勺，學方就藝。晨起入塾，告而將事。乃趨而問曰：「兹堂何名？兹扁何義？小子不敏，請紬其秘。」主人曰：「嘻！汝來前。夫儉者，持家之法，檢身之律。故薦取蘋藻，羞用榛栗；食止適口，衣止蔽質；騎不過代步，居不過容膝。吾之建斯堂也，地雖不廣，庭猶旋馬；構雖弗隆，圬至萬瓦。回視甕牖之内，繩樞之下，孰壯孰陋？孰多孰寡？吾内服先訓，外酬國恩。炊不得黔突，行不得過門。汝曹居必我守，敍必我惇。灑掃蕪翳，闔開燠温。漏則必葺，敝則必新。勿增高以眩俗，勿辟廣以傷鄰。庶吾儉之可師，幸吾堂之永存。」

言未既，其子摳衣而進曰：「某嘗參諸史册，稽諸傳疏。與奢寧儉，不孫寧固。此宣尼矯俗之言，似亦有不得已之故。若蕭文終之所云，猶得失之是顧。觀其建宫殿，則使後莫能加；買田宅，則籍之以自汙。大人乃取於斯言，實蒙者之所未悟也。」主人莞爾而笑曰：「汝不求諸經乎？禮出天秩，卦以節名。儀則有等，度數有程。故虞代命禹，家以儉興；周廷訓官，業由儉弘。惟儉之德，善莫與京。賦蟋蟀者謂家之可保；讀損益者知富之可懲。車之鑒者人必瘁，璧之懷者罪必嬰。狐裘有晏，木榻有寧。出則爲功，處則爲貞。迹有偶合，物有相形。東山聲樂，未免金谷之侈；公孫布被，不如司馬之誠。甚者薪蠟飴釜，冰山肉屏。或流蕩以覆族，或荒亡而喪生。顧從奢之若燎，乃從儉之如登。争棄本而逐末，或當詘而舉贏。恨堤防之易潰，念谿壑之難盈。寧獨知苦亦可以亡悔，甘則可以致亨？是儉者，誠膏盲之藥石，爲大器之準繩。吾年未逮乎衛武，汝學未至乎康成。言無徵而可略，理愈究而益精。兹當采葑菲於下體，寓訂砭於西銘。惟吾儉之是師，信斯堂之有徵。」

其子乃耳接面受，心領神會，不違如愚，唯唯而退。出而質諸傅，傅曰：「約哉，辭乎！道不下滯，室何遠思？雖萬物之備我，有一言而行之。彼大人先生者，身在臺閣，志在蒸黎。傷世家之怙侈，慨時俗之澆漓。其教也有所始，其推也有所爲。蓋方移宫室以力溝洫，化文繡而爲茅茨。百僚俾向以成裕，小民日遷而不知期。禮達而分定，終上安而下熙。公儉德於四海，匪一家之獨私。予亦聞揚綰居相位而國俗變，何劭襲父風而家道衰。瞻正儀之足法，知蒙養之在兹。子歸而求之，有餘師矣，豈句讀之士所得而窺其津涯也哉！」

信難贈户部邵國賢

文之好尚不同，而相信者絶少。蓋文者人心之聲，信其人斯信其文矣。人豈易信哉！見之而不能知，弗信也；知之而以爲不足信，弗信也。杜子美之於李太白，韓退之於柳子厚、張籍，皆極推許，而三子者有異議焉。惟歐陽永叔於蘇子瞻，稱其奇才，欲相遜避，而子瞻心誠服之，至以比孟子。何哉？信不信之間耳。世恒説：古今人不相及。今之君子果於自信而無所取信乎人，故雖有奇才博學，或陷於一偏而莫之覺，於是歎夫相信之難也。

予於南畿之試得邵君國賢，意其非場屋士。見所爲古文歌詩，愛其峭拔，與之論焉，數年而見之，則加厚矣；愛其簡潔，與之論焉，數年而見之，則又加裕矣。比見其容春堂集，出入經史，蒐羅傳記，該括情事，摹寫景物，以極其所欲言，而無冗字長語、辛苦不怡之色，若欲進於古之人，以幾於口無擇言，言必有中者。蓋國賢信我太過，而其所自信者固存，獨非有所合而然哉！

國賢清修好古，自領科第以來，爲州守，爲郎正，督學政，長藩臬，更踐臺省。雖公務叢委，而條貫整飭，未嘗以文廢政。屬以母老乞終養，不得請，僅予告以歸。色養之暇，大肆力於所謂文者，故其所得益深，而猶未見其止也。作信難以貽之，國賢勉乎哉！

國賢名寶，成化甲辰進士，今爲户部左侍郎。容春者，其先世所居之堂，國賢所修復者，因以名集。其他集尤多，予獨備見其前集云。

李東陽全集卷一一七

懷麓堂文續稿卷之六

書祭文十九首*

答劉東山書

去秋，曹參政行，曾附書及字法石刻，諒已能達。時僕久在告，分不能起，第念聖恩深厚，遣内臣、吏部敦諭再四，强勉供職，苟

* 原刻本於標題「書祭文」下注曰：「共十九首。」爲一其體例，今去註而改爲上題。以下各標題同此，不再煩註。

延旦暮。而數窮理極，事與心違，舊疾薦臻，故態復發。蓋一歲之間，奏章十上，而後得請。古稱難進易退，而退之難乃如此。向非耳聞目擊，誰復信之？今幸不負初心，少辭後責。固知死而後已，乃臣職之當然；而不能者止，亦聖門之明訓。未免一偏之弊，敢言中道之歸，輒以寸心質諸知己。

仍用話别韻賦得二章，又爲邃庵題耆英圖一首。外小册拙刻數紙，併以寄意。草堂賦索者頗多，不知能致數本否？餘惟爲道自重，不悉。

答謝木齋書

去冬令親徐上舍回，嘗屬承差文炳，附書奉慰，兼答來教。時僕在告已久，自度不復出，第於理勢有不容已者，不免暫就銜橛。而志力俱困，無以復前。及冬，偶有所觸，再申前請，始蒙聖恩俯賜俞允。蓋自丙寅以來，七閲寒暑，中間哀鳴懇訴，不知其幾，而後得此。其爲慚負，豈易勝言？

遠惟道體安和，天倫樂裕。平生知愛，晚歲暌離，南望山海，不勝瞻遡。此情此誼，非泓潁輩所能達也。再和留别韻，聊附此便。

聞與瘠茂提學倡和甚多，倘能寄示一二，僕雖老矣，猶得效顰。幸不以疏遜見外！春尚寒，惟爲道自重，不宣。

與晦庵先生書

緬惟道體康樂，壽祉益臻。但八十之辰，不獲登堂稱賀，且自令嗣之喪，曾一弔慰，三數年來，未續音問。非敢果於疏慢，實以衰病愈增，鄙懷未遂，憂愧爲日，遑恤其他。

去冬臘底，固申前請，始蒙恩旨，獲賜歸休。深居靜坐之餘，感念疇昔，欲一話里鄰寮寀之舊而不可得。幽懷遠意，非筆札可陳，便中略布一二，惟爲道自愛，不備。

答喬希大書

自去秋復出以來，幾滿三月，勉答聖恩，再申前請，乃蒙俞旨，獲遂歸休。第以寵數倍常，益增愧汗，終無以爲報也。

衰年病骨，稍得優閒。慈養之暇，頗温舊學。歲時既邁，恐亦無成。朋輩凋落，賴有邃庵一人，時共披豁。而此老山林興復不淺，爲之奈何！相知一二三子如令兄本大輩，略能見慰。獨念希大遠在數千里外，不能握手開喙，以盡所欲言，殊增悵怏耳。

新稿數首，情見乎辭。惟照亮，不一。

與貞庵姜太守書

不奉教札，已再逾年。恭惟壽考康寧，遠出倫輩。同榜士自少保閔公之逝，仕籍不足論，閒居高壽，宜莫有逮焉者也。

東山直道守官，横被奇禍，幾死者數矣。天道好還，竟歸故里。方石清修勇退，絶意功利，而身後恤恩，顧巧宦者所不及。公議之在天下，雖欲泯之，有不可得者。僕非才竊位，獨後歸休。蓋年近七旬，官逾四紀，而方得請。餘生暮景，知復幾何！其視盛年高蹈，久享山林之樂如執事者，殆不可同年語也。

謝事以來，稍得閒暇，修書札，通問候。回憶少時會講習，聯科第，西樓待漏之夕，宛焉如昨。安得一握手，出肝肺，盡平生之歡乎？臨楮惘然，惟心照，萬萬。

右書計到日，貞庵已不及見。姑存此稿，以識不忘。嗟夫！

答邵國賢書

顧郎中所寄書，穀日始到，時已獲請歸休閱歲十餘日矣。計國賢尚未得報，報時，當爲我一莞然也。

士君子行藏進退，固有禮義，亦有命焉。持此以語人，非知者，誰其信之？世之知且信如國賢者，指不可多屈。自餘豈能盡知？亦奚必以多辯爲哉！

鄉聞孫九峰言：國賢行時，不欲顯言別去。此情此誼，亦可與知者道也。試以諗世恩郎中，以爲如何？

惠泉酒殊清洌，評者或以爲過苦，豈地志所載，固亦有先入者乎？國賢品藻過人，宜有斟酌調劑之妙，今次所釀，更當刮目以待矣。

答陳都憲書

遠惟墨衰在外，兵事賢勞。終制之請，情禮俱合。臣子之義，兩得之矣。

僕久稽弔慰，顧承教札。衰病之餘，近始得請，苟安旦夕，無足深道。乃煩注念，愧悚不可言。

使還，草草奉答。計時即吉，諒亦不遠。尚冀節哀順序，以成至孝。餘不悉。

復羅允升少卿書

近所寄手札，劉太常去後始送到。三復展玩，令人悵歎不能已。所謂苦心疲力，曲盡區區，乃知世間未乏知己。

比年憂病纏綿，以日爲歲，不免力求退避。得請之後，閉閤思過。稍以其餘，温習舊聞，埤所未至而已。

緬惟容臺新遷，職務清簡，高才峻節，宜若無以自見，亦寧知非蓄德養望，持滿而大發之地乎？

通政令弟計久已抵家，還朝之期，諒不出秋夏間也。餘不一一。

答楊志仁都憲書

去年得滇南所寄手書，惠以令先君文懿公詩集。三復之餘，不勝慰浣。

惟文懿公文章名一世，此詩之傳，固不可少。僕晚進淺識，評點之責，本非所宜。徒以接迹翰林，誤蒙知愛，朝夕督促，一時應命而爲之者。不謂姓名託諸不朽，以干僭妄之咎，愧悔不可言。猶幸當時拙序雖嘗具稿，而未遭刊録，庶幾寡過耳。

計憲節已入南臺，久滯殊方，柄用伊始，林壑高情，恐不易遂。若僕者，僥冒已深，加之老病，退避之圖，誠非得已。

比始以餘閒通問候。又聞令叔碧川先生考終，殊切感悼。俟得的報，當别致書奉慰也。

復泉山林先生書

鄭參議來，承惠手札及佳章二首。高情正義，所以胥訓告，胥責望者，至深至厚。僕雖樸陋無似，寧不知所感激？但衰年久宦，憂病相仍，非惟勢所不逮，抑於力有不能强者。故歷數十年之遠，累數十疏之煩，冒罪觸咎，有所不顧。亦知事有遺責，猶愈於與日俱增。以是見讓，固有不得而辭者也。

緬懷道體康吉，中壽茂臻，螽斯之慶，源源未已。瞻遡之餘，曷勝欣賀。利瞻參政，足繼家聲。後裕光前，於今爲盛。幸以官曹之舊、場屋之雅，於賢父子間者已非一日。雖退處林壑，遠違江海，亦惡敢以自外邪？謹次高韻，書於别軸。伏惟照亮，不具。

復張宗伯書

今年七月間，元錫正郎送到手札，并家釀四尊，足仞久要不忘之義。計發書時，猶未悉區區休退事也。鱗鴻沉滯，乃至於此。然則官署之憂勤、人事之雜冗，歷歲閱月而不能自達者，亦可以情亮矣。

鼓盆之戚，非暮年所堪。顧子姓蕃昌，家慶綿遠，揆之士林，亦所僅見。瞻戀之際，歆羨隨之。實以斯文通家，事涉欣戚，故不覺其嘵嘵云爾。

比聞動定清吉，無異曩時。賤軀自居閒以來，頗亦如昨。故舊凋零，無由會晤，便中略布一二，不能悉也。

與熊都憲汝明書

奉别以來，數閱寒燠，不能具寸札以通問候，想慕高潔，曷勝瞻溯。人情世故，萬有不齊。閒適之餘，姑置勿論。惟公道之在天下，如青天白日，雲開霧釋，終必見之，今果然矣。

僕爲事勢纏擾，失於早決，以至今無可爲知己者道。稍以餘暇修舊故。東山翁雖號同藩，室亦云遠，不知時得通問否？便中略布一二，希爲道自愛，不宣。

與鄧都憲宗周書

自得河南書，久不通問。聞湖南人云：動履清吉，襟懷潔然。殊慰傾想。惟執事以正言直道不屈於時，進退之間，兩無愧怍。僕衰年多疾，力不能支，退伏林壑，亦固其所。居閒以來，乃得稍修問候。近作數篇，聊代晤語，亮之而已。

與夏參議簡

書來，知有事江浙。過家之樂，不問可想見矣。所刻華山歌，頗有風致，但少覺肥重。近時刻本自長江行以後，大抵皆然。第二泉詩雖骨勝，亦不免此。此雙鉤之過也。凡鉤法用筆，須自裏面描出，盡墨而止，再經摹刻，方得恰好。若徑於墨際著筆，縱令極細，自有纖毫積出，便成粗厚。

又須得原字倒著案上，惟視筆劃爲粗細，庶無爲己意所亂。恐一時講究不到，故漫及之。倘會二泉，亦可及此。

花將軍歌如刻了，併寄數幅爲佳。餘不一一。

與鄒布政時鳴書

得滇南書，知政務整暇，疆圉寧謐。鄉邦場屋之好，久而不替，此意何可當也。先府君字法手稿自刻石以來，摹拓裝裹，動數十紙，難於流布。向時王司馬德華蹙爲小板，以便檢閲。但傳寫大字，非其本真。今乃辱以石本元格付之梓繡，形體法度，宛然如舊。一印之功，倍於十拓。雖小字翻刻，間有異同，但區區拙筆，無大關繫。而論述首尾，具載無遺。先君有靈，亦將憮然於地下矣。

披覽之餘，豈勝感荷？便中略此申答，不悉。

祭楊夫人喻氏文

猗嗟夫人！德秉純懿。歸於名臣，以紹元配。儒門素風，兩得其際。孝隆舅姑，禮協賓祭。出無外言，入有内治。蘭桂聯芳，瑶瑜列侍。慈孝相成，通於一氣。

風化所先，具瞻斯繫。玉食珍羞，禄有常賜。命服封章，班躋極地。弗勤厥初，而饗其備。豈天獨私？維德之致。壽雖弗遐，名則罔既。維我同官，欣戚攸視。弗弔於門，弗奠於位。菲儀載陳，辭以寄意。

致仕後告墓文

維正德八年歲次癸酉二月庚子朔二十二日辛酉清明節，孝曾孫特進光禄大夫左柱國少師兼太子太師吏部尚書華蓋殿大學士致仕東陽，敢昭告於三代祖考妣、考妣之墓曰：

東陽幸以遺體獲承教育，蚤叨科第，久職翰林，歷視累朝，歲盈四紀。班列首階，誥封三代。顧以庸才弱質，越分逾涯。智力俱疲，憂懼交集。蓋自先朝，逮於今日，乞骸之章，累數十上。眷留彌篤，祈請益哀。乃於去年十二月，始蒙聖慈，特賜俞允。薦頒恩禮，復蔭文階。仰藉餘庥，苟全晚節。代終之責，自少及老；反面之義，事亡如存。敬掃墓原，用伸虔告。伏惟尊靈，俯垂鑒佑。

亡子兆先，悉予宿志。併此附告，庶其聽之。

祭封少保楊公文

惟天賜福，萬有不齊。禄壽名秩，胤嗣業基。一之謂難，備者其誰？古亦有言，栽則培之。公行既篤，公學可師。名起甲第，官登臬司。外造羣士，爲梁爲榱。内訓諸子，爲鳳爲麟。伯掌帝制，鈞衡獨持。勳德所被，由華逮夷。仲秩邦祀，格於神祇。操以清直，飾以藻辭。如祐有旦，如郊有祁。聞孫秀發，策冠天墀。羣從科籍，前登後隨。如謝在越，庭蘭砌芝；如竇在燕，椿株桂枝。公雖晚達，亟斂厥施。位不稱德，曰固在兹。封貤一品，玉帶麟衣。壽滿八帙，背鮐齒鯢。月弄風吟，山巔水湄。仰不愧天，三樂攸宜。曰考終命，五福所歸。終始無憾，鉅細靡遺。窮壤之際，古今所稀。國有恤典，實超等差。中使臨弔，皇華載馳。諭祭有文，塋域有治。朝野驚悼，士林嗟咨。

走與令子，寅恭是資。通家欣戚，義豈云私？病不出户，中情孔悲。絮酒炙雞，室是遠而。緘詞萬里，有淚沾頤。嗚呼哀哉！尚饗。

祭外姑朱夫人文

惟太夫人，言温氣和，内政齊肅，不聞怒呵。惟太夫人，容莊行淑，中含静貞，無事表襮。門有勳閥，國有顯封。生有胤嗣，是惟大宗。禄饗萬鍾，年逾中壽。元臣貴家，孰出其右？北澤之莊，東平之岡。生無遺憂，没有餘光。自我締姻，歲於四浹。交必世講，燕必禮接。悲歡之變，倏在目前。一奠而訣，哀何可言？嗚呼哀哉！尚饗。

李東陽全集卷一一八

懷麓堂文續稿卷之七

墓誌銘　神道碑七首

封翰林院編修魯君墓誌銘

封翰林院編修魯君暨孺人朱氏之卒，皆未有銘，其子國子司業鐸間以狀請，曰：「此鐸所藉以報吾親者，非敢有待，慎之也。」予家亦出湖南，知鐸文行，未悉家世。兹狀出編修趙生永，生與鐸同舉進士，道其事尤詳。乃參其狀及語，爲敍而繫以銘。

君諱仕賢，字廷佑。先爲長林大姓。其祖思旻，當元季避亂居景陵之東岡。祖勝，父源，世有隱德。君性剛直，年十七而孤，未及圖仕，遂親家政。撫諸弱弟，時其婚娶，而矩範整肅，凜如嚴師。少本嗜學，恨弗卒業。子三人，並遣就外傅。謂鐸穎異，命習舉子。嘗有奕案，規制精巧。一日，聞鐸頗知奕，謂之曰：「是非汝所急。」亟毁之。楚俗尚鬼，力矯流弊，不親巫祝，事邪術者皆畏莫敢近。居常用禮自律，以御制大誥置懷袖間，遇族黨，即出諭之曰：「此國典也，汝能遵此言，則可免過。否則陷於罪戾，不獲爲良民矣。」嘗謂鐸曰：「汝爲臣，能如某某則可，如某某輩，足爲深戒。」蓋其篤信謹畏如此。與人交，愛惡不苟，凡所臧否，皆帖服。或有過，必相戒改悔曰：「幸不使魯公知之。」有争訟者，多來就質，得一言，輒解去。嘗有盜被獲，以窮伏罪。君惻然曰：「是爲饑寒所迫，一置之法，其族且不齒，將胥而爲盜矣。」因慰遣之。盜後改行爲善，感之終身。嘗訓子孫曰：「吾每怪人老而自弛，將謂人不我校矣。天下名節，豈專爲少壯者設邪？」此其言尤敬策。故雖年逾中壽，修飭如平時。弘治壬戌，鐸舉禮部第一，擢進士高第，入翰林爲庶吉士，初命爲編修，君戒諭加切。鐸益砥礪，精問學，名稱籍甚。乙丑，今天子登極，恭上兩宫尊號，以恩封君如其官。丁卯，鐸奉詔册封安南，取道歸省。瀕行，鐸請圖終養，君正色遣之，曰：「勉盡爾職，毋以家爲也。」然意實念之，行數十里，忽策馬不顧而去。鐸既遷國監，遂乞終養，章再上乃得請。出國門數日而訃至，是爲正德戊辰，卒之日爲九月朔後二日，距其生永樂甲辰十月望後一日，壽八十有五。

娶朱氏，性慧而柔。逮事其姑，孝養備至。君諸弟之幼，手制衣履。弟視妯娌，庭無間言。頗解文義，教諸子或出口授。以織紉佐誦讀，必習乃已，故諸子皆悚懼自勵。而鐸尤賢且貴，顯其親以大亢其宗，孺人實有助焉。生宣德丙午七月四日，卒以弘治戊午九月朔日，時年七十有三。合葬於東岡南崇石湖濱之原。子三：長鎮，次銓，早卒；鐸其季也。孫十：麟、鳳、豸、驥、彭、嘉、鯤、鴻、鵠、鷗。曾孫二：長仗，次以。女一，孫女七，曾孫女四。

論者謂魯氏之顯始於司業，而封君實作啓之。蓋其羣行具備，而欽誦國典，至以訓諸後進，又其大者。使人皆翁若，仕必以功業自見，不爾，亦皆爲太平之民。然則，翁之賢豈獨爲一鄉重哉！銘曰：

法必麗道，民用莫知。亦有先覺，實開衆迷。中嚴有亭，講讀有律。賢者在野，是謂禮失。翁身不仕，得仕之理。法以訓民，道以教子。子道既成，教亦大施。榮封顯名，持以報之。隱有求志，終有得正。欲知君才，請視家政。

明故資善大夫禮部尚書贈太子太保謚文穆傅公神道碑銘

贈太子太保傅文穆公既葬，越十有二年，其子監察御史元以神道未有銘，率其弟中書舍人完來請。予以嘗銘墓辭，元泣曰：「吾父不得爲王仲舒乎？」予愧其言，然安敢援昌黎例也？惟墓銘尚密，宜有以昭示衆目，故其大且要者不厭重録，而瑣事庸行則不復贅云。

公姓傅氏，諱瀚，字曰川，學者稱爲體齋先生。先世在唐末時，自長沙湘潭徙臨江之清江。宋南渡，再徙新喻。曾祖樂全處士原顯，隱於鄉。祖汝器，考邦本，皆用公貴贈通議大夫禮部右侍郎。祖妣劉，妣簡，皆贈淑人。

公在天順間，以府學生舉鄉貢，及禮部正榜。在成化間，登進士第，爲翰林庶吉士。歷檢討，遷修撰，進春坊左諭德，仍兼檢討。其間校勘圖籍，考校文藝，應制賦詩，皆極精當。而其大者，則講讀經史，每夜必豫具衣冠，按講數十過，務求義理明切，音節鏘聳，以動聖聽，期有裨益。在弘治間，歷遷太常卿兼侍讀學士，擢禮部侍郎兼學士，進尚書，掌翰林、詹事以及部事。其間兩操文衡，再教吉士，一知貢舉。日直殿講，侍宫坊講讀，職任皆加於舊。纂修實録，副總會典，預郊廟祧祫婚喪諸禮，皆昔所未有。而其要且難者，如却保定獻白鴉，謂祥瑞不當；奏辯西安獻玉璽，謂規制、篆畫皆出僞作，且國家自有寶，無事故物。皆關大體，不徇時好。至諸州地震，率諸公卿陳敬天、勤民、法祖、修德、汰冗官、罷工役、減齋醮、省供御，凡三十餘事。及疏留未報，又奏，言所陳事如救焚拯溺，而側聽彌月，未聞宸斷，何以回天意，感人心？此其言尤警切深至，得大臣體。使其重任遠道，顯施弘濟，尚亦有之。顧嘗廷薦入内閣，不果命。及先皇帝暮年之延訪、今天子初政之釐革，皆不及預。故雖累請休致，勉留弗許。疾則遣中官存問，太醫珍視；卒則贈官賜謚，賜祭賜葬，賜寶鏹爲賻，仍遣使護其喪以歸。恩禮優重，多出常格，然論者未嘗不爲天下惜之。若慎守勤事，精思固執，孝友忠厚，徵諸族黨舊故間者，人固皆知之，惡足以盡公之賢哉！

公配贈淑人李氏，生元，始以三品恩蔭國子生，後舉進士，爲庶吉士，授今官，督北畿學政，文學治行聞於時。繼封淑人胡氏，生完，以講讀恩蔭，亦馴雅有家法。長女適府學生温玉，次適縣學生章鳳梧。孫選，府學生，早卒。曾孫纓，補蔭國子生；次彩。

公壽六十有八，以宣德乙卯二月二十三日生，弘治壬戌二月二十日卒。某年某月某日葬於某山之原，李淑人先所葬地也。公有體齋集若干卷，元將鋟梓以傳，其講章、奏疏皆在焉。銘曰：

英廟赫赫，憲皇明明。毓養元氣，敷求俊英。公當是時，觀光彙徵。如雲斯從，如瀛斯登。殿幄講道，宮坊侍經。言必濂洛，文必歐曾。官有矩矱，士有法程。翼翼孝宗，允懷舊學。乃開石室，國史是作。乃置詹端，聖功是託。論必廊廟，政必禮樂。官躋台鼎，地邇臺閣。惟天生才，世每不數。胡成之艱，而奪之虐？河有出圖，嶽有降神。惟物有瑞，惟人有文。其不死者，上爲星辰。弗雨於田，弗舟於川。弗假之年，而授之權。人道既盡，其歸則天。功雖未成，有德與言。我銘於幽，我揭於阡。不朽者存，天壤之間。

明故封明威將軍錦衣衛指揮僉事沈公墓碑銘

封明威將軍錦衣衛指揮僉事沈公，諱廉，字彦清，今錦衣指揮僉事傳之父，賢妃之祖也。其先嘉興平湖人。國朝永樂初，公祖普敬以尺籍隸南京留守後衛，居城東南之柳樹灣，暨父聰皆不仕，世以眼醫鳴。

公習故業，嘗謂醫之理微，必析義達變，考前人成迹，乃能識經絡，辨脈氣，以行藥物，此非讀儒家書不可。日矻矻坐圖籍間，若書生然。積數歲，大有所得，參以問切，日益明邃。南都故多名醫，名眼科者莫出公右，中外造請無虛日。審察奇中，多所全愈，而不問其直。家人進曰：「世俗醫家，多視酬直多寡而下上其名譽。名者，業之所由盛衰者也。今以庸術冒厚利者，往往而是，顧博濟而廉取之，何居？」公笑曰：「醫之術異乎羣術者，凡以利人也。利人而顧要之，則是賈也。且吾以儒濟醫而利之圖，儒之道固若是哉？」弘治間，南畿饑甚，都御史高公銓承敕賑貸，分遣耆民代理其事，公實預選。悉力經畫，不私一錢，所活以千百計。既竣事，有致饋謝者。公又笑曰：「吾以廉得召，乃以私自累耶？」鄉人相謂曰：「彥清獨不仕，使有官守，有民與社，其賢於挾勢以劫利者相萬也。且其陰德固在，宜足爲子孫地。吾輩幸未老，尚當見之。」

今上即祚，舉大婚禮，欲備後宫，公之女孫實被選爲妃。傅，公長子，妃父也，以恩特受今職。公用是被封誥，及其配某氏爲太恭人。次子曰儉，曰能。女一，適遊聰。孫男七。傅既貴，賜甲第於都城，乃迎公及太恭人來就養，諸公卿貴人燕賀踵沓。居數年，公或念鄉井，趣舟車歸。卜吉於夾岡門外之新村，曰：「吾將老於是。」未幾，以疾卒，正德癸酉二月二十六日也。距其生正統癸亥某月某日，壽七十有一。訃聞，詔賜祭葬；傳請奔喪，命乘傳以行：皆異數也。是歲八月二十五日窆焉。傳介翰林編修景君晹、兵科左給事中周君金請銘墓道。予老且病，而傳請弗置。予念其篤孝，且聖天子之澤在焉，是爲銘。銘曰：

都城巽隅，有水東匯。林木葱蒨，風氣攸會。匪物之瑞，其鍾在人。履善積義，世乃有聞。如雲之從，惟聖斯睹。既有碩士，亦有淑女。其淑維何？入佐椒室。貤恩錫命，於所自出。回視厥居，蔭澤固存。如木有根，如水有源。佳城鬱鬱，公所自樂。尚有遺光，永耀冥漠。

明故通議大夫順天府尹藺君墓誌銘

正德六年辛未六月二十日，順天府尹藺君卒於家。其子天仁上京師，奉南京太常寺卿盧君亨狀，介翰林院編修趙生永請予銘。予辭至再，而天仁請弗置，弗得輒歸，歸未幾復來請，曰：「吾父俟此以瞑，不肖孤俟此以葬。」予爲之惻然，乃敍而銘之。按狀：藺出晉韓厥，支孫以邑爲氏，今世頗希見。居濟南德平者爲鉅族，累世弗顯。

君生而穎出，志操非凡兒比，補縣學弟子員。成化十年甲午，舉山東鄉薦。十七年辛丑，登進士第。十九年癸卯，被選爲兵科給事中。累遷左、右都給事中。其所論列，或聯名，或獨上，累至數十，多切時務。嘗勾稽邊儲，會簡京營兵馬，巡視諸馬房芻牧，充楚府册封副使，皆出特遣，承敕捧册以行。隨事舉職，無弗稱者。弘治六年癸丑，擢順天府丞。至十四年辛亥，乃進府尹。君志本愛民，佐事既久，熟政體，知民瘼，一意撫字。徭賦叢沓，極力應辦，惟財力弗給是懼。民亦安之，無異辭。嘗條上十二事，多行之者。三載考績，賜誥命，進階通議大夫，累贈厥考拳及祖守成如其官，祖妣某氏、妣戴氏皆爲淑人。十八年乙丑，今天子即祚，君荷恩命致仕歸。訓子孫，化鄉黨，率用禮讓。於凡世務，悉置弗問。蓋七十有一而卒，其生則正統六年辛酉六月六日也。訃聞，詔賜祭葬如例。卒之又明年癸酉八月朔日乃窆，其地曰某鄉之原。

配劉氏，先卒，贈淑人。繼娶劉氏，封淑人。子五：長天佐，早卒；次天仁，以例爲義官。天倪、天俊亦卒；次天倫，蔭爲國子生。女一，適王玠。皆先淑人出也。孫七：立朝、立身、立綱、立志、立紀、立名、立業。

君質直無崖谷，敦尚儉素，遇事勤慎，不爲表襮。而身致通顯，以壽考終，亦可以無憾哉！銘曰：

京府重地，實首羣牧。神州赤縣，萬姓攸屬。上有徭賦，下有市獄。朝旬暮宣，王化斯速。剛則府怨，緩則被欺。苟非其人，厥職用隳。君之至止，人和政熙。君之去矣，民懷吏思。有考君行，視此銘詩。

懷遠將軍大河衛指揮同知王侯墓碣銘

大河衛指揮同知王侯諱麟之喪，其子世禄介都察院右副都御史陳君德卿書請予銘，碣諸墓道。陳與王有宿昔，亟稱其賢，謂其事行具於狀。狀則福建按察司僉事胡君璉所著也。予未識侯，惟重陳請，辭弗獲，乃敘而銘之。

按狀：王之先，蘇之昆山人。祖福慶，幼從母李徙居淮，婿於何爲繼，大河戎籍，遂冒何姓。父傑，再繼，以及於侯。

侯字廷瑞，性本孝。未冠時，母疾，蔬食吁天，祈以身代。居喪有禮。比長，罹父憂，哀毁彌甚。追憶先志，若甃義井，施櫬木，塑聖賢廟像，皆畢成之。河、陝饑，應詔輸粟若干斛，以助賑貸。例授指揮同知，階懷遠將軍，大夫士多賦詩贈之。侯念榮不逮養，上疏願入粟萬石，追贈父母，以非例不許，賦而贈者日加多焉。淮南大疫，置醫藥以施貧乏及舉室之病者，多所全活。鄉人擬其家爲廬山杏林，賦者益衆，至繪圖贈之。巡按御史廉其能，檄領番上營兵。周窮問疾，與同甘苦，人用悦服。巡撫都御史令領歲造漕舟，舟事劇，侯年亦加長，倦於奔役，因乞居閒，自號潛菴野夫。一日郊行，見遺莩横道，焚屍焰空，乃置義冢若干畝。每歲不熟，輒集餓者，爲糜食之。他若婚喪弗舉、屋毁弗能完者，亦周之。尤重士類，交際館穀，未嘗禮闕。見先賢書籍缺壞，多刻梓以傳。而修治橋道，出貸折券者弗論也。獨念世姓久訛，家居私謂，皆從何姓，欲白諸官，未果而卒，蓋於是有遺憾焉。

侯素藴識鑒，涉書史，性資雅飭，恂恂有儒生風。其所交與，多四方名勝。卒之日，遠近弔賻者踵相接，人亦以此難之。

侯配林氏，百户宗璧之女。惟世禄一子，輸粟如侯官。女四：一適張犍，一適張葵，皆千户；一適義官田雯，一適國子生張永年。孫女一，聘李指揮子胤。侯以景泰壬申某月某日生，正德壬申十一月十日卒，年六十有一。明年癸酉九月十七日，葬於城東柳淮鄉之原。銘曰：

法以仁立，官以義名。從令與好，大猷乃升。世或名徇，實則内悖。豈法使然？惟人是視。時哉若人，庶矣無愧。

明故通議大夫南京太常寺卿致仕吕君神道碑銘

君姓吕氏，諱㦤，字秉之，故翰林學士贈禮部左侍郎文懿公之子也。生而秀穎，童丱時，已涉獵經史。操筆爲文辭，輒驚老長；揣度時事，多曲中。文懿天順間在内閣，以母憂歸，卒於家。英廟念輔導功，録君爲國子生。成化丙戌，憲廟以宫恩令供事翰林。丁亥，授中書舍人。戊子，君上疏乞應試。既得請，言者論其非例。上曰：「朕念儒臣子有志科目，特許之。」遂舉京闈鄉薦。三上禮部，乃不復試。兵部事有與中書會行者，時柄臣怙勢，蔑不相涉，君與今少保吏部尚書邃庵楊公奏論之，遂復其舊。己亥，秩滿，遷禮部主客員外郎。辛丑，署郎中事。壬寅，真授爲郎中。琉球國乞歲一入朝，奏稱子之事父，定省不可間，實利市賈爲私便耳。廷議難之而患無辭，君請折之，曰：「若知父子之禮，當從父命。」衆服其言。回回入貢，乞取廣東道以歸。議者惑，君執不可，曰：「諸夷貢有常道，更之恐啓他釁，且經涉江海萬餘里，勞費將不貲。」事遂寢。丙午，擢南京太僕寺少卿。言四事，其要在處京營馬，免苜蓿種子。太僕馬數，人不得預知，卷簿例不覈，寢以磨滅。若謂官爲馬設，而不知數，登耗何所考？請本寺以三年一覈，從之。弘治戊申，以孝廟登極入賀，上言節財用、激貪賤、教戚里、起宿學等六事。癸丑，改通政司右通政，轉左通政。丙辰，擢太常寺卿。皆在南京。言十二事，若立誠信、習禮樂、表英靈，其要者。太常祀事多更定，卷牘浩穰，至或相抵牾。君采輯累朝沿革，爲條例若干卷，每事按行之，至於今猶然。言者或謂其冒進，君不深辯，但自言立朝四十年，出處遷調，自有本末。因乞致仕，不許。庚申，以母憂歸。癸亥，服闋，復舊任。正德丁卯，再乞致仕。今上特許之，命有司給驛續食，而君已先歸矣。所著有九柏山人集，藏於家。越四年辛未六月戊申以疾卒，年六十有三。訃聞，上遣官賜祭營葬，皆如制。君配贈淑人沈氏，廣州知府琮之女，賢而蚤卒。君卒之又明年某月某日，乃克合葬，其地曰長水鄉之原。

君世居嘉興，爲秀水望族。祖嗣芳，萬泉縣教諭，累贈通議大夫南京太常寺卿。祖妣顧氏，累贈淑人。蓋文懿雖遇隆重，官不過五品，贈止其身。至君貴，乃及於祖。繼配陸氏，封淑人。子五：曰言，沈出，蔭補國子生；曰爲、曰處、曰交，皆側出；曰學，陸出也。孫四，女孫六。

君爲人精敏辨博，以大臣子傳家學。習聞本朝典故，通諸經，好左傳、史記。蚤從謝文肅公鳴治爲詩，不作時俗語，深醞有咀嚼，遂以是名。開口論事，侃侃無所避。雖當路有氣勢、能禍福人者，待之不加厚，甚者以公事相持執。或謂其横被口語，亦以此。然中實坦易，不宿怨怒，人以此多之。久置閒散，弗究厥藴，故其政事爲文所掩，而文又爲詩所掩。邃庵嘗與同官，知最深，比爲銘墓，其敍論云爾。此而不信，又將誰信哉？

予在館閣間，景仰先哲，愛文懿之有子，誠於君有不能恝者。君子言奉狀請銘，意懇甚，蓋謂予之知君亦久矣。狀出吴士文壁。壁亦有文，其父温州知府宗儒亦嘗與君同官，又於是乎徵。銘曰：

國有世臣，匪寵禄故。有行與業，是謂用譽。惟文懿公，爲世賢輔。功閟弗施，而澤斯澍。揭揭太常，實踵遐步。根柢經籍，潤飾詞賦。官以蔭録，名以科著。侍從文翰，容臺禮度。小者案牘，大則章疏。匪我位出，惟我世慮。若驅輕車，既熟前路。孰回厥轅，俾返故處？彼禾之嘉，既植乃穰。彼水之秀，匪深曷長？物理則然，善必有祥。君生有靈，君歸有藏。君有令胤，子孫其昌。文懿之澤，百世勿忘。

明故中憲大夫雲南按察司副使致仕朱君墓碑銘

君姓朱氏，諱文，字天昭，一字天章。其先世本亳人，系出唐孝友先生仁軌。五代時遷睢陽。宋有諱貫者，官兵部郎中致仕，與杜祁公輩爲五老會，繪像爲卷，至今存焉。五傳至直秘閣子榮，徙常熟，生實録院修撰大有。再徙吴，又三傳至徵東儒學提舉德潤，世所稱存復先生者，爲君高祖。曾祖吉，避地昆山。入國朝，爲户科給事中。高皇帝旌其直言，賜以錦綺。後改中書舍人，遷湖廣按察司僉事。太宗朝，復召爲中書舍人。祖諱永安，隱弗仕。考諱夏，居鄉授徒，以君貴，贈監察御史。妣鄭氏，贈孺人。

君少入蘇州府學爲諸生，有名。初業詩，旋改春秋，再改易。成化丁酉，舉鄉薦。甲辰，擢進士高第。連遭二親喪。弘治己酉，服闋，簡入都察院理刑。庚戌，授雲南道監察御史，承敕稽廣東西軍籍，兼諸司卷牘。乙卯，巡按福建。己未，擢湖廣按察副使，專督屯田水利。巡按意有所屬，君持不下。會署歲考，見謂爲治事遲緩，例當調用。需闕不時得，君已無仕進意，命亦不及。越三年，乃改授雲南。君上疏請老，遂不復出。其子希周，以弘治丙辰狀元及第，歷翰林修撰，遷侍讀，當被封敕，例進中憲大夫。正德辛未三月二十八日卒，年六十八。其生則正統甲子八月二十三日也。卒之又明年癸酉三月三日，葬於陽抱山世墓。

君贅於吴之王氏，配工部右侍郎贈尚書永和之孫，大理寺右評事汝賢之女。賢而克相，累封恭人，先君八年卒。子六人：希周最長，次國子生希召，次希韓，皆趙出；希某，龔出；希呂，潘出；希馮，黄出。女四人，長許嫁河南沈布政傑子堅。孫二人：景固，景德。女孫三人。

君性敏而慎，言動不苟。居官持大體，審而能斷。博羅軍陸氏妄指鄉人同姓二昆弟爲族而資其費，不得，又誣其爲故軍陳、盧二氏子，從祖以無嗣養爲子，今二氏顧絶，當各還本役。君折之曰：「無嗣而養子，安用二人？二人者又豈適皆絶軍之後哉？」其人乃服。閩民有制海船者，海商以通外國。巡按論商死，民當謫戍，都察院欲并坐死。君疏謂：「例以擅造大船，載違禁貨物入番市易者，處以極刑。今民未嘗入番，船又非商所造，不當各坐。」乃皆從末減。巴陵有率諸子及母弟之子共歐殺其異母弟者，既皆論死，乃誣其弟嘗通子婦，爲子所訴，因惡其玷而歐之。於是弟之子亦坐死。君曰：「律，罵父者須親告，乃坐。伯殺其父，則仇人也，豈可遽以爲信？」立命釋之。凡此類，聞者皆爲一快。他如均龍溪南靖佃法，革沙尤水驛夫船，減延、建二府饋運浮費，增湖廣陂堰，令屯田隱匿自首而籍其久業者，雖皆州縣事，督令區畫，悉君手出，而名之曰遲緩，豈其情哉？今希周以文行向用於時，君子曰：「固於是乎在。」

君既葬，希周請予銘諸墓道。自爲狀，敍在官行事甚悉。予爲摘其尤異者，特書之。銘曰：

朱本族望，由河逮江。唐有孝友，宋有耆英。元有存復，各以代名。我明誕興，司諫有聲。君登甲科，行舉名揚。內屬執法，外參提刑。率人以制，飾吏以經。不耀而章，不舍而藏。完名保躬，既哲且明。乃有令胤，出魁大廷。是父是子，可公可卿。君所未竟，於前有光。有考族行，視我兹銘。

李東陽全集卷一一九

懷麓堂文續稿卷之八

神道碑　壽葬　墓表　墓誌十一首

明故資德大夫正治上卿都察院左都御史致仕贈太子少保謚簡肅張公神道碑銘

公姓張氏，諱敷華，字公實，吉安安福人也。譜傳爲唐始興公九齡之裔。南唐光州刺史紹，始遷安福，代有族望。曾祖諱尚修，祖諱若金，贈監察御史，累贈南京都察院右都御史。考諱洪，正統乙丑進士，爲監察御史，預土木之難。景泰初，以死事恩蔭公爲國子生。至孝宗朝，以公貴，贈南京兵部右侍郎。追贈葬祭，再贈如祖官。母姚氏，封孺人，累贈至夫人。

公少負氣節。七歲時，里社有竹木之祟，公指麾羣兒，斬伐殆盡。十歲遭父喪，哀痛幾絶。既受蔭，益勤問學。天順壬午，舉京闈。甲申，登進士第。時在憲宗朝，簡入翰林爲庶吉士。成化改元乙酉，授兵部車駕主事。累遷郎中。多忤時貴，或令邏者捃摭，無所得。乙未，擢浙江布政司右參議，監温、處二府銀課。景寧有礦盜，聚至數千人。鎮巡官議進兵，公曰：「此可撫而定也。」乃刻日使自歸，身往莅之。賊露刃以待，及諦視，曰：「果我張公也。」皆駢首聽命。公執其首惡十二人，餘悉宥之。遷右參政，進右布政使。屢斷疑獄，均理徭役，令邑里不足，遞相繼補，民用少紓。弘治改元戊申，擢湖廣左布政使。歲大饑，給粟散粥，藥病埋死，增價致賈，遣使告糴，因修學宮，以傭直資餓者，所活不可勝計。辛亥，擢都察院右副都御史，巡撫山西。民攀留遮道，至不得行。道聞母喪。癸丑，服闋，命仍舊任。歲復歉，奏暫增解池鹽課，以補王府歲禄。會霖雨，躬禱於神，池獨不壞。歲給大同邊餉，多困折納。公請太原以北可通車者運米，民亦便之。乙卯，改撫陝西。禁婚娶勿論財，喪葬不得舉樂。有妖僧據山爲逆，羣議恟恟。兵部尚書馬公曰：「張公實在，必有處分。」比報至，則公已授計令父老生縛之矣。丙辰，擢南京兵部右侍郎。己未，擢右都御史，總督漕運，兼巡撫江北諸府。首黜武臣部運尤無良者，權貴干請，悉拒弗納。近例漕司多假太倉官銀，少免息利。公謂逋負乃下剋上攘所致，而官爲借貸，大非政體，峻爲之禁。高郵諸湖堤久且壞，公爲深溝數道，以緩湖水。寶應地多平隧，公趣令築堤，堤成而水至。辛酉，改掌南院，風紀一新。乙丑，遷南京刑部尚書。尋召爲左都御史，掌内臺事。公再具疏，優詔不許。請嚴天下有司貪酷奔兢之禁，會讞重獄，有寵臣坐法，或疑當末減，公執不可，卒從重議。正德改元丙寅，有旨令致仕，公即日上道。歸，葺祠廟，修譜乘，恤姻族。病且革，猶衣冠揖家廟。退，終於正寢。

公風采凝重，辨義利若白黑，事有不可，不曲爲遷就。進退得失，未嘗一動其心。遺命所屬，猶謂不以悖貨爲子孫累，蓋至死不亂也。爲文典實不浮，有介軒集並奏議若干卷藏於家。

公生正統己未□月□日，卒於正德戊辰□月□日，壽七十。訃聞，贈太子少保，謚簡肅。遣官諭祭，命有司治喪事。某年某月□日窆於□山之原。

配路氏，福建布政使璧之女，累封淑人，贈夫人。子二：長偉；次儒卿，國子生，繼兄敷榮後。女一。孫七：吴山，縣學生；鳌山，辛未進士，翰林庶吉士，實紹公業；南山、九山，亦爲縣學生；楚山、舜臣、春山，皆幼。孫女四。曾孫二：天禄、天祉。

初，公爲庶吉士，李文達、彭文憲二公欲留官翰林，公與劉東山時雍力辭不就，後二公皆以政事爲名臣。及公入内臺，值逆瑾竊柄，旋致廢棄。廷諭之辭，忽從中降，公名乃在尚書之列，曁於身後，贈官賜謚，恤典隆厚，一無少吝。於是天下曉然知曩昔之事非聖明本意，而公論之終不可掩也。

予與公同舉進士，在翰林，知最深。公既葬，其子偉以治命請名神道。予既爲倪文毅、傅文穆二公銘，誠於公有不容已，乃揭其大者，敍而銘之，其見於南京右副都御史歐陽君旦所著狀者，不復贅也。銘曰：

器有規矩，必先自治。持以治物，物莫我違。違或在物，用亦有時。一我或曲，又何物爲？公辭禁垣，出就任使。身所自植，不蔽桑梓。亨衢平平，軔發伊始。式占厥終，曰固在此。公在藩邦，蘗操冰心。公在憲府，峨冠正襟。虎豹於山，鷹鸇於林。色不外動，人皆内欽。狂瀾既奔，有砥誰遏？名場載縶，如履斯脱。紛紛仕途，疇直疇屈？行或我尼，志不我奪。公論固存，公死不没。

明故光禄大夫柱國太子太傅吏部尚書兼都察院左都御史致仕進階特進榮禄大夫贈太保屠公神道碑銘

成化丙戌，憲宗純皇帝再策多士，才俊彙出，敷遺累朝，皆獲其用。若寧波屠公，其卓然者也。公諱滽，字朝宗。其先汴人，從宋南渡，遷淮陰，再遷無錫，五世祖諱季始遷鄞。曾祖諱順，祖諱子真，皆贈榮禄大夫柱國太子太傅吏部尚書。父諱瑜，累封榮禄大夫太子太保吏部尚書。

公始登第，即以疾乞歸。越五年辛卯，試監察御史。壬辰，實授。勾湖廣軍儲，情法兩盡。甲午，巡按四川，革舊弊十事。王襄敏掌院，令總諸道章奏，且薦可大用。辛丑，超擢都察院右僉都御史。至乙巳，歷遷至右都御史。或譖之，調掌南京院事。占城國爲安南所侵，王子古來奔廣東，使訴於朝。公受命往勘，移檄安南，諭以禍福，辭對甚婉。因請停册使，俾古來就館受封。募健勇千人，乘海舟二十，護歸國。古來以金寶飾器、異香奇木爲報，公峻却之。國人爲以疏請，上命公受之，再辭乃止。弘治改元戊申，命總督兩廣軍務，兼巡撫其地。公乞終養，不許。督討瑶賊，俘斬數百計，賜白金彩幣。己酉，召掌院事。庚戌，以疾懇辭。辛亥，乃得請。道聞母徐夫人喪。癸丑，南院闕，廷議以公名上。特命還掌院，進左都御史，加太子少保。以災異陳二十事，多見採納。寧化王罪干倫理，頗涉曖昧。既遣官核實，逮至京師，辭不服。公摘其疑誤，稍開其端，多所寬釋。會榮禄公疾，以詩趣歸，因復乞終養，不許。

丙辰，吏部闕，廷薦四人，上親書公名付内閣，陞吏部尚書，太子少保如故。公博采輿論，務公黜陟。每考察，見以喪去任者，非大過不去。註選至惡地，必停筆良久，務以土俗稍宜者補之。内降頗冗，以災異執奏，言甚剴切。重建清寧宫成，詔西僧慶贊，公率諸大臣力陳不可。又以彗見，會奏十事，早視朝，勤聽政，其首也。丁巳，秩滿，加太子太保。公以親年逾八十，請預賜封誥，許之。戊午，今上在儲宫，出閣進學，加太子大傅，進階光禄大夫，勳柱國，賜麒麟服。庚申，周文端以户部尚書致仕，公因召對，言周經不宜退，雖忤旨，不變。因乞致仕，特賜敕給驛，令有司月給廩粟，歲給輿隷。歸一年，居父喪。乙丑，今上登極，以詔例進階特進榮禄大夫。

正德戊辰，復敕召至京，仍以太子太傅吏部吏書兼左都御史，賜蟒衣玉帶，及御制龍文詩、歷代通鑑纂要。時逆瑾盜政，先有都御史笞辱御史，以徼寵倖。瑾以激公，公不肯。有以私憾族瑾鉤摘兵部尚書劉公大夏往事爲罪，必欲置之死。公委曲調護，乃得減論。其他隨事旋斡者尤多。瑾意不滿，再奪月俸。公亦自度勢不可支，復乞致仕以去。壬申九月二十八日，無疾而終，距生正統庚申九月二十三日，壽七十三。上輟視朝一日，贈太保，命工部治葬事，前後遣官諭祭者九。明年某月，窆於西鄉乳泉山之南。

元配贈一品夫人薛氏，訓導瑛之女，先卒，葬藕花莊，至是乃合。繼封一品夫人姜氏，贈通政旺之女。側室方氏。子五：長偕，以蔭爲前軍都督府都事；次俓，辛未進士，吏部主事，直内閣；次健，國子生；次仕，縣學生；次僎。孫三：某某某。女孫二。

公體貌魁碩，器宇宏闊。達治體，精法比。每值疑事大獄，對衆屬稿，不煩竄易。然自處謙遜，未嘗挾以驕人。在吏部，嘗援王文端、王忠肅故事，請起王端毅，與之共事。及與兵部尚書馬端肅同爲太子太傅，部當班上，謂其先進，特疏讓之。性至孝，七歲時，母病，刲股，方血出，父見而止之。父晚好浴，鑿地爲池。得奇石數十，疊爲假山，名之曰「天賜巖」。養寡嫂董氏，奏旌其節。養王氏寡姊，亦終其身。操筆爲詩文，衮衮不竭，有丹山集若干卷，藏於家。

予與公同朝久，過從倡和，契分不爲薄。聞其没，悼歎不能已。其子偕、俓請銘神道，少師石齋楊公實爲墓銘，事極詳備，予所不及，其狀則翰林檢討惠所具也。銘曰：

有客來自東南天，長須白皙人中仙。聲如洪鐘吐必宣，豸冠白簡烏臺端。兩都風紀嚴千官，坐鎮嶺海無波瀾。入掌百辟操衡銓，汰别茸濫登才賢。身如彩鳳雙羽翰，朝遊梧岡暮丹山。又如鵬翮因風摶，六月一息往復還。地靈人傑古有焉，以物象德非形顔。公神不死何翩軒！爲鵬爲鳳來人間，世人不識但奇觀。華箋彩筆青瑶鐫，我銘弗工意已傳。公靈有知當莞然，撫掌一敍平生歡。

桃花嶺壽鄉銘

南昌之西山有桃花嶺，當山之窮，秀拔而氣聚，衍爲平原，鬱爲佳城。白洲李公遊而愛之，曰：「此吾之藹室也。」既築既治，名曰壽鄉，自爲誌以紀其事。公生於白洲，從厥考贈右都御史淡簡府君徙棠溪，後又遷都城東湖。念所從出，以白洲自號。及卜兹地，乃别號桃花嶺山人云。

公名士實，字若虚。舉成化丙戌進士。歷刑部主事、員外郎、郎中，擢浙江按察司提學副使，改廣東巡海。弘治間，進按察司，歷山東左、右布政使，擢都察院右副都御史，巡撫雲南，召入爲刑部右侍郎，謝病歸。正德辛未，復起爲右都御史，巡撫鄖陽。命掌南臺，未至，又召入莅内臺事，復乞致仕。蓋公在仕籍幾五十年，自爲都御史，前後凡十四疏而得請以去，時其年七十有二矣。中間以年勞考績，有加俸蔭子之恩；及請老而歸，有賜敕、給驛、月廩、歲隸之寵。進退從容，始終具備，蓋一代之偉望、累朝之盛典存焉。

公富文學，達政體。襟度坦亮，言如其心；制行高潔，不苟爲阿徇。當其舉劾權幸，雖賈怨怒，不少恤；聞内地有急，隨馳兵赴之，不爲畏避計：皆人所難。及其高引肥遁，寄情託興於溪山風月間，回視世途，若無物可累其中者，故於兹地有取焉。

予雅知公久，敬之道未嘗少弛。觀所爲誌，乃銘其所謂壽鄉者。顧於人舉其大，地概其勝，而履歷歲月、事行家世之詳，則不復悉載云。銘曰：

有山在西，郡維南昌。勢極而止，結爲重岡。若拱若抱，背城負江。有嶺秀拔，桃花是名。乃石之精，匪木之榮。亦有仙李，託根其旁。密邇古里，曰維壽鄉。壽鄉茫茫，莫知其彊。山環水回，神鬼閟藏。達士知命，君子正經。有始必復，乃理之常。後百餘歲，來歸其堂。於萬斯年，終無毁傷。

翰林修撰錢與謙墓表

錢生與謙既卒且葬，其子元上京師，乞予表墓。予傷之，未復也。其弟祚比有建德之命，爲申前請，曰：「非先生文，安用慰吾兄地下？」予益傷之。

與謙蚤從今少保吏部尚書邃庵楊先生遊，成化丙午，舉南畿鄉貢，已以文著。一失意禮部，衆輒嘩之。時邃庵已仕在外，與謙乃因其友就質於予。試司馬温公贊，因録以詫於謝文肅公。公以爲予作也，亟譽許之，謂數語間，用舍治亂，該括殆盡。及詢知其人，大駭歎焉。在國學，屢試皆首多士，名益起。弘治庚戌，禮部試畢，誦所爲文。予曰：「無以易子。」揭曉前一夕，有報云第四者。予曰：「恐不止是。」已而，果第一。與謙每爲文字，不屬草，廷試策三千餘言，辭理精確，若宿構然者。彌封官以無稿難之。衆謂：科場必欲具稿者，防代作也。今殿陛間萬目所視，何嫌之避？閣老劉文穆公得之，嘖嘖不容口，曰：「程試中乃有此等文字邪！」以請於上，復賜第一。與謙幼時，病甚劇，其父夢人語曰：「爾子吴寛也。」時吴文定公尚家食，後連舉省、殿二元，至是乃應。松人在國朝未有爲狀元者，有之，自與謙始。授翰林院修撰。癸丑，同考會試，得弋陽汪俊抑之爲省元，泰和羅欽順允昇爲亞魁。後皆入翰林，有名。

其父爲蘭州同知，聞與謙及第，即乞致仕，歸自京師。與謙亦以疾乞歸就醫藥。居數年，以例得致仕。放意山水，益肆力爲文藻，出入徽纆，維志所適。遠近購請，莛扣響答，殆無虚日。每廣坐間，羣客競請，各用幅紙，爲起句，酬酢交錯，不廢諧謔，以其隙遞續之，比酒罷，無弗就者。此邃庵所親見，因相與賞歎之，以爲稍自靳惜，擇言而省度，其所造詣，雖吾輩亦當避路。而恃才任達，不遑後恤。久之，以酒成癖，手書抵予，若爲永訣者，予怪之。甲子八月二日，遂不起，年四十有四而已。

與謙始爲文，高自負許，方人之嗤之也，頗自惶惑。及予勸以自信，果能卓有所就，而恨不能終有以成之也。有才如此，而弗克究其所欲爲，惜哉！

與謙家居，能色養。念父老，欲具疏乞移近地，例不得行。以考績進階儒林郎，被錫命，封父如其官，母陸氏爲安人。居喪毁瘠，葬祭皆如禮。教弟祚，俾學於予，亦領鄉舉。與人坦率，不立町畛。有犯者，笑而受之，不爲報。故雖以才見忌，而怨怒不及云。

與謙諱福，初字時歛，予爲改字與謙。其先本嘉興桐鄉人，五世祖德明，徙華亭，贅於西闉薄氏。高祖實，出居鶴灘。曾祖復，能熟中庸，學以名於鄉。至祖昌，未有仕者。父諱中，始舉鄉貢，卒用儒顯。與謙配顧氏，刑部員外純之女。子二：元，國子生；次愷。與謙生天順辛巳三月二十七日，卒之明年十二月□日，葬城東華陽橋之原。陸安人慈而能教，葬與謙之三日，一慟而没，而與謙不及見矣。

與謙爲詩文，多散佚，祚及元方輯録之。經義則爲京師人鋟梓以傳，多至若干卷。

婺源處士胡君墓誌銘

户部主事胡君大全既聞厥考處士君之喪，將奔歸襄事，持翰林滕修撰子沖狀，介吾甥崔尚寶世興請予曰：「吾父隱德弗耀，又未沾錫命以歿，所恃爲不朽，惟銘墓之石。且吾徽素號文獻地，曩時，程篁墩先生之文名天下，矧在鄉郡，其曷能舍以他適？惟先生之文，少所傳刻。」觀其意，懇甚，若固辭之，豈人情乎？因憶世之所謂庸言庸行者，非有所憑藉，多至泯滅，不聞於世，而爲善者無所勸矣，狀而銘之固宜。

按狀：胡氏出陜之咸寧，唐末黄巢之亂，有爲御史中丞者，避兵江南，居徽之黄墩，蓋程先生所名篁墩者。又徙婺源。宋有尚賢者，徙歙之大港。族久益大，至以姓其村曰胡村。國朝洪武初，有仁一者，爲監察御史。祖淳五，考宣一，皆以行稱世，隱不仕。

君諱中子，字廷均，宣一季子也。以世殷富。又徽俗以地狹齒繁，非籍庠校，必治生於外，因服賈爲養。往來吴、越、齊、魯間，以信義聞。嘗至清源，清源人貸貨可值數千。會歲大歉，君曰：「人食且弗給，奈何利之？」遂委而去。尤重倫理，與二兄廷瞻、廷瑞同居。一日議析産，二兄欲請姻戚老長主其事。君曰：「吾同氣也，何假於人？」惟二兄所取，一無所校。廷瞻以國子生需次京師，病卒，君躬歸其喪。蓋自是不復出矣。教諸子必用禮義，謂大全曰：「吾以家故，不果求仕，意其在汝，汝必以是顯。且春秋，吾鄉學也，必以是經進。」弘治己酉，大全舉鄉貢。正德戊辰，擢進士第。初命爲兖州推官，以政績徵，遂遷今官。未三載而君卒，是爲甲戌正月十九日。其生以宣德丁巳□月□日，壽七十有八矣。配吴氏，先卒。君□年□月□日葬於某山之原。

子四人：長大成，蚤卒；大全其次；次大章，縣學生；又次大夏。女二人：長適休寧金雲瑄，蚤寡，詔旌其門爲節婦；次適戴琰。孫四人：長鎰，府學生；次鼎、錡、鑾。女孫十有三，曾孫男女各一。

狀又稱君秉直無私。比姻里有争訟者，得一言，多分棄前惡。嘗有衆嫚之者，即爲引避。或問之，曰：「制小忿可以免大憂。」嗚呼！古有所謂一鄉之善士者，此非其人邪？銘曰：

豈不欲仕，仕則有命。以仕教子，亦饗其盛。名我禄我，尚有餘慶。貤恩九原，以俟天定。

明故江西布政司左參政趙君孟希墓誌銘

嗚呼，孟希！予禮部所舉士，又奉詔授業翰林。見其性行醇謹，文采内藴不外飾，心愛重之。及登諫垣，横罹廢黜，惜之不少置。起佐藩省，陷賊中，比脱難，遂構疾以死，又爲之慘然以悲曰：「孟希固止是哉！」孟希之子中道爲刑部郎中，既聞訃，奔歸襄事。請予銘，銘未及而葬。越三年，乃克銘，追而納諸壙。

孟希諱士賢，孟希其字，荆之石首人也。舉成化癸卯鄉試，其舉進士在弘治癸丑，被簡爲翰林庶吉士。初命爲户部給事中，丁母劉孺人喪。服闋，改授兵科。累遷都給事中。前後所上疏如廣聖聽、躬儉德、省賦税、厲士風，及選帥練兵、令勳戚子弟入國學、禁道流爲太常正官，皆切治體。有都御史子冒功乞陞者，劾沮之。出使蜀、楚、遼諸府，不受饋遺。覈大同邊儲，力去姦弊，倉官待支多老且死者，曲爲區處，俾生還鄉邑。後遇諸塗，皆泣送不忍去。逆瑾竊政，不悦於都御史雍泰，摭嘗薦泰者，孟希與少師馬恭毅公、太子太保東山劉公輩，俱落職爲民。瑾敗，乃復起爲江西布政司左參政。時羣盜方熾，按行郡邑，夜宿新淦，賊突出山澤間，孟希爲所擁，義不往，諭以禍福。賊羅拜曰：「我輩安敢犯公？惟藉以自庇耳。」且擁且行，至會昌。賊所過殺戮，孟希輒止之，曰：「若等與彼，皆吾民。吾，民牧也，汝欲殺吾民，寧殺我耳。」賊爲少戢。江西人氏類能言之。會官兵四集，孟希乃得出。歸藩司，病瘧，旬再浹而卒，是爲正德辛未九月二日。距其生天順庚辰正月九日，年止五十二。壬申十二月九日，葬於港子口北母墓之次。

趙之先本涿人，宋初徙長沙湘潭，元季始徙石首。曾祖葵，爲四川達縣丞，娶楊氏，少保文定公女弟也。祖遂，廣西巡檢。父□，蓬州學正，封户科給事中。封君生四子：孟希最長，次士能、士俊、士偉。令各習一經。孟希以書舉；士俊以詩舉丙辰進士，爲長垣知縣。孟希娶曾氏，封孺人。二子：長中道，亦以書舉乙丑進士，繼爲庶吉士，今改署户部郎中，謹厚類其父；次中涵。女一，適□□府同知袁宗夔子帙。

孟希素孝敬，罷官寸，以養爲樂。其没也，有遺憾焉，曰：「吾所以不死賊者，以吾父在也。」士俊卒於官，適使過長垣，爲治後事以歸。久處要地，家無贏資，常貸粟爲食。翰林檢討易君舒浩爲著行狀，謂聞於石首富商朱氏，蓋所嘗受貸者也。銘曰：

行罹於凶，弗殞厥躬。壽則弗延，又誰使然兮？歸復汝形，弗瞑厥靈，其猶傒我銘兮！

樂耕陳翁墓表

樂耕陳翁既卒，其孫霽舉進士，爲翰林編修。以内艱家居，具書請予文表厥墓道。及被召命，遷春坊左贊善，屢趣予曰：「吾父礱石山中久矣。」叩其狀，則云吴文定公嘗爲銘誌，特遣人録諸其家。比至，則吴集刻本已傳至京師矣。

按：陳之先本汴人，七世祖仕宋，政和間爲學諭，後從南渡，始居吴縣之吴苑鄉。勝國時，以資雄里中。入國朝，祖宗德、父永昌，皆隱不仕。

翁諱範，字公式，自謂家世本農業，號曰樂耕。及壯，長鄉賦，不習武斷，事既集，民亦不擾。值歲歉，每出穀賑窮乏，不聞於官。成化壬寅，大侵，所活尤衆。嘗大雪，過道旁空舍，見一童子病卧，氣垂絶，與家人扶掖以歸，日爲調治，久始平復，給衣糧遣之。童子感泣，願留服役，翁弗許。歲必施棺，遠近争赴。一友人死，無子，母兄繼卒，二喪莫能舉，翁悉斂葬之。遇姻族鄉党，必加厚。下逮奴僕，亦多矜恤。恩及物類，犬馬死，必埋之。數日，猶使人視其封，得報乃已。其天性慈愛蓋如此。會朝廷恭上慈宫徽號，覃恩海内，以高年被冠服，人皆稱爲陳翁。翁生以永樂戊子十一月十八日，卒以弘治乙卯四月二十一日，蓋年八十有八矣。丙辰正月三日，葬胥山青銅塢之原。

娶鄭氏，先卒。子一，曰輿，以霽初命，封翰林編修，階文林郎。女四，皆適名族。孫五：震、霽、雲、霄、靂。

予惟：人之履善積德者，必借鄉里之譽，或託諸文章之家，又必有賢子孫者，乃可以有聞於世。鄉之評或面背而異，或月旦而改；銘表之作則出於蓋棺之後，有定論而無異辭矣，故往往賴是以傳。然非有子孫之賢者起而承之，文而不傳，傳而不遠，雖有善，曷從而知之？昔人以弗仁弗明爲子孫之責。富貴不足論，必其仁且明者，然後爲賢也。陳翁生文獻禮義之邦，雖不顯施，其聞望亦出乎流俗。又有若名能文章者，采諸民風，刻之金石，故久而其名益彰。若贊善之修飭藻發，在經筵、史局，誌所謂將以文顯於時者，今果然矣。則其敍往迹而揚幽光者，不亦益信矣乎？

鄭氏爲洞庭東山望族，處士明遠之女。閫壼敦睦。雖處紈綺，不廢蠶績，家指數百，舉無闕乏。凡翁所爲義舉，咸佐成之。生永樂庚寅四月十一日，卒於成化丁酉三月十六日，年六十有八。以卒之年十二月九日葬，至是乃合。教諭汪洋嘗有銘，故並書之。贊善之科第爵秩及封錫之命，皆銘誌所未及載。其所爲刻石者，蓋有所待云。

仲弟東山墓誌銘

嗚呼！吾弟東山之亡久矣。時屬倉卒，葬無銘誌，後輩從少稚皆有銘以葬，每一思之，悔恨不能已。比有所感，不忍終泯没於世，乃追敍其事爲銘。

嗚呼！先考贈特進少師府君娶吾母贈一品夫人劉氏，生吾兄弟三人。東山其仲也，其字曰陟之。生景泰癸酉八月二十五日。吾母棄養時，年甫四歲，今母封一品太夫人麻氏鞠成之。

陟之羸瘠不勝衣。性孝謹，愉色下氣，言若不能出口。中實耿介，見有不平事，必形諸顔面。布衣蔬食，甘心苦學，歛博狗馬之事，皆恥爲之。習舉子業成，未及試。爲詩辭，亦有思致。翰林侍講東瀧彭先生嘗曰：「京師仕宦家子弟，秀敏固恒事，能敦樸若是者，殆不多見也。」從今翰林編修南屏潘先生學，南屏殊愛之。如東瀧言加以礱斫，自是遂大進。予從先府君攜叔弟東川省墓湖南歸，陟之迓於天津，悲喜交集，感動行路。東川病不起，陟之哀痛次骨。又一年，娶於蕭氏，合巹之夕，號慟不自製。愛季弟東溟，勸使就學，事其嫂劉夫人、岳宜人，禮不少衰。岳病，亟爲馳報其家，遂得疾。逾年而劇，以成化丙申五月十三日卒。纊未屬，呼大哥者數。予適在公署，察其意，蓋有遺憾焉。葬都城西畏吾村世墓左昭之次，年止二十四。

生一子亞孫，二歲而夭。予嘗有側子午孫，先府君告於祠堂，以爲之後，未幾亦夭。蕭誓死不二。或有異議，其父武功右衛指揮讓曰：「吾女若改嫁者，先斫蕭讓頭，擲西大市街，使萬人蹴之。」議遂息。孀居三十九年，年六十。戚黨有再適者，終其身不敢復見。吾婿尚寶少卿崔傑嘗爲儀制，謂其行應旌法。蕭聞而固辭，乃止。既病且殆，泫然曰：「吾非吾姑，不至吾家；非吾姒朱夫人，無以至今日。」遂瞑，正德甲戌三月十五日也。四月三日，予遣其諸子中書舍人兆延、尚寶丞兆蕃，以禮合葬。嗚呼！吾弟有知，亦可以少慰矣。

東川字浚之，性行才藝，與陟之略似。年十九，未娶而卒，葬於其左。各有遺詩數首，予爲輯爲卷，題之曰二仲遺哀云。銘曰：

赤子之性，不爲物遷。胡予之賢，而不假之年？蠹哉天乎！惟汝之生，時各有子。我欲後汝，皆弗育以死。天乎蠹哉！乃至於此。城西之墳，昭穆有倫。父母孔邇，事亡如存。越四十年，以汝婦見，庶無愧於前人。

户科都給事中韓君墓表

兖之滋陽有兄弟進士並列臺諫者，曰韓氏。其伯爲給事君，諱智，字愚夫。五歲時能書大字，有司以奇童薦入翰林。久之，歸爲縣學生。試不輒售，年逾三十，始舉成化丙午鄉貢。登弘治庚戌進士，授禮科給事中，遷右給事中，再遷兵科左給事中，進工科都給事中。以母喪服闋，復除户科。以父喪歸，未服闋，得疾，卒於家。

君在諫垣，前後十有餘年，歷四命，長二科。論議明剴，緣以文義。嘗有給度僧道之令，遠近坌集，君奏止之，不得會。監度之際，嚴立程式，畏者多引去，不滿其數。有鹽商附貴戚以奸大利，廷臣交疏，不能奪，君執奏愈堅，人亦以是難之。他所陳説，如正心任賢、愛爵賞、節財用之類，多見採納。其在内，嘗充廷試執事官；在外，則奉使秦府，禮度祗肅。勾稽宣府邊儲，尤稱明審，姦蠹無所宿。守官莅政，不激不阿，而風采秀拔，器度偉然。識者皆卜其遠到，而不意其遽止也。

君性孝謹，喪親毁瘁成疾。弟普，舉成化丁未進士，爲監察御史，遷河南按察副使。後君幾年卒，友愛終始，無間言。季弟歷，爲承運庫副使，誨訓尤至。至理家政，不爲私蓄。教子以義，撫諸侄有恩。姻鄰婚喪弗舉者，必爲優恤。居常卷册不去手，聞見甚博。能爲歌詩，旁及辭調，以所自號名云曰澹庵稿，藏於家。

君世居兖，遠莫知所自。曾祖景華，祖晟，皆有隱德。考惠，爲陝西苑馬寺長樂監録事，有能聲，以子貴，封徵仕郎禮科給事中。母程氏，封孺人，君初命也。配許氏，内閣許公道中之孫女，封孺人。側室董氏。子一，曰元佐，爲魯府引禮舍人。女五：長適王尚仁，次適王翔，皆府學生；次適王舜稷，曲阜縣學生；次適孔弘器，次適孔公嵩，皆三氏學生，宣聖六十一代孫也。孫一，曰子成。女孫二。

君生景泰丙子四月二十八日，卒於正德改元丙寅六月二十一日，年止五十有一。卒之年七月二十六日，葬於城西仁義鄉封君墓次。都察院右副都御史陳君鎬時提學山東，實爲埋銘，而未有表其墓者。越數年，元佐以書介尚寶司丞劉君鋭、陝西苑馬寺卿李君克恭狀以請於予。予嘗與君兄弟同朝，知君賢，而傷其不壽以没，故爲之表。

明故資善大夫南京户部尚書致仕贈太子少保高公墓表

公姓高氏，諱銓，字宗選，世傳爲媯州人，後周天平節度使行周、宋歸德節度使懷德之後。至千六者爲鎮江安撫使，因家於官。高祖明遠，國初以人才舉爲勸農官，徙揚之江都，再遷安慶之懷寧。曾祖永仁，復來居江都。祖友直，父亨，皆用公貴，贈通議大夫都察院右副都御史。

公生方齔，日誦數百言，十三能爲韻語。天順丁丑，補縣學生，少保高文義公見而奇之。吏部王端毅公時知府事，置資政書院教諸生俊秀者，公與焉。成化乙酉，舉鄉貢。己丑，登進士第。或諷使增年，以備臺諫。公曰：「某不敢爲也。」授大理寺右評事，上疏言時政六事。丙申，録囚福建，平反至百餘人。及會勘大獄，不爲私撓，擢山東按察司僉事。連遭内外艱，改浙江、河南。河南歲饑，人相食，朝廷遣侍郎一人往賑之。公實授分任，驗丁口，程遠近，審緩急，務均實惠。屬吏爲侵克，雖有所憑附，亦按治之。流移四集者，蒸染爲疫癘，公請給衣糧，亟散遣之。其所全活，多至不可數。歸德有黄河退地千餘頃，爲親藩所據，州守亦以租負被訟於朝，命中官及侍郎、都御史按其事。公謂租負責之州，地則民所恃爲業者。中官挾以禍福，執不變。後他藩亦以河退地請其官長，欲私於長史，以其半兩釋之。公不可，民賴以不病。凡一官，歷二臬九載四薦，乃遷浙江副使。既攝司事，清案牘，勤聽斷，羣吏斂手。勾考戎籍，姦慝無所伏，爲御史所旌。壬子，擢河南按察使，益展心力。河決張秋，命官浚治，公以贊畫勞賜白金文綺。乙卯，歷遷左布政使，得牧民體。丙辰，擢都察院右副都御史，巡撫保定諸府，兼督燕門諸關，定徭役，修要害。有妄指民田獻爲皇莊者，命侍郎二人會勘。民冤聲撼野，至毆州縣吏，不得行。衆頗縱之，欲藉以塞命。公曰：「若是，則民重得罪，請勘實以聞。主上仁明，當不忍奪民利以徇左右。」已而果然。庚申，陞南京工部右侍郎，累攝吏、户，兵三部事。癸亥，江淮饑，復領賑濟，所活亦衆。陳荒政八事，多行之。進南京右都御史，掌院事。正德丙寅，今天子擢爲南京户部尚書。令衛士廩米與折銀，每月兼給，人甚便之。丁卯，南京吏部及北院相繼告闕，公兩被名薦，會逆瑾竊柄，不悦於公，特令致仕。猶銜之不置，逮就詔獄。文致無所得，乃放歸，後竟摭他事褫其官。庚午，詔復以本官致仕。中外方冀其再用，而公卒矣。

論者謂公性質恭慎，儀度修潔。居家孝睦，少值父疾，嘗以身禱。家富而廉。慮事周悉，通貫條格，每自謂治律之功不減治經。經史外，若陰陽、禄命、堪輿、醫藥之類，罔不涉獵。始號平山，晚更號遺安老人。所著有平山、遺安二稿若干卷。生正統癸亥□月□日，卒以正德辛未十一月十九日，壽六十九。

配許氏，處士勝之女，累封至夫人。逮事舅姑，恪執婦道，教諸子慈而不縱，里之稱女德者，必歸焉。與公生同年，先一歲卒。公五子：長淇，義授七品階；次澇，繼舉進士，授兵科給事中；又次汴、淪，皆縣學生，出側室杜氏。二女：長適禮部主事仲棐，次適張儉。孫八：長本，以廕補國子生；次桂、檖、楨、楠、柼、栩、柯。孫女九：長適蕭瑶，次適俞相，皆國子生。

予與公舊同朝，公兄子濟，予禮部所舉士，文而早卒。澇亦予所簡爲翰林庶吉士者，績學慎官守，其所就未可量。比以例請於朝，特贈公太子少保，賜葬祭。將奉公及夫人之柩，合葬於城西馬鞍山之原，奉吏部郎中楊君果狀請余表墓。公首振家學，出爲世用，偉然廊廟之器。雖中罹無妄，而卒得有終。此其事有足書者，表之宜也。

明故通議大夫刑部右侍郎魏君神道碑銘

刑部右侍郎魏君廷佩自爲郎官時，鳳儀秀偉，才望表著，人謂當大受遠到。及自南畿赴召而來，時已病，莅事兩閱月而卒。聞者無不駭且悼之曰：「魏君遽止是哉！」山西布政使臧君麟，君鄉友也，狀君行，其子雍請予銘，刻於神道之石。越九年，乃克敍而銘之。

君諱紳，廷佩其字，兗之曲阜人也。曾祖甫友而上，皆未顯。祖綱、考國子助教鳳，皆贈刑部右侍郎，階通議大夫。君少爲縣學生，試鄉闈，已在選，比拆閱，監試者以其年未成童，弗録。自是屢不舉。成化丁酉，舉於鄉，時年二十六，尚未娶。辛丑，登進士第。奉使韓府歸，始入刑部爲主事。至弘治戊申，累遷至郎中。精練法比，操以勤慎，獄無滯囚。尚書以爲能，俾總諸司奏牘，兼署三司印。廣西有冒稱外戚者，已被爵賞，事覺被逮，皆避不敢承。君一訊即得其狀，遂伏法。辛亥，擢南京大理寺右丞。參駁明當，人至録其稿以傳。戊午，擢都察院右僉都御史，巡撫山西。邊警方急，君親閱戎旅，部伍增氣，竟亦無他。歲且旱，民苦征税，君奏減四分之一。又增築偏頭關邊牆四十餘里，增墩堡五十餘所，朝廷賜璽書文綺往勞之。又廓寧武關城，募土兵，置營舍，皆昔所未備者。癸亥，遷右副都御史，總理南畿諸府糧儲。值大饑，民死徙相繼。君極力賑貸，凡賦稅夫役工作諸務，曲爲省節。崇明有海寇，勢甚熾。君重興師旅，欲撫定之，秖械其首惡。後守者弗戒而逸，非初意也。乙丑，天子即祚，於是有侍郎之召。其卒也，遣官諭祭，命有司治葬事云。

君五歲喪父，哀慕如成人。七歲，承其母闕里孔淑人口授書史。比居喪，廬墓側，蔬食三年。事前母諸兄甚謹。在鄉鄙，以信義聞。與人謙厚，不恃才智爲陵轢。善吟詠，能文翰，秖自娱適，藏其稿於家。君亦娶於孔，爲贈曲阜知縣公綬之女。子四：雍其長；次方，早世；次京、庠，皆習舉子業。女一，許嫁前衍聖公弘緒介子聞政。孫一。君生景泰壬申十一月二十日，卒以正德丙寅正月二十七日，年止五十五。墓在洙水北祖塋之次。銘曰：

惟部院寺，惟三法司。訊鞫糾駁，同功異施。惟南北都，官必並置。一之既難，矧彼歷試？翹翹偉人，出自東魯。經可飾吏，文亦備武。出入均勞，左右具宜。凡所受任，事罔不治。若載大車，方利攸往。覆於亨衢，命也誰彊？君封在原，君名固存。我銘有稽，用示弗諼。

李東陽全集卷一二〇

懷麓堂文續稿卷之九

墓誌 神道碑十首

明故寧陽縣學教諭致仕封户部主事成君誌銘

君姓成氏，諱性，字天章，以字行，世居常之無錫。宋有光禄大夫某，葬縣城南，墓有石羊猶存，人稱其地爲石羊涇。曾祖諱玉山，鄉稱長者；祖諱彦文，好學强記：皆不登仕藉。考諱始終，舉進士，累官湖廣按察僉事，有詩名。

君少爲縣學弟子員，爲提學御史陳士賢、戴恭簡所器許。屢試京闈，弗售。應貢上禮部，試内廷，名在首選。卒業國監，再試，竟弗售。念母盧孺人老，乃就試教職，得嘉興平湖縣學訓導。迎母就養，雖一蔬果，必躬檢視，務極精洗。條教截截，士登科第者相屬。秩滿考最，遷金華之永康。教澤加廣，登科第者益衆。丁内艱，服闋，改兖之寧陽。時其子周已舉進士，爲户部主事，當得錫命。君曰：「吾志畢矣。」即乞致仕，就封如其官，階承德郎。周乞假得歸拜壽，逾年上京師，改兵部。又明年，爲正德甲戌八月七日，君以壽終於正寢。距其生正統甲子，得年七十有一。

配陳氏，贈安人，勤儉治内，以成君志。弘治戊申□月□日先卒。越今二十七年，乃克合葬於祖塋之次，以□年□月□日從事。繼配周氏，亦有柔德，先君□年卒，别葬於□之原。君子七：周其長也；次均，義官；次坤、塤、壕、墀。女三：長適縣學生繆觀，次適殷臣。孫六，女孫七。

君敏捷明達，能書畫及古歌詩，皆有風致。舉業外，著草亭橋若干卷。養母之暇，視兄巽順，當分異，惟其所取，及有所易，又從之。處家雍睦，施及姻戚，未嘗失色於人。人慕其才，皆惜其弗得一第，故禮部尚書吴文定公、今户部侍郎邵君國賢，皆有撰述以傳君。應貢時，嘗以詩畫訪予，見其頎然長、濯然而清也。今周儀度詞翰，綽有父風，自述事狀，請予銘墓。南京禮部尚書喬君希大及諸卿士多爲速銘，乃爲敍及銘。銘曰：

家有儒業，受父授子。又推其餘，以淑羣士。身弗自貴，於子取之。匪其取之，理則有之。遺經在家，百世其守之。

明故户部尚書致仕進階榮禄大夫佀公神道碑銘

公姓佀氏，諱鍾，字大器。先世出清豐，元季徙兖之鄆城。曾祖得甫而上皆不仕。祖伯祥，考良貴，皆用公貴，累贈資德大夫户部尚書。

公起縣學生，天順壬午，舉山東鄉貢。成化丙戌，登進士第。己丑，授浙江道監察御史。辛卯，巡兩淮鹽課，務去姦弊。甲午，巡浙江，值歲大侵，極力賑濟。行臺池榭，悉封識，不一至其處。日剖詞訟，閲文簿，夜分乃寢。海鹽岸阤，民田多漂没，公塞而堤之。有布政使以賄聞，公暴於衆，即引疾以去。兵部尚書項公忠既謝政，爲鄉人所誣，憲廟命公暨中使會勘，無驗，反坐告者。還掌諸道奏牘。都御史馬公文升巡撫遼東，爲太監汪直所中，既下詔獄，又諷使劾之，公不應，遂被譖，箠於朝堂。己亥，用都御史王公越薦，擢大理左寺丞。壬寅，遷右少卿。癸卯，虜犯大同，公出撫畿甸，事定乃返。甲辰，擢都察院右副都御史，巡撫保定諸府，兼督紫荆等關。河間瀕海，淤地爲勢家所據，民爲代税，公悉歸之民。乙巳，召入爲刑部右侍郎。丙午，丁母范夫人憂，歸。道與漕運都督王信交忤，爲所訴。會當道不悦於公，謫知曲靖軍民府。弘治己酉，服闋，改徽州府。平役止訟，其人德之。復召爲大理左少卿。庚戌，遷右副都御史，巡撫蘇、松諸府，兼總糧賦。屬吏之强有力者，亦被榜掠。連歲苦雨，疏救荒數事，户部格不行，而旁境災輕者顧得優典，公反復奏辯，不爲屈。癸丑，再召爲户部右侍郎，總督京儲。甲寅，莅部事。丙辰，改吏部。戊子，進户部尚書。稽羨財，節浮費，積銀至若干萬兩。憂國用不足，上疏言：「冗食太多，宜汰減内降官吏；光禄寺供應太繁，宜減内侍及畫工、番僧酒饌；天下有司存留糧税，歲不充用，宜自郡王以下量爲裁處；太倉銀不宜收入内庫；内庫所蓄金幣不宜修齋、造像及充私賞；城門中官不宜干預國課。」朝廷難之，久不報。公復言：「臣所陳皆國大計，未蒙批答，事體非宜。」詞甚激切，聞者壯之。有戚里奏乞兩淮長蘆官鹽風雨消折之數，欲因以營利，公執稱無有。會歲報册至，有私録以進者，公用是得罪，内不自安。癸亥，再疏請老，優詔弗許。甲子，疾甚，復請，乃許，令給驛以歸。乙丑，今天子即阼，詔進階榮禄大夫。公生正統庚申二月二十八日，至正德辛未，壽七十有二，十一月二十五日卒於正寢。訃聞，朝廷遣官諭祭，命有司治葬事。壬申□月□日，窆於大豐鄉之原。元配王氏，繼馬氏、劉氏，累贈夫人。子五：長珩，以蔭爲國子生，卒贈歸德州判官；次璞，鄉貢士；次瑞、瑶、琨。女四：長適國子生朱堯佑，次賈玟，次國子生高柏，次縣學生李邦榦。孫四：汝睦、汝勤、汝□、汝□。女孫六：長適右春坊李中允廷相，次高驊，次縣學生侯功、李世功。

公少美風儀，善論議。居官尚風采，而内有裁制。在浙江，有富家子求舉，密黜之，不暴其事；在三關，有中官致賂，巽謝而已；惟在户部時，力沮權利，雖怨怒不少避，人以爲難，而不涉其事者，亦未之知也。

予與公舊相鄰比。及省墓南還，道淮揚間，見其鹺政嚴肅；在内閣，見其奏牘：知其事爲詳。中允君爲述事狀，介璞來請銘，越三年，乃克銘。銘曰：

惟古地官，實掌民事。惟今户部，兼總地利。利用厚生，惟政斯治。惟所受職，與刑法異。匪函矢然，功有相濟。彼弗能者，舉一遺二。公起臺寺，爲刑憲吏。鋤强撻姦，用罔弗遂。出守畿服，入領邦計。節財愛人，不撓權勢。斂而歸之，若有餘地。惟我得爲，匪我出位。古亦有言，鞠躬盡瘁。我夷考公，庶矣無愧。

明故通議大夫工部左侍郎夏君墓誌銘

君姓夏氏，諱昂，字景德。其先蘇州吴縣人，國朝洪武初，以閭右徙實南京。永樂間，再徙京師，占籍順天之宛平。祖仲文，考福敬，皆贈通義大夫工部侍郎。

君舉成化丁酉京闈鄉試。甲辰，登進士第。丙午，被簡爲工科給事中。弘治己酉，遷右給事中。壬子，遷禮科左給事中。甲寅，擢湖廣布政司右參議。久之，始遷福建右參政。正德丙寅，進陝西右布政使，遷南京太僕寺卿。己巳，擢都察院右副都御史，總督南京糧儲。庚午，召入爲工部左侍郎。甲戌十月十三日卒，距其生正統己巳二月二十三日，年六十有六。朝廷遣官諭祭，賜葬於都城南魏村社之原，以卒之年十二月二十八日窆焉。

君少精易學，根據經傳，文理暢達。丘文莊公爲祭酒，試諸生，屢置首選，粹其文以傳四方。學者執經問業，前後百餘人，分佈中外，有長臺憲列卿佐者。居官奉職。爲給事時，多所建白，如議科舉條格，論妖僧左道，皆切治體。南屏潘先生時用文行聞天下，累薦弗用，君言之最力，乃擢官翰林，遂入史局，尤爲時論所韙。同考禮部會試，得士爲多。爲參政，每至公邸，食簞服笥，必露檢而後入。爲布政，諏訪民瘼，動存險節。在南京，患馬政久弛，務除好慝。知修倉兵多匿籍，密加勘覈，汰冗卒千計，以充營伍，人以爲能。在工部，每夙興治事，督修京城及通州倉場，不憚往返，事皆就緒，以勞賜二品服。嘗微疾，上疏乞休，優詔弗許。資望漸久，兩京卿佐，莫先積歷，竟不及大拜，而君未始一見辭色，論者益以是驗君之賢。

君居家尤篤孝友。蚤失怙，當母朱淑人喪，三日不食，葬祭用文公家禮。禮事寡嫂，撫其孤祚若己出，俾齒宦籍，爲五官靈臺郎。接物謙巽，至折輩行。故人無疏戚邇遠，皆稱長者，如出一口云。葬既得卜，南屏實狀君行，以其子禄來請銘。予雅知君賢，禮部之試，嘗與共事，銘不得辭。

君配劉氏，故常州知府鈺之女弟，累封淑人。子二：禄其長，以蔭爲國子生；次祐。女二：長適太子太保鎮遠侯仲子仕榮，次許嫁後府周都事子元岐。并附書之。銘曰：

虛足以受，人莫我咎；儉足以守，不爲物垢。既貴而壽，用則弗究。健者疾足，辨者滕口。吾寧弗能，弗喪其有。斂而歸之，以裕其後。我銘夏君，以視永久。

贈光禄大夫柱國太子太保兵部尚書何公神道碑銘

何君世光既爲太子太保兵部尚書，被一品誥，加贈厥考朴庵公如其官，階光禄大夫，勳柱國，妣吕氏爲一品夫人。謂予曰：「鑒之祖素翁嘗獲執事銘，吾父母獨未獲，鑒之心猶以爲闕，兹敢以請。」問其生卒事行，則奉故太子太保工部尚書徐君原一、刑部尚書屠君元勳所著狀曰：「具在是矣。」

按狀：公諱璡，字崇美，樸庵其所自號也。其爲人敦尚孝義，慷慨不徇物。素翁中歲病目，公甫弱冠，即代家政。力治産業，婚三弟，嫁一妹，喪葬賓祭，率致精備，以成親志。比翁病風，日扶掖不離左右。母俞夫人病，亦如之。喪居用禮，不作浮屠事。諸弟當分異，田廬服器，惟取敝瘠。以妹爲母所鍾愛，亦析予之。嘗遊京師，有鄉人章姓者寓白金數十兩，託爲營幹，道被劫，貸金成之，其人弗知也。居杭州旅舍，有商俞姓者遺白金一囊，公得而還之。鄰党闕食，時爲賑恤，至婚嫁費，亦周之。旅宿寧海，夜有虎入室，眈視久之，竟去，人皆異之，若以爲善行所感者。所居去學宫甚邇，作望泮樓躬課子姓。太保舉進士，始知宜興，及爲監察御史，皆請就養，公以親老弗許，書「清、慎、勤」三字及「許身報國」語戒之。知河南，復請，公已闋服，乃勉爲一行。適值大饑，民死徙殆半，公居兩月即歸。後太保官累遷，戒必加切。其爲刑部侍郎，猶及見之。蓋壽七十有四而卒，是爲弘治乙卯正月二日。□月□日葬於滎山之陽。時太保未滿三品，朝廷遣官諭祭其家，命有司治葬事，亦異數也。

呂夫人，同縣望族，柔惠有則。少失母楊氏，叔母吴氏鞠成之。事繼母丁以孝稱。逮事舅姑及祖姑，婦道勤恪。姑病，至親滌穢器。嘗有火警，獨抱先世神主及畫像而出。凡朴庵公所爲義舉，皆力相，無敢後。間嘗就養，亦申公訓。禄食三十餘年，封至淑人，居起服食，不改於舊。論母德者，必歸之。後公八年壬戌七月□日卒，壽八十有八。復賜諭祭。以是年□月□日啓壙合葬云。

公子二：長鑒，即太保君，世光字也，歷事累朝，才績兼茂，爲時聞人；次銶，承事郎。女一，適劉兗。孫四：長宇，蔭國子生，授廬州府通判；次寰，縣學生；次寓、齐。女孫五，嫁者四，其婿曰呂經賢、王誼、俞極、俞嘉言。曾孫四：紹、繼、絅、緒。曾孫女幾。

何之先本青州人，吴越錢氏時，以官家紹興之新昌。公祖遵道，考素翁，皆以太保貴，被贈如公官。祖妣呂，妣俞，皆贈如其配。世家名行，間見於所著銘敍，而贈典未備，當有爲之補述者，兹特敍公及夫人之事云爾。銘曰：

榮山之陽，何公之藏。維公夫人，來祔其旁。其藏維何？皇有明詔。曰子予效，曰予汝報。公不出仕，有聞於鄉。公名載揚，弗閟其光。兹山之榮，若徯若受。若導而長，若培而厚。孝子有思，鄉人有規。九原有知，文以告之。

喬夫人董氏墓誌銘

南京禮部尚書太原喬君希大之配夫人董氏，故刑部尚書贈太子少保矩公之孫，四川按察司僉事伯康君之女也。

董，潮縣人，其上世出忻州。刑部公與希大之祖工部右侍郎士弘公以同省友相善。夫人孕十八月而生，刑部公奇之，曰：「是非凡子匹也。」六歲時，教以女孝經諸書。稍長，女事皆精絶。希大幼而穎出，年十七舉京闈，時工部公已棄養，其父兵部郎中廷儀君與按察又同官，禮請於刑部，一語而合。兵部及刑部公先後卒，希大舉進士，乃歸焉。

事姑路宜人孝敬備至，執喪哀毁。希大素孝友，既失怙恃，事其兄禮部員外郎本大惟恐弗適，及諸弟妹，皆爲之婚嫁居室。夫人先意承志，視其伯姒，衣食坐立，莫敢或先，遇諸娣，未嘗色失。希大慎官守，禄俸外無贏羨，夫人安之，佐以勤儉，勺粟尺布，不忍濫費。或脱簪珥，以資弗給。閨門賓敬，實多内相。辭婉意正，希大亦雅重焉。生子女三人，皆弗育。屢置媵妾，不形忮忌。希大之南，夫人從宦三載。今年以考績北上，至臨清，側室李氏生一子，夫人喜甚，躬撫抱之。比從至樂平，稍葺故第，舊疾偶作，遂不起。

夫人以初命封安人，再命爲宜人，三命爲恭人，四命爲淑人。今希大以尚書貴，例得賜二品封誥，加贈祖考如其官，妣皆爲夫人，始進今號。朝廷遣官諭祭，敕有司治葬事。希大乃請予曰：「宇之考妣及外舅皆獲先生銘，宇之妻實與聞之，兹未敢他屬也。」蓋希大始學於少保吏部尚書楊公應寧，又學於予，爲知己。故通家夫人朝謁三宫，吾妻朱夫人實與之偕，數稱其儀度簡重，禮事閑習，聞其没，殊悼傷之。希大以文學才行爲時望，方膺大用；而夫人不克待以没，予與希大誠有不容已者，乃敍其所自述狀爲銘。夫人生於成化丙戌六月十六日，卒以正德甲戌八月六日，年止四十九。其葬以□年□月□日，在縣長壽山祖塋之次。銘曰：

素風德門，惟尚書之孫。帨服冠首，亦惟尚書之婦。夫貴而賢，若其祖然。惟澤斯延，而弗永厥年。禄食於官，返葬於里。惟所從故，以獲有終始。身有遺恩，夫有令子。夫既有子，没吾寧矣。

明故户部右侍郎何公神道碑銘

户部右侍郎何公仲衡自山西被召命時，屬足疾，累具疏辭。上憫其懇誠，特許致仕。越五年，卒於正寢，年七十六矣。其同年進士張君器之嘗同官西臺，知最稔，以予姻家，介其子之使，奉春坊左中允賈君鳴和狀請銘神道。又二年，乃爲敍及銘。

按：何之先出開封，宋靖康間有諱寶者，避亂靈寶，始居之，今河南府地也。國初有諱欽者，舉賢良方正，歷饒州、保定二府經歷，是爲公曾祖。祖諱茂，以公貴，累贈都察院右副都御史。考諱浚，起貢士，累官南康知府，贈亦如之。

公諱鈞，仲衡字也。八歲時，從南康君遊太學，穎敏强記。成化戊子，舉河南鄉貢。乙未，擢進士第，試政工部。奉使襄陵王府，修闕里林墓。戊戌，授太常寺博士。辛丑，被簡爲浙江道監察御史，督捕京畿東路盜賊，監通州倉。出關寧夏邊儲，防禁不弛。巡按四川，播州揚友者讎其嫡弟愛，謀奪其官，誣以叛謀。命刑部、錦衣衛官暨巡撫都御史會公往勘。友党有健訟者，公理折之，友乃引伏，安置保寧，事始定。監鄉舉事，時稱得人。受代歸省，值父病篤，留閲月。比居喪，含斂如禮，復命而後襄事。母李淑人主喪，雨經月不止，公號泣於天，及葬而霽，已乃復雨，人皆異之。

服闋，改山東道。勘諸司文卷，姦無所宿。名益起，擢大理右寺丞。遼東夷入貢者爲官軍誘殺，獄連數千人，久不決。公往直其事，不爲勢屈，遷右少卿。勘陝西邊事，亦一時大獄，數十人當坐死。公據法原情，多得末減。癸亥，始擢右副都御史，巡撫山西，兼督雁門諸關。治武官朘削軍士，禁布政、按察二司抑價買物諸蔽。晉王妃父怙勢驕縱，有司不能制，公欲發其姦，其人懼，自引咎伏於門者三日，公勒令卒正乃已。乙丑，歲大侵，太原、平陽饑民多轉徙，公賑貸招集，有復業者。虜覘知官軍出援宣府，乘間入寇。報忽至，公斬崖設阱，出兵邀之，賊乃遁去。丙寅，旱，黜貪吏，理冤獄，雨遂沾足。會京倉提督官闕，乃有户部之命，邊人皆戀戀不忍釋。

公體貌魁碩，氣揭揭不下物。明習法律，剸析繁錯，隨所至能取聲譽。與人近厚，恤患拯難，皆力爲之。性度坦率，不曲爲鉤距。居家尤雍睦，外暨族鄙鄉閈，皆樂稱之。官至曹省，而遽歸丘壑，論者以爲弗究其用云。公生宣德乙卯十月十七日，其卒以正德庚午□月□日，某年某月某日葬其原先墓。

配董氏，累贈淑人，先卒。子二：延昌，義官；延吉，鄉貢士。女三，適邑人侯錦、潼關衛指揮僉事王翺、邑庠生張雲鳳。孫一，繼武。女孫三。曾孫：道明、道成、道立。銘曰：

國有重臣，維臺省地。一之既難，矧得其二？維何氏彦，爲名御史。行臺出巡，越在西鄙。東曹内遷，實佐邦計。而卒弗試，誰尼誰使？其名則成，命亦然爾。生行死歸，兩得其理。恤恩在兹，以與終始。

明故嘉議大夫工部右侍郎王翁墓碑銘

翁姓王氏，諱志廣，字克寬。其先大同人，曾祖文舉，元季避亂居鳳陽。國初，應募入軍中，籍留守左衛。卒葬懷遠之龍岡，其墓至今存焉。祖諱興，遷趙府護衛，後復改籍錦衣衛。奉母劉北上，道保定之容城，愛其風土深厚，遂居之。考諱能，贈嘉議大夫工部右侍郎。

翁少嗜學，涉獵書史，尤習律法。不干仕進，服賈事養。往來淮、泗間，歸槖甚裕，恒推大半，以贍二兄。兄子蚤孤，撫若己出。每至祖壟，必瞻慕號泣〔一〕，久之乃去。又喜賙施，戚黨喪不能舉者，買棺葬之，族人貧者，尤致厚恤。有弗率教，則繩之。鄉人皆相謂曰：「王翁能治家，必達官政。」或有鬬訟，則以相質，不煩於官，得一言輒解散去。歲歉盜發，縣官廉其才，檄使督捕，盜不敢近。里有腴田數千頃，爲姦民指爲空土，獻諸貴戚，乞之朝。翁抗詞力辯，事遂寢，人皆賴之。教二子，俾以儒顯，曰：「吾固有遺志於此，必成之。」子寅舉進士，累官工部右侍郎，以初命封翁文林郎大理寺右評事，進封如祖官。宥亦舉鄉貢。翁皆及見之，曰：「吾志畢矣。」

配胡氏，元名人胡斗南五世孫。莊重寡言笑，孝事舅姑，寧薄自奉，甘旨必豐潔。理家勤儉，而翁之義舉未嘗不助。家故無書，或脱簪珥以共子業。及見侍郎君爲進士而卒，卒時年四十有一。後贈孺人，加贈至淑人。繼貫氏，封淑人。翁卒於正德壬申七月五日，距其生正統戊午□月□日，年七十有五矣。賜祭葬如例。是年十月□日窆，以胡淑人祔，其地曰王祥里之原。子五：侍郎其長，敭歷中外，具有聲績；次憲、宸及宥，皆胡出；宅，貫出。女二人：長適盧宗，次適楊漢，皆新城人。孫十，女孫五。

侍郎君之以喪歸，奉今工部右侍郎廖君紀狀請銘墓道。暨服闋，改刑部，以疾得請歸，亦卒。予甚念之，思有以復也。其子允中上京師，來申前請，乃敍翁事行卒葬，復繫以銘，而胡淑人附焉。銘曰：

有錦在絅，其終必章。有源在堙，導之則長。翁家近畿，韞不時售。身弗自取，於子是授。生有錫命，没有卹恩。於子取之，其亡若存。古亦有言，是子是父。既送其終，復祔其墓。我銘翁阡，以歲以年。靡言弗酬，以慰九泉。

【校勘記】

〔一〕「瞻」，原作「贍」，顯以形近而訛，據文義與抄本正之。

資政大夫南京都察院右都御史贈刑部尚書劉公墓誌

公姓劉氏，諱洪，字希範。起安陸州學生，舉進士，知陽穀縣。被簡爲雲南道監察御史，擢浙江按察司副使，進廣東按察使。擢都察院右僉都御史，巡撫貴州。進右副都御史，以父喪歸。服闋，改撫四川。又進右都御史，總督兩廣軍務，兼巡撫。入掌南京院事，以繼母喪歸。既服闋，每兩京部院闕，廷薦必屬公，至五六上，皆不果用。以疾卒於正寢，朝廷特贈爲刑部尚書，遣官諭祭，令有司治葬事焉。

初，公以成化戊戌舉進士，在陽穀，有善政。甲辰，以御史巡兩淮鹽課；弘治戊申，巡撫雲南；癸酉，監鄉試：皆得憲體。庚戌，修太廟夾室，與董工役。壬子，在浙江，發摘姦伏，毀庵寺，立鄉塾，俾民知向方。戊午，在廣東，羣吏畏服。壬戌，始有巡撫之命。時貴州賊米魯餘黨竄逸，公追劾守臣邀功啓釁，乃帥兵次第平之。又城險要，籍夷姓，百廢具舉。甲子，莅四川松藩，夷扼險仇餉，公揚威布德，列柯、空龍二寨爭斬首惡以降。復議改東路，以絶後患，議不合而止。正德丙寅，上興革數事，多見採納。戊辰，以總督行。時值多故，極力安輯。湖、惠二府界江西、福建，賊出没無常。公直搗巢窟，俘斬七千餘衆，還所掠百餘人，其功尤偉。韶賊與湖廣郴、桂流民爲亂，又平之。蓋自貴州以來，每捷報至，則降敕奬勵，有金綺之賜。己巳，公又議府江賊爲廣東禍本，欲大爲區畫，計慮略定，而南臺之命下矣。會北方流賊四出，公豫計防御，請修水戰，嚴武官黜陟。制雖未行，時議韙之。後二年，果有常、鎮警，亦以驗公之先見云。

公之先本彭澤人。元季有曰弘範者，爲禮部尚書。國初有曰敏者，爲給事中。高祖谷信，隸安陸戎籍，暨曾祖成，皆不仕。祖諱讓，考諱琮，皆以公貴，贈南京都察院右都御史。祖母高氏，母陳氏，皆贈夫人。繼母吴氏，封太夫人。配唐氏，封夫人。子五：長采，早卒；次概，舉進士，爲行人；次槼、渠、臯，皆鄉貢士。女六：長適鄉貢士曹敏敬，次適進士孫元，次適貢士黎尊義，次適周齡，皆宦族。渠與二季女出側室柳氏。公壽六十有九，以正統丁卯閏四月二日生，正德乙亥二月十五日卒，□年□月□日葬其地曰山之原。

公體貌豐碩，舉止凝重。居官體國，事與義合，必毅然當之，而不尚矯飾，表裏洞見。雖久任，家無餘貲。性嗜學，尤喜讀易、春秋、禮記。晚號石坡陳人。所著有四川貴州兩廣議、石坡稿若干卷。兵部尚書劉公時雍總督兩廣，嘗疏薦四人，其一曰「如劉某之正大」。後孝廟因召對謂之曰：「劉洪善幹事。」蓋猶記其薦也。

公子概介其壻元奉南京禮部尚書李公希賢狀請予銘墓，元，户部尚書志同公子也。予以同省故知公賢，而聞諸户部者爲詳，乃爲銘。銘曰：

惟刑有官，實掌邦法；惟臺有臣，兼任糾察。或監儲餉，或督征伐。視職卑崇，爲治廣狹。公爲御史，踔厲英發。累遷外臺，如輔斯夾。中丞大夫，内職外轄。惟西南夷，芟刈顛桹；惟東西川，鎮定江峽；惟東西廣，兼總節鉞。出清道塗，入掃巢穴。惟所歷試，有騁無蹶。訟書紛紜，聽斷明決。曰此細事，匪我能屈。人有大受，物有錯節。彼才實難，有用斯達。用而弗竟，乃命之闕。惟老成人，曰漸凋折。

噫嗟劉公，名不可滅。

明故南京吏部尚書致仕贈太子少保楊公神道碑銘

浙之東有稱碧川先生楊公者，諱守阯，字惟立，鏡川先生文懿公之弟也。世居寧波之鄞。祖棲芸先生，諱九疇，鄉稱宿學。父諱自懲，明經，不第，官止泉州倉使。皆用公貴，贈能議大夫南京吏部右侍郎。文懿公諱守陳，以進士入翰林，累官吏部左侍郎兼詹事府丞，贈尚書，文名擅天下。

公家自師友，舉成化戊子鄉貢第三，戊戌禮部第四，廷試第二，授翰林編修。丁未，九載考績，會其從兄工部尚書公守隨官御史，爲姦人李孜省所中，謫官於外，公亦遷南京侍讀。弘治戊申，孝宗召還京，纂修憲宗實録。己酉，充經筵官。庚戌，同考禮部會試。辛亥，書成，進左春坊左諭德，清理武選貼黄。壬子，主順天鄉試。乙卯，以内閣薦擢翰林侍講學士，主應天鄉試。丙辰，署院事，修玉牒，授庶吉士業。丁巳，充會典副總裁。戊午，今上爲皇太子，出閣講學，充侍班官。尋擢南京吏部右侍郎。庚申，攝南京兵部。辛酉，攝南京國子監事。三載考績，疏請省墓於家。壬戌，至京師，時會典尚未就，内閣請暫留公參總。癸亥，以書成，遷左侍郎，加俸二級，復舊任。甲子，得末疾，請老，不許。乙丑，今上嗣位，以年滿七十，請益切，進尚書致仕。比命下，公已抵家矣。

逆瑾竊政，矯詔奪所加秩，瑾敗乃復。家居七年。一日，筆數語於册曰：「學文師韓吏部，學道師程伊川。官同吏部二品，壽過伊川二年。文章可得而聞，望道而未之見。困學勉行，老而不倦。守正疾邪，至死不變。」越五日爲正德壬申八月十五日，卒於正寢，距其生正統丙辰七月七日，壽七十有七。上聞訃悼惜，贈太子少保，遣官諭祭者再，命有司治葬事。以癸酉二月二十六日窆於芝山之陽。

性嚴重，寡言笑，骨氣鯁鯁。讀書勤苦，窮探博取。爲詩文，精刻有法，凡編纂考校，皆極詳審。所歷官，皆清簡。惟攝兵部時，以災異會陳時政；攝祭酒時，恤生徒，清吏弊：稍稍自見。少暇，尤不釋卷帙。所著有碧川小稿、玉署初稿、華省南北稿、東寮退稿、北門私稿、乾乾齋蹇蹇庵稿，又有程朱文評、碧川詩集、困學寡聞録，總若干卷。文學論議，隱然有文懿風。履歷亦略似。而舉解元，爲學士，爲少宰，對署兩京翰院，尤稱奇事。工部公及公從弟廣西右布政使守隅、從子刑部右侍郎茂元、四川按察使茂仁，皆舉進士。豐城訓導守鄖、中府都事茂恕，及從孫左府都事美璜，皆出國子。布政而下，皆公所啓迪者。東南文獻，於斯爲盛。

公居家尤篤倫誼。省墓時，制三世冠帶服帔凡十襲，授宗子世藏於廟；表始祖及五世祖墓。文懿卒，爲位於室；三年，又梓其文以傳。工部嘗爲逆瑾罰粟輸邊，捐貲助之。撫孤侄三人如己出。母黨貧甚者，爲田數畝，再鬻再贖以歸之。配全氏，有賢行，累封淑人。子三，出貳室鍾氏。茂清、茂深皆蔭補國子生，茂潛府學生。女二：長適按察副使陸偁，次適余姚黄文瑞，皆全出。孫四：美禾、美□、美□、美□。

予嘗擬文懿公諡議，公之卒也，遺命其子，欲予銘墓道，乃敍其事行、歲月而繫以銘。銘曰：

四明山高東甬長，二川交流匯其旁。中結靈秀成文章，前有一樓後二楊。文懿之文天下望，公也奮翼相低昂。天子置之白玉堂，兩都官重登巖廊。五色共補山龍裳，政皆弗竟文則昌，壽則過之十稔强。我昔先後參翺翔，或議其諡銘其藏。公魄歸復神飛揚，終如莫邪會干將，千載地下騰精光。

明故封通議大夫禮部右侍郎吴公神道碑銘

禮部左侍郎吴君克温以狀抵予曰：「儼不幸少喪大父樸庵公，吾父病且革，命儼曰：『爾祖之純德清操，不愧古人，官不顯，弗見於世。而碑表未立，是惟我責，兹死且弗瞑，爾必勉之。』儼泣受命。又越五、六年，非敢有待，慎之也。比以考績獲貤錫典，制當樹碑墓道。因憶丘文莊公與吾祖交，亦嘗稱之曰：『古君子人也。』今之知吾祖能文章如文莊者殆鮮，執事以吾舅徐文靖公故，亦嘗聞之乎？」予實嘗聞之，而文則非其人也，謹掇而書之。

公諱玉，字尚璞，自號樸庵，世居常之宜興。少孤，事母湯宜人甚孝謹，哀慕終身。爲縣學生，聲動場屋。每試輒弗利，膺貢入南京國子監。寧波陳先生敬宗爲祭酒，有中官領留務，訪延塾師，先生謂六館士無逾吴某者，公力辭不往。先生喜，爲文寵嘉之。正統丁卯，試吏部，王文端公愛其文，特置首選，授户部廣西司主事。景泰乙亥，遷員外郎，出納有法。嘗監草京場，舊多折估，輸不及半，草入場，雖有餘羨，輒爲守者所克。公盡革之，民悉稱便。監鈔淮安，其子紳與鄉人糴粟過其地，冀免舟算。公曰：「使我以私恩免官税，人將誰責？」令如數輸之。鄉人有督造運舟者，官廨相望，公薄其爲人，每燕會，多不預。奉使湖廣，便道過家，將及門，聞從子芳訟鄰人盗粟者，命釋之，不從，怒即旋舟北上。京邸與文靖居鄰，諸翰林爲文字飲，或劇談爲笑樂，聞公至，輒斂而不嘩。居官不妄取，以家貲爲賓客道里費，至質其田宅。没之日，無以爲斂，篋中惟錢百文。鄉人萬盛爲黄州推官，嘗書二貪吏姓名於門以自戒，上書二廉士爲法，其一公也。公嘗自言平生未嘗毁物傷人，惟過高郵湖，風便帆疾，挽夫不相及，憫而載之舟，舟反，一夫墮水死，惟此爲恨。恨止此，又出於仁愛，意所不測，他可知已。嗚呼！若公者，求諸今之人，豈易得哉！豈易得哉！禮部君以文學鳴於時，性行直諒，不苟爲阿徇，其揚述祖德，非弗仁弗明者比，可據信也。公生於洪武辛巳□月□日，卒於天順庚辰□月□日，壽六十，贈通議大夫禮部右侍郎。

初取莊氏，贈宜人。繼徐氏，封宜人，今加贈淑人。徐淑人與公媲德，後公三十四年，當弘治癸巳卒，壽八十四，合葬於城南之筱嶺。子三：長紳；次經，封翰林侍讀學士，加贈如公官；次綸。女一，適寧波府經歷尹覺。孫八：長偉；次仁；次儼，克温其字；次億；次儉，縣學生；次仕，户部主事；次佶，次儔，皆國子生。曾孫幾：溱、淇、渤、驥、駟、驂、騆、騑，驥以廕爲國子生。銘曰：

吴有舊德，古貌古心。行必矩步，坐必正襟。身爲郎官，弗利其有。佐以家貲，田弗爲守。家弗自殖，子則克之。名弗自耀，孫則白之。克之維何？腴田潤居。矧有訓言，仁義是服。白之維何？有乘有文。矧有錫命，賁於丘原。公計在國，銖權寸度；公風在鄉，廉貪敦薄。執德之恒，既久乃光。彼譎譎者，孰短孰長？作史有法，寧闕毋鑿。揚祖之德，寧緩毋略。春卿述事，太史勒銘。百世之下，永昭令名。

李東陽全集卷一二一

懷麓堂文續稿卷之十

墓表　神道碑　墓誌十一首

寧府建安王教授封奉直大夫右春坊右諭德豐君墓表

封右春坊右諭德豐君之卒，其子諭德熙實署南京翰林院事，以考績歸省，獲奉治命，自述誌以葬。乃告終制於朝，録所爲誌千數百言，請予文表諸墓石。越數日，續録百餘言，曰：「此前誌所未悉也。」

按：豐氏自丹陽徙四明，宋禮部尚書清敏公稷之裔。曾祖仁一，有隱德。祖諱初，德化縣學教諭，贈徵仕郎兵科給事中。考諱慶，少從父任，爲九江府學生，累官河南右布政使。

君以正統戊午九月九日生於九江。布政公舉進士，爲給事中，遭内艱，始歸復故業。君雖弱歲，實勤蠱幹，入寧波府學爲生。居布政公喪，問禮於鄉老長，不合，乃詳考儒先論議行之。躬卜宅兆，遍歷山谷，每篷跣冒嵐霧，五年而後葬。手録布政公遺文，重建祠堂，祭必備物。劬勞問學，十舉於有司，弗利。弘治戊申，始膺貢上禮部。上虞唐生表同舟，以白金數斤密託君笥，死於京邸。君召其姻友，啓封治棺，斂餘悉歸其家，於是信義大著。授湖口縣學訓導，奉母就養。訓生徒，必先孝悌。稽古迹，修圖志，碑梓以傳。援例終養，喪居如初禮。後每值生辰，輒設奠却賀。熙爲翰林編修，君已闋服，至京師，擢寧府建安王教授。上疏請老，不報。適熙考績，乃棄職封編修，階文林郎。居歲餘，歸。構養正堂，中爲崇道祠，奉宋、元輔經諸儒。端居簡出，以經籍自娱。爲文未嘗苟作，字必用小楷，老而不倦。間就養南署，會兩宫徽號恩，加封諭德，階奉直大夫。歸，值月朔祠謁，晨起觸寒。尋以納孫婦告，力疾終事。又當時祭，親書祝板，疾加劇，謂熙曰：「古禮重。」遂瞑。是爲正德癸酉十一月二十四日，壽七十有六。甲戌十月二十日，熙葬君東錢湖石壁潭上，因名曰石壁阡，君所自卜地也。

配王氏，蕭山人，臨清縣丞平之女。成化乙巳正月十六日卒，卒時年四十有九，贈孺人，加贈宜人，葬郭家嶼。君自爲誌，稱其孝敬勤儉，敏而能相。子二：勳，學成，早世；熙，其次也。女一，許嫁府學生方惠，卒。孫四：址、垣、坊、墀，惟坊在，君所爲娶婦者。曾孫女一。繼周氏，封宜人。熙遷王宜人合葬君壙而虚其右，亦禮也。蓋熙之自誌云爾。

君性直而嚴，遇事必審而後應。尊仰前哲，謂經訓爲必可行。族有孤嫠，不吝周恤。親友有屬，必爲終始。雞鳴而興，非疾病不晝寢，以勤勵終其身。此則熙之續狀云爾。

熙以文學名翰林，志操謹飭，得諸家教。其述先德，極詳實。予校藝禮部得其文，在館閣知其爲人，顧老且病，無能爲之張之，姑類次誌若狀，爲君表。若其宦業、錫命，徵諸他日，當有嗣而書之者。

蘇州衛指揮使鄒侯墓表

户部郎中錢君榮以書及狀抵京師，介吏科左給事中俞君泰，請予表鄒侯之墓。其辭曰：「侯之賢，吾鄉評所最，東南大夫士所共稱許者，非敢以私好累執事，幸不鄙而爲之表。」

按狀：鄒氏常之無錫人，宋忠公浩裔也。世居武進，忠公弟進士洞之子樸，始徙無錫景雲鄉之華莊。五傳爲將仕郎仁聲，又三傳至處士瑾，再徙泰伯鄉之徐塘。瑾子震，兄弟友愛，名其鄉曰「聚玉」。震子驎，以人材薦，累官湖廣通道知縣，有惠在人。子珮，以義授承事郎，侯父也。

侯諱翎，字時用。八歲遭母喪，能執禮。稍長，任家務，指使經畫，咸中條節，老臧故獲，不敢少視。父殁，哀毁有加，治新阡，極力備物。念寡嫂、庶弟弗克自保，凡門户事，皆獨任。出遺貲以貸於鄉，田租所入，恒減十一，窮乏者輒棄息焉。待以舉火者不可勝計，而家益饒。爲祠堂，制必完美，祭饗謁告，虔恭不懈。志尚修飭，凡所居室，必榜以示訓，若「務本滋德」、「尊聞受益」之類。有齋曰「感慈」，蓋先爲母慕者。鄉人重其孝，因以號稱之，至形歌詩，遂不能易。事繼母倪，終身不廢禮。外祖父母之喪，爲營冢壙。從母寡而無子，治其後事。鄉鄰死無棺者，施之。若建杠梁，置鄉塾，諸凡義舉，未嘗自以爲功，而人德之不衰。弘治壬子，東南大水，應詔出粟若干石，授蘇州衛指揮使。顧非公事，歲節惟用常服。例又當旌門爲義民，乃請移旌父墓，巡撫都御史義而許之。蓋雖未服官政，而施於有家，幹譽之效，稱能子矣。比得疾，自度不能起，手書遺訓數條，鉅細畢具，而用人一事尤詳，蓋其所自得者云。

鄒氏出文獻邦，習聞忠義。侯服金緋之寵，而不有其功，膺旌義之名，而歸諸其父，若有異乎人人者。觀於鄉党道路之間，陰施默助，其所存者固也。彼稱故家，名富室，重内而輕外，知有己而不知有人者，其相去不亦遠哉！

將仕之墓，元趙文敏公爲銘。通道之墓，國朝魏文靖公爲銘。侯嘗重刻道鄉集以彰祖德，作載存集以揚父美，皆故家文獻事。侯之行，予於錢、俞二君有徵焉，是爲表。侯生成化丙戌八月二十四日，卒於正德甲戌六月朔日，年僅四十有九。乙亥十一月□日，葬於□之原，蓋所謂新阡者也。

娶華氏，南齊孝子裔孫文潤之女。子二人：長望，國子生；次溧，早卒。女一人，女孫二人。

贈户部主事魏君墓表

岳之華容，舊稱文獻地，自我黎文僖公始大著。其學而仕，仕而未顯以没者，尤多其人，户部魏封君，其一也。

君諱克皞，字舜夫。先世在元有爲評事者，譜逸其名。曾祖諱文謙，國初從辟舉爲茂名縣典史。祖瓊，父義，皆以行誼聞。

公性孝友，父疾，嘗刲股以進。及失怙，一幼叔及女弟五人，皆以母命爲之婚嫁。爲府學生，有名，屢試弗舉。成化乙酉，始應貢入國學。時文僖公及東山劉先生惜其才，留再試，君曰：「命止此耳。」乃從部院試授成都縣學教諭。動先身教，嚴爲條約，雖盛寒暑不輟。有貧而好學者，至分廩給之。簡諸生質美者二十四人分試之，語人曰：「決科者盡在是矣。」後視試，得三人，再試，倍之，自是連舉不絶。旁郡邑有聞風來從者，修贄皆不納。或以爲言，君曰：「教，吾職也，奈何利之？且吾子婿輩皆於此得麗澤，不亦既利矣乎？」時君長子廷相、婿敖憲，皆與諸生遊，故云然。九載考最，遷大理府教授。越五年，廷相及憲皆舉於鄉，君喜曰：「吾志畢矣。」遂乞歸。壬寅十二月十二日卒於家，其生以宣德丁未八月二十三日，年五十有六而已。於是，文僖公輩益痛惜之，曰：「魏君命至是哉！」

配安人魯氏，出同邑望族。端静寡言，閑女事，習書史大義。事舅姑如君事父母，諸姑之嫁，奩具多其手制。遇姊姒無間言。君卒之七日，姑秦繼卒，安人帥其孤綜治殯葬，貧不廢禮。廷相卒國子業，仲子廷楫遊學江西，皆不在側，家日落，安人矻矻持門户，不爲子累。弘治丁巳，廷相知祁州，安人就養。未幾，廷相不禄。廷楫舉乙丑進士，安人猶及見之。後廷楫授户部主事，會朝廷覃恩，贈君承德郎户部主事，安人實並命焉。

君之葬未有銘，安人將合葬，徵今太僕少卿何子元爲狀，少傅石齋楊公爲銘誌。何與魏同省，舊通家；楊公成都人，聞君教事甚悉：又有何所不及知者？比廷楫擢廣州知府，將歸展墓，復請於予。予聞廷楫學成家教，以才操稱於官，封君之名，顯自兹始。較之巖居穴處、抱藝挾善、澌盡而無聞者，相百也。用是表於君墓而重之以辭。辭出銘狀，撮其大者，惟封錫之典向所未備，則特書之，不敢略云。

明故封光禄大夫柱國少保兼太子太保户部尚書文淵閣大學士楊公神道碑銘

留耕先生楊公爲湖廣按察司僉事致仕於家，以伯子今少師兼太子太師吏部尚書華蓋殿大學士介夫貴，封詹事府少詹事兼翰林院學士。比少師入内閣，再封資德大夫户部尚書兼文淵閣大學士，又加封光禄大夫柱國少保兼太子太保。會有微疾，少師疏乞歸省，上謂樞管事重，優旨慰留，遣太醫馳驛往視。後復申前請，仍慰留之，而令有司以禮存問。中子太常寺卿廷儀嘗乞歸省，亦給驛以行。今年公壽八十，終於正寢。訃聞，上命有司營兆域，加常祭二壇，司禮監官弔慰，賜白金五十兩、彩幣四襲、寶鏹萬貫、白粲十石爲賻，仍命奪情視事。少師三疏乞終制，猶不許，賜敕給驛令奔歸治喪，别遣行人護行。又特遣司禮官抵家敦迫，而少師辭愈切，始勉從所請，令制終之日，有司禮請上道。皆出異數。蓋上之篤念輔臣，崇報功德，而推及其親如此。

公諱春，字元之，留耕其所自號。上世本楚人，元季徙蜀，居成都之新都。自曾祖諱世賢以上皆不仕。祖諱壽山，考諱玟，皆贈同公官。厥考以縣學生應貢爲國子生，授貴州永寧州吏目，卒於官。二子繼没。

公時尚幼，隨母熊夫人護三喪歸。會苗夷作亂，間道逆旅，區别外内，如在堂室。入縣學爲諸生，家惟周易一部，蚤夜研究，得其要領。成化乙酉，舉於鄉，益博羣籍。越十七年辛丑，始擢進士第。時少師已舉進士，爲翰林檢討。公欲迎母就養，不得，請以疾歸。熊夫人目久眊，爲之復明，公戀戀不忍釋。越六年爲弘治戊申，授行人司正。行人職掌舊制如册封宗藩、徵聘大臣之類，多爲諸司所攝，公奏復之。壬子，丁母憂。丙辰，有湖廣之命，專督學政。考校明審，凡所甄賞，必捷科第，人稱爲公。越二年戊午，輒欲謝事，巡撫都御史以試事留之。放榜後，即上疏乞致仕去。越十有八年乃卒。時諸子廷平、廷宣，及諸孫惇、愷、恂，皆舉鄉貢；慎狀元及第，爲翰林修撰；恒爲中書舍人，廷歷爲國子生，皆少師蔭：公所及見也。

公性質明敏，襟懷諒直，孝友純厚，皆出至性。母素嚴，小不悦，輒加箠撻，公安受之，惟恐意拂。夫人葉氏卒，遂不復娶。二弟少孤，撫教提掖，各底成立。遺腹女弟及其四女，皆擇良配。教諸子，每曰：「修身正家，吾人分内事。居官則以推之國與天下，乃爲實用。」少師既位端揆，訓之加重。接引後進，孳孳不倦。新都自公始昌易學，中外諸生，踵接科第，有官至卿寺者。志存濟物。縣南橋圮，捐俸金數百兩，蜀藩感其義，爲助成之。患城守弗固，會守臣欲爲慎建坊表，公辭，不得，謂之曰：「與其光寵一舉子，盍移之闤邑，以庇萬衆乎？」城成，流賊適至，旁近州縣趨來保聚者，無慮數萬人。論者謂楊氏三世七子十孫，四舉進士，五登鄉貢，兩承蔭録，勳猷行業，柄爲時用，文藝材器，萃於一門；而公躋高年，饗重禄，全歸而正受，福履之盛，耳目所逮，莫與爲比：此其先世必有陰德以獲冥報，郁而弗章，久乃大發。由今觀之，公之厚德善教，有所自致，亦其宜也。

東陽辱公同朝，又與少師公同在館閣，志孚意合。廷儀又予禮部所舉，預聞世德。比少師公持禮部尚書劉公仁仲狀謂予曰：「廷和兄弟嘗爲吾母請銘以葬，茲吾父神道之石，不可他屬。」乃爲作銘，而先敍其事如右。公以正統丙辰十月十一日生，正德乙亥正月二十二日卒。是年□月□日，葬以遺命，近先墓，其地曰□之原。

公子惟廷簡早卒，廷中尚幼，孫忱、悌、慥、悦、懌，皆治舉子業。女孫加孫之一，已嫁者一人。曾孫二：麟孫，耕孫。女一。銘曰：

楊出叔虞稱望族，前有關西後西蜀。留耕先生稟清淑，羲畫周辭恣探燭。父傳子受親約束，登科擢第交踵躅。大者當朝秉樞軸，噓焦潤槁萬物沃。次居卿寺執帛玉，郊禋廟祀百禮肅。壁彩奎光麗躔宿，麟遊鳳翔集郊服。出領黌庠入家塾，手所自植無曲木。平生易道閲已熟，氣機物理時倚伏。公身自斂厭驅逐，浮雲還山水歸谷。世人嗜利争欲速，疾行急趨多蹶覆。左持契書右符竹〔一〕，手所自質久乃復。宫資嗣續名壽禄，上有封錫下蔭録。康寧好德皆爲福，凡若此者天所局。人生得一亦已足，兼收並荷公也獨。宦途紛紛不再躅，公心於於行踧踧。後有治命加訓督，臣忠子孝兄弟睦。遺言在耳書在目，國有綸綍社有祝。延休協慶世可卜，岷江淙淙山矗矗。

【校勘記】

〔一〕「右」，原作「石」，顯以形近而訛，據文義與抄本正之。

明故中順大夫太僕寺少卿致仕紀君墓誌銘

綏德紀君宗直卒於京師官邸，葬於盧溝橋西南崔村之原，後返葬於榆林三岔河先墓，未有銘。其從子錦衣衛百户世椿介前錦衣衛千户劉翁武，奉狀以請。

按：紀氏本鳳陽蒙城人，其先有二翁者，國初以戎籍綏德衛，素精醫。子信，孫獻，代不廢業。君其曾孫也，諱温，宗直其字。生而魁岸，有風骨，老長奇之，曰：「當以文顯。」比成童，補弟子員。成化乙酉，舉陝西鄉貢，卒國子業。榆林衛在綏德西，地逼邊境，人鮮知學問。余肅敏公爲巡撫都御史，奏設衛學，官不時置，禮聘爲師。君規格嚴整，經指授者多底成立，而君屢詘禮部。親浸老，乃以壬寅就銓試，授吏部司務。尹恭簡公爲尚書，特見器許。弘治戊申，以外艱去。辛亥，改都察院。縉紳士無問識不識，皆知有紀司務名。癸丑，擢户部雲南司員外郎。甲寅，以内艱去。丁巳，改兵部武庫司，遷車駕司郎中。馬恭□公爲尚書，考上上，始被誥命，贈厥考如其官，母張氏爲宜人，封厥配郝氏爲宜人。壬戌，上疏請老，特陞太僕寺少卿致仕。至是，蓋有意居京師，未即行，數月而卒。

君敦重寡言笑，而綜理周密，事無鉅細，咸中條節。族黨窮乏，嫁娶喪葬有所需者，應之恐後。嘗謂榆林風土差厚，徙居之。見其西郭平衍，可種藝，而去水遠，相地形勢，傭工力，雜丁夫，鑿山通道，引紅石硤水而東，歲溉田若干頃，人至今德之不衰。居官謹畏，不避勞勩。在車駕，值邊馬告急，尤竭心力，其憂悴成疾，亦以此云。

君昆弟四人：長洤，贈神武後衛經歷；次濼，封中書舍人；次濂，知鹽山縣。君無子，以弟之子世禄爲後，及世科，皆入粟授指揮僉事。羣從弟子，若寧陽知縣洪、南樂知縣世相、太常寺丞世梁，及世椿，及分守右參將世楹輩，後先相望，延綏稱望族者莫加焉。女四：長適都指揮李鳳，次適都督王勳，次適國子生彭杲，次適兵科都給事中安金。孫一，文煬。君年五十九，以正統甲子七月十九日生，弘治壬戌八月二十七日卒，其返葬則甲戌十一月日也。銘曰：

教於鄉，振武以文兮；施於官，率惰以勤兮。矧有惠澤，於宗於鄰兮？宅厝於燕，返葬於秦兮。生有榮名，没可使無聞兮？後十五年，誌以斯文兮。

封奉政大夫通政使司右參議任君墓誌銘

封君姓任氏，本太原平遥大姓，譜逸，莫知所自出。國初有處士孝祚者，生子晶，世稱隱德。晶子義，歷知真寧、鞏二縣，以治行聞，是爲君父。

君諱惠，字有孚，實今通政司右通政良弼之父也。少敏慧，勤問學。真寧在鄉校，壹志肆業，不遑家務。時君年未弱冠，服食賓祭，皆極力營辦。及輟所習，曰：「不敢以我故累吾父也。」真寧遊國學，君孤身陸走京師，晨夕省視。二任皆侍行，饋養外，一無所預，邑人鮮得見其面者。其居喪，儉不廢禮，哀慕終身。嘗積穀至千石，成化間，值歲大侵，悉發以賑鄉人。弗能償者，輒折其券，及以急告，又周之。家用不給，亦不置意。業顧以就落，時輩或椰榆笑之曰：「胡不自爲地邪？」君弗答。性素剛直，人有曲直不相下，必據理折之。雖素號倔强者，亦帖服以去。或又疑其近訐，則曰：「我性固是。」蓋至老不變也。以良弼貴，始封□科給事中，階徵仕郎。再封今官，階奉直大夫。喜曰：「吾平生勤苦，僅以力養成父志，已絶意榮貴。爾乃能顯我若是，不啻足矣。」然未嘗以貴寵加人，惟寄興泉石詩酒間，自號宜樂，人因稱爲宜樂翁。良弼爲給事時，嘗監内庫，謂陳物朽爛，請會官稽覈，遞爲折放。及爲參議，會逆瑾扇虐，追論前事，誣爲糜費，與同事者俱下詔獄，謫戍遼東，家盡破。君未始色懟，曰：「非所自取，姑聽於天。」瑾既伏法，朝廷復良弼官，旋進通政。君又喜曰：「天固可信也。」乃爲樂如初。正德乙亥九月二十七日，終於正寢，其生在正統庚申九月二十一日，壽七十有六矣。

配張氏，早卒。繼范氏，贈宜人。再繼冀氏，封宜人。子八：良才，舉進士，知高郵州；其次良弼；又次良佐，長垣縣丞；又次良卿、良金、良玉；又次爲縣學生良璽、良翰。女一，適趙廷璽。孫男十六，女十三。曾孫三，女亦如之。是年十二月□日，葬君於縣城北□原祖塋之次。

良弼之舉禮部，予校其文，其爲翰林庶吉士，復奉詔授業，知其賢，聞其世德爲詳，故良弼奉狀請予銘墓。狀則春坊左中允劉舜卿所著，舜卿蓋其鄉人，尤可據信者也。銘曰：

隱不違親，子事乃終。愛而能誨，惟父教之功。始嗇而豐，暨厄復通。惟厥子之身，若在厥躬。孰其壽翁？是惟天道之公。

封成國夫人朱母胡氏墓誌銘

吾外姑朱太夫人胡氏，世爲常之武進人，故少保兼太子太傅禮部尚書忠安公諱瀠之長女，太子太傅成國公贈特進光禄大夫右柱國太師謚莊簡諱儀之元配，今太子太傅成國公輔之母也。

生而莊重，不妄言笑。忠安公暨母夫人張氏教以小學、列女諸書，通涉大義，旁覽傳記，類能終卷。平陰武愍王愼擇家婦，累歲不能決，聞胡氏女賢，躬造以請。忠安公亦聞莊簡公爲令器，許焉。比入門，中外交賀。越二年爲正統己巳，武愍王以太師從英宗睿皇帝北討逆虜，死土木之難。景泰□□，莊簡公始嗣公爵，封及其配。兩宫慶禮，太夫人皆預朝賀。痛舅蚤逝，事姑王夫人曲盡孝敬，終其身不衰。相夫盡禮，至躬執巾櫛。天順甲申，莊簡公奉憲宗純皇帝命守備南都，太夫人實從，内政齊肅，公事不撓。嘗以婚嫁再至京師。越三十三年爲弘治丙辰，莊簡公卒於官，太夫人以輔扶喪歸，葬於昌平北澤山世墓之次。自是不出庭户，惟與女弟陽武侯太夫人相還往，友義篤至。

輔既嗣爵，分領京營，每出，必詢所往。及奉孝宗敬皇帝命繼守南都，數貽書戒之曰：「爾父以安靖爲政，恩惠周浹。卒之日，兵民官士若失怙恃，此爾所親見。爾其奉國法，遵家訓，無驕無縱，庶後其無悔！」輔累請就養，太夫人倦於跋涉，不肯行。越十二年爲正德辛未，輔上疏乞歸奉朝請，以便母養。今上皇帝謂留務重大，不允所辭。再上，乃許。至則命提督三千營兵馬，掌中軍都督府事。太夫人安饗禄養，怡愉終日。顧性尚勤儉，自東平武烈王以來，四世公爵，家極貴盛，而敝衣疏食，與寒素不相遠。麾指臧獲，各有定職。歲時饗祀及賓客燕飲，必視品物；庖庫出納，必親封鑰；斗粟尺帛，不忍濫費。或請少息，不爲變。故世守清白，未嘗妄取，而俯仰交際，施用宏廣，不致缺乏，蓋治内之助爲多。乙亥十一月，忽遘痰疾，二十八日，終於正寢。上距生年爲宣德辛亥三月二十九日，壽八十五。訃聞，上賜棺槨一具、寶鏹二萬貫、米五十石，布匹亦如之。遣禮官諭祭，加常數三壇爲五。莊簡公已賜葬，至是，有司啓壙而祔，以丙子三月四日從事。

嗚呼！世之論女德者，必視所從爲貴賤。歷觀勳戚之家，稱宗婦，膺顯歸，篤生嫡嗣，世饗禄食，高年正命，偕老而同藏如太夫人者，指不能再屈也。

太夫人生二子：輔其長，娶隆平張侯祐之女，蚤卒，繼宋氏，南京金吾右衛千户輔之女，再娶於張之季女繼焉；次啓，慧而夭。女四：長適太子太傅魏國徐公傭；次適東陽，以特進光禄大夫左柱國少師兼太子太師吏部尚書華蓋殿大學士致仕；次適宣城伯衛壯勇公子瓚；次適正一嗣教真人張玄慶。今存者惟吾妻一人。孫四：長麟，錦衣衛指揮僉事，娶黔國沐公琨之女弟；次鳳，娶太子少保兵部尚書白恭敏公之孫，繼贈特進左柱國少師兼太子太師吏部尚書華蓋殿大學士徐文靖公之孫；次賢，尚幼；庶出者曰鸞。女孫二：長適提督三千營崇信伯費柱，庶出者適揚州衛千户孫江。

初，東陽再娶而亡。太夫人方在京師，以莊簡公意語其弟錦衣指揮𧝞。時先特進公辱厚莊簡，再承面約，辭以非偶。及聞此，曰：「天也。」禮成之後，東陽嘗以試事於南都。晚歲聚處，屢閲寒燠。造謁之際，太夫人非禮服不見。吾妻之封一品夫人也，太夫人喜曰：「莊簡公意固在此，今信然矣。」東陽今老且病，聞疾而省，及喪而哭，感念恩誼，曷能爲懷？輔在喪次，遣其子麟來徵銘，是惡忍弗銘？太夫人以夫貴，號曰成國夫人，太夫人云者，用致私稱，而標題篆蓋，皆從其實云。銘曰：

嚴嚴秩宗，儒素之風兮。桓桓上公，大國是封兮。奕奕元戎，禄養在躬兮。是曰三從，由初逮終兮。德言工容，亦靡弗同兮。惟福斯隆，惟壽斯崇兮。惟慶斯鍾，有感必通兮。有碑載穹，昭我管彤兮。

處士盧君墓表

蘇之吴縣有處士曰盧君，諱士誠，字惟明。其先昆山人也。曾祖允吉，國初爲青州府通判。祖彦實，遊吴之越來溪，愛其山水名勝，始徙居之。父本立，世業儒。

處士七歲失怙，哀慕如成人。母王氏誓死不嫁，孤煢相依。生産盡落，母躬織紝爲力食，艱苦萬狀。處士出就外傅，夜歸誦聲琅然，母聽而心悦，至忘其貧。處士稍長，治舉子業，顧體素孱弱，積劬成疾。母曰：「盧氏宗祀，惟爾是屬，盍往學醫？醫可已疾，亦因以濟物。何必求仕，然後爲門户地哉！」處士乃棄故習。學既成，疾用良已。持以療人，輒效。遇有貧窶，不責其報。而家亦浸裕，稍拓舊産，置常稔田若干畝。痛父違養，益勤母事，於是作奉萱之堂。太子太保都御史陳僖敏公素重處士，嘗館於家，爲之作記，吴中大夫士多爲之詩。有芝産於庭，人以爲孝感致。而處士樸直儉素，應事濟物，實多善行，孝特其大者耳。成化乙酉八月四日卒，年四十有五，葬桃花塢先墓。

配朱氏，吴江舊族，有賢行。子二：綱，字伯常；紀，字叔周。伯常以家學教授於鄉，敦謹不替，今封監察御史。子二：雍、襄。雍舉進士，爲御史，襄府學生。

處士之卒也，莫貢士旦爲狀，陳處士毓爲傳，雍間請予爲瑞芝堂銘，而未有表於墓者，復以請予。夫人隱德雍行弗用於世，非有賢子孫及鄉之名大夫士，則無以自見。漢史稱鄭當時知友皆大父行，而不著其名；柳子厚表其父墓，而歷紀先友名行甚悉。柳氏之顯終不若鄭也，然非子厚力表揚之，則其父之名遂泯亦未可知。記禮者以祖有善而不揚爲弗仁，揚之不實爲弗明。凡若此者，惟不揚不實是懼，故勤勤云爾。子孫之於世德，固不可與史法例論哉！盧處士抱藝服善，隱於丘園，不仕以没，再世而有聞孫舉甲科，官臺憲，世之所謂最顯者，用能徵文紀行，以彰不朽。若陳僖敏者，蓋吴中名宦，嘗爲之主，則其賢可知。且有主如是，則其朋從聚處之賢而貴者，宜多其人矣。歌詩之作，予未及見。墓之有表，亦史之遺法，不過略舉其概。御史君文學論議，以風化爲首務，大父之行，稔於見聞，先友之記，必自爲之，以益信於後。予姑表處士之族里名行，俾刻於石以傳。嗚呼，予言亦豈足爲處士傳哉！

福建興化知府潘公琴墓碑

鶴溪先生潘公，諱琴，字舜絃。年二十四舉鄉貢，在太學者十年，三十四登進士

第。歷南京吏部稽勳、主事，改兵部武庫，遷職方員外郎、郎中，擢福建興化知府，致仕以詔例進階亞中大夫。凡在官二十九年，家居三十八年，年九十而終。

潘氏譜傳爲唐望族，有諱忽者，自余杭徙青田，今分景寧縣，所居地名沐鶴溪，越若干世矣。曾祖諱亜，祖諱鈃。考諱沆，號善齋處士，以家教聞。母封安人。公生在永樂甲辰六月二十八日。幼警敏，蚤邃經學，尤博極史籍。爲文章，典則有古風致。性嚴重，不苟合。其舉鄉貢在正統丁卯，舉進士在天順丁丑，官南曹在辛巳以後，至成化辛卯，乃有興化之命〔一〕。建社學，毁淫祠，禁端陽競渡、元宵放燈舊俗。每以片言折獄，庭無留案。籍廢寺田，以贍公用。鉅細出納，皆有籍記可覆按。蓋我外舅蒙泉岳公先守是郡，執法行政，積怨成謗，竟致其官以去。繼者方以簡静獲譽，公實再繼，益大爲施設，不避權貴，人始嘩而終信。

自己亥致仕以來，口不道世事，足不至公室，惟教子姓及鄉後進，文學齒德，隱然爲東南重。雖逾耋耄，神采精健，不異少壯時。所著有竹軒稿七卷、詠史詩一卷。忽夢人贈以詩，曰：「吾將還造化矣。」會小疾，即移正寢，戒婦女無敢近，及晡而逝，則正德癸酉歲除日也。

公羣行悉備，尤敦孝友。創祠宇，修宗譜，辟祭田，修累世祖墓，自爲贊記。族子翰林編修時用今稱南屏先生者，公實子教，竟以學行被薦，大鳴於時。公之孫公嘗作壽藏於苞鳳山，遷先配陳安人及繼室李安人同葬，而虚右以俟。公之孫淮府典膳播及按以卒之明年甲戌九月壬午日窆焉。昔公嘗致書屬予銘其先封君及其子國子生實之墓。予締姻南屏，書問不絶。公壽自七十，每十歲，予皆賦詩寄賀，而後詩不及見矣。比播敍公年譜，南屏著行狀，謂非予莫可爲公銘者。予已老病，舊學荒落，不能模寫盛德，謹述其族里事行而重之以銘。銘曰：

彼言之嘐嘐，而行滔滔。求古於今，我心實勞。不鉤距以爲能，不門户以爲標。既寤世夢，亦解天弢。如公者何寥寥也！然而隱豹於山，鳴鶴於皋。道德内腴，文章外彪。我欲辭名，而名莫我逃。擬今於古，將不爲知止之疏、乘化之陶乎？

【校勘記】

〔一〕本篇自標題至「乃有興化之」原缺，據明焦竑國朝獻徵録補。

京衛武學訓導贈承德郎刑部主事陳君墓誌銘

武陵陳君爲京衛武學訓導，會其子洪謨以刑部主事三載考最，得棄官就封。將乞歸，忽疾作，卒於官署。洪謨乃具疏以請，上許之，贈承德郎刑部廣西司主事。蓋雖恒制，而以居憂乞贈，亦異恩也。洪謨奉翰林王編修思獻狀，介户部徐郎中良佐來徵銘。

按：陳氏世爲常德望族。曾祖春，雲南澂江府推官。祖維新，有隱德。考鏞，浙江海寧衛經歷。君諱良，字時佐。弱冠失怙，復值凶歲，奉其母孫，極力致養，甘旨不闕。爲武陵縣學生，按察副使嚴君淦督學政，器其才，升於府學，同學者多折輩行師事之。成化庚子，舉湖廣鄉試。甲辰，中禮部乙科，以母老，就拜四川開縣學教諭。開僻在山澤，俗粗獷不率，任儒師者類爲弛縱，諸生皆得以私服相往還。君嚴立條格，日具公服坐堂上，不衣巾者不與進見。經史奥義，必親講習，所業文或手爲删正。於是争感勵向學，應試之士數倍於舊，而未有舉者。九載，左遷常州武進訓導。未幾，以母喪去。服闋，始有武學之命。

其教士以韜略策藝，業舉子者，指授如平時。會詔舉學職有才行者，武學以君名上兵部，不果行。尤精校閲。其在武進，應聘考福建鄉試，間取一二佳卷，監臨者惑之，將棄弗録，君力争在列，既拆卷，果名士也。再考浙江鄉試，亦稱得人，人莫有訾議焉。

其教子嚴甚。洪謨自幼學至舉進士，未嘗就外傅。及爲刑官，尤極訓戒，俾以廉慎自勵。今洪謨進員外郎，有才名。易簀之際，猶諄諄遺去曰：「毋廢而職。」其嚴如此。

君儀觀豐碩，英氣内發，見人有不平事，輒面加折責，而怨尤不留於心。夙負幹局，志存濟用，既不顯施，顧以善教得殿考，回翔横校間，竟鬱鬱不振以没。識者皆謂其子曰：「其在兹矣。」所著有開縣誌行於世，西谷漫稿藏於家。

君生正統丙寅九月二日，卒於正德丙寅四月十二日，年六十一。次年十二月十五日，葬於長山坡之原。配王氏，封安人。子男三：洪謨，其長也；次洪範，榮府引禮官；洪道，亦習舉子。女一，適刑科給事中楊褫。孫男二，一德，一貫；女三。

銘曰：

身自爲教，由家逮官。官所教士，亦惟子然。惟古有教，刑則弼之。身弗及爲，子則述之。於其所教，還以爲報。曷其贈之？以勵爲孝。

敕封潘孺人趙氏墓誌銘

吾姻家南屏潘先生時用之配孺人趙氏之喪，其子厚衰絰詣予請銘。嗟乎！銘非予誰宜爲者？

初，南屏之父竹坡先生與吾外舅蒙泉岳公同在國學，爲祭酒李文忠公所甄奬，而先生獨不售，卒於京邸。時南屏生方數月。再越歲，母劉亦卒，鞠於外祖母。楊翁出入臺閣州郡，馳驅北南者二十年，比致仕家居，南屏以契家來見。翁握手悲慟，詢其學業，指壁間馬伯庸詩四律曰：「爲我和之。」南屏援筆立就，詞旨清激。翁驚喜曰：「學已至是乎！」又詢其未娶，曰：「吾有中表女趙氏者，故武官族，性明淑，習聞儒訓。吾意其非凡人婦，今以屬汝。」吾外姑宋孺人素所鍾愛，實贊成之。

南屏痛蚤失二親，孺人亦弗及饋養，翁意授匠者，圖先生像，晨夕饋奠，儼如生存。外祖楊及孺人母張後皆以老迎致奉養，比壽終，買地葬之。南屏攻苦力學，未嘗妄取。孺人佐以勤儉，至忘其貧。南屏名重中外，每試鄉闈，輒以病弗終事，天下共惜之，而孺人未始色懟，賓禮有加焉。比南屏以廷臣薦入翰林，累遷五經博士。吏部以其學優行潔，擬爲國子祭酒，弗果，命特陞爲編修。以兩宫徽號恩獲錫命，於是竹坡贈如其官，母爲孺人，孺人封亦如之。南屏官雖久次，操履益篤。撰次誥草，校勘圖籍，編纂史册，精鑒藻發，名價日益增。孺人既被冠服，不異荆布時。有子及姓，南屏教以書史，孺人訓以勤儉，於是俯仰粗給，而家範肅然。外內慶弔，情禮周浹，雖童孺子女，無弗達者。姻戚家咸取則焉。南屏之徒數十人，其達者多取科第，爲顯官，未仕者亦隱然爲士林重，皆母事孺人。暨卒，皆爲持服，至涕泣不忍釋。其賢如此。

潘氏本景寧舊族，自宋以後，代有聞人，世墓相望。南屏之從父興化知府鶴溪先生致仕歸，嘗一見孺人，比屢貽書南屏，欲其歸復故業。乃卜地於□之原，以正德□月□日葬。孺人生於正統乙丑五月六日，年六十有八。子一，厚，國子生，娶黄岡張知縣玉之女，早卒，繼裕州陸知州瓛之女。女二：長適忠義後衛指揮僉事徐濟，次適吾子兆先。孫一，餘慶，聘湖廣王參議藎之女。女孫三。吾子少爲南屏所器許，予又以義交，若必有待於婚姻者。禮娶之十年，吾子不禄。又五年，其女竟憂悴成疾以卒。其於內教，蓋亦有徵焉。惟孺人之喪，吾子及婦皆不及見，可哀也已。銘曰：

擇對爲誰？其梁伯鸞之清乎。伐柯爲誰？其范希文之明乎。隱以媲其德，而仕則成其名，天下孰不知有南屏也。匪孺人則賢，其誰使我銘乎？

李東陽全集卷一二二

懷麓堂文續稿卷之十一

墓碑　神道碑　碑傳七首

明故河東陝西都轉運使致仕進階中大夫張君墓碑銘

商河張氏，故宦族。五世祖世榮，仕元爲散騎常侍，避亂商河，因家焉。考諱紳，以明經舉，累官知均州，階朝列大夫，致仕贈中憲大夫。母王氏，封太恭人。

君諱咨，字廷臣。少時，日記數千言。天順己卯，舉山東鄉貢。成化辛卯，知光州。光人有知商河者，聞君至，出迓百里外。君素悉其人，一見後，不復與通。分巡某僉事屬爲故人營私第，君曰：「傷民財力而以媚人，吾弗忍也。」或匿人器物，爲所訟，官捕之急，乃撲殺其妻以誣捕者。君紿其繼母曰：「何爲殺汝婦？」其母惶駭吐實。其他隨事剖決，庭無留案。丁外艱。丙申服闋，改涿州。抑强植弱，躬審户籍，徭役用平。歲發官庫貸民，薄收其息，以助逋賦。汪太監直以大軍出，供億繁重，民恃以不擾。梁太監芳奉旨往建東嶽廟，欲得君董役，因以役州人。君却以正義，梁怒而去，人皆危君，竟亦無所害。有霸州人商於涿，被誣爲盜，君辯釋之，其人畫像祝於家。甲辰，擢知衛輝府。連歲大侵，人相食。君百計賑恤，又爲粥以食流民，所活甚衆。後道保定，有數十人羅拜馬首，問之，乃前年食粥者。曰：「我輩非公，死久矣。」因隨行數里，戀戀不忍釋。弘治戊申，大疫，死者相藉，君度城東隙地，爲義冢瘞之。城西北瀕衛水，恒苦河患，君於城南鑿支河，水勢始殺。尋丁内艱。癸丑，改九江。會藩王之國，所過設行幄，皆被錦綺。君止用竹簞繒布，省費十六七。己未，遷河東都轉運使。解池鹽遇雨輒壞，君先期給食貧者，俾以時應役，得鹽數倍，盡補逋課；又以羨餘市馬數千匹，以給邊卒：人稱其才。壬戌，上疏乞致仕以去。蓋自筮仕至是三十年，凡五命，皆專官獨任，故志得意遂，所至著聲績，爲部使所旌，獲錫誥命。又以子貴，進階中大夫，顯於厥世。

其居家孝謹，在光時，嘗迎父養。與兄順德府同知尋、弟曲陽縣知縣吉、從弟階州同知奇相友愛，且教二弟於成。公暇，亦集諸生講解經義。尤嚴家訓，諸子未仕，戒不服羅綺。及其身貴時，亦未見其華侈逾度也。生正統丙辰六月十七日，卒於正德辛未三月二十六日，壽七十六。明年□月□日，葬城南祖塋之次。

娶麟遊甄氏，工部侍郎儀之孫，賢而早卒，贈恭人。繼臨邑趙氏，貴州參政簡之孫。少聞家庭讀通鑑，輒能暗記。歸張時，君始得舉。事祖舅及舅姑，恪舉内職。婚嫁賓祀，必親經治。鄉居嘗值歉歲，所積俸入，施及同族。教子勤儉，以織紝帥誦讀，至老不廢。諸娣羣婦，皆以爲得女帥焉。生正統庚申十月三日，卒於正德乙亥十二月二十七日，得壽如君之數。甄恭人惟一女，適□。淑人生子三：長九思，例授七品階；次九敍，舉進士，累官户科左給事中；次九霄，舉貢士。孫二：長坤，縣學生；次在。女孫三，長聘鹽山縣學生劉炤。曾孫女一。

君之葬，九敍徵少師石齋楊公爲銘。比再入諫垣，實迎母養，再逾年而淑人卒。九敍將歸合葬，以墓碑請。初，九敍爲楊公禮部所校，以文行簡入翰林爲庶吉士，予稔知其賢。乃稽諸銘誌，紀君名行，且按給事中黄君狀，以母德附焉。銘曰：

張世儒業，散於方州。義教有方，民事是優。君所歷試，兩州二府。厥職既專，厥施斯普。政有難易，實惟其時。民之寒饑，我食我衣。矧惟病瘥，骼胔盈地？我十其勞，民百其利。官有鹺務，惟食之端。我固民牧，惟民之安。古亦有云，先難乃逸。斂而歸之，我願終畢。惟士有事，在國與民。家有令子，國有諫臣。諫臣峨峨，實重言責。惟政失得，亦民休戚。君惠在民，君慶在家。君世其昌，吾銘匪誇。

明故贈資政大夫禮部尚書劉公神道碑銘

重慶劉公諱剛，字弘毅。仕不顯。其子封學士君規嘗爲御史，當推封，亦不果。卒後二十年，其孫春爲禮部尚書，始獲錫命，則異數也。公之葬，前學士江公東之爲銘，今少傅王公濟之爲表。及贈至二品，制得樹碑神道，禮部君方以母喪歸，因備儀物飾兆域，自述事狀請予銘。予嘗銘學士君，上溯先代出興國，予爲同省，其無所與讓。

按：劉氏遠有世德，祖諱昇，丹陽縣丞。考諱克明，隱於鄉。公性沉毅，居家孝友。少從祖於官，誦讀經史，能吟詠，尤工楷法。鄉人争延爲塾師，多所造就。正統間，郡邑强辟爲從事，非其好也。在公勤恕，不事舞法。知縣田春者，亦能官，折節遇之，試入優等。比祖妣及考皆年老，懼弗逮養，例請降級，得台州赤城驛丞。知府阮君勤治尚清謹，獨愛公，令攝縣事。再莅臨海，恩威並著，真授者殆不及。

成化辛卯，學士君爲縣，公手列居官數事戒之，因乞致仕以去，蓋所謂仕不顯者如此。學士君歷餘姚、麻城，以治行徵入内臺。出按山東，有所舉劾，以詿誤左遷。時未滿初考，蓋所謂不果封者如此。禮部既及第入翰林，以學行論議歷編修，至學士，封止父母。及爲尚書，亦未滿考，會朝廷推恩，大臣二品以上預給誥命。時禮部在喪次，特予之。於是公及學士君皆贈資政大夫禮部尚書，蓋所謂異數者如此。

公配楊氏，同邑望族，慈惠賢淑，與公合德，贈夫人。惟學士君一子。女四，適黄庚爵、周易、段霞、柳裕。孫五：相，封户部主事；次即禮部君；次臺，雲南左參政；次耆，縣學生；次英。孫女六，適鄉貢士盧尚鎬、國子生胡繼、陳嘉事、徐□、傅良弼，一未行。曾孫九：鶴年，兵部郎中；彭年，户部主事；太年，縣學生；次嘉年、延年、光祖、繼祖、永年、長年。曾孫女六，適縣學生蔣弘仁，鄉貢士聶夢麟，指揮使蕭槦、徐鋭，縣學生魏實，一許嫁江郎中子。玄孫三：起宗、起元、起東。玄孫女三，皆幼。

公生永樂丙申□月□日，卒於成化甲午六月一日，年五十有九。楊夫人生永樂乙未，卒弘治丙辰，年八十二。合葬於梁相村之原。自學士君及禮部，及參政，及兵、户二郎官，皆繼舉進士，而來者尚未可量。公以一身傳及奕世，名爵輝焕，曾玄藩衍，蔚然爲鉅家貴族，固善慶所積，自貽厥祥，而天之報公，足償所負矣。此前予銘所未悉者，因備書之，以著一門之盛云。銘曰：

躬弗終仕，仕必累世。子弗逮封，封必秩宗。胡爾落落，而乃焯焯？屈則爲蠖，舉則爲鶚。桃李之茂，松柏之壽。孰華而暫？孰大以久？物理固然，於人則有。惟祖暨孫，其初一身。我弗自取，以遺後人。惟子是父，惟孫是祖。國有名籍，家有乘譜。綸綍之榮，實倍圭組。亦有銘詩，永耀終古。

明故太子太保鎮遠侯謚襄恪顧公神道碑銘

昔在弘治庚申，孝宗方注意邊務，京營將臣皆悚栗辭免。上御平臺，宣内閣臣造膝咨問，面賜簡擇。尤慎團營之選，因出廷薦姓名，指鎮遠侯顧溥曰：「何如？」皆應曰：「聖諭甚當。」再問，臣東陽對曰：「溥在湖廣誠佳，又新有貴州功，無以易此。」上乃視手敕草，親灑宸翰，付兵部驛召至京師，一時輿論稱爲得人。越五年而侯卒。嗚呼，惜哉！

侯字宗泰。先世自長沙湘潭徙揚之江都。高祖諱成，從太祖定天下，累功擢後軍都督府右都督。及從太宗靖内難，授奉天翊運推誠宣力武臣特進榮禄大夫柱國鎮遠侯，仍前都督事，贈夏國公，謚武毅。曾祖諱統，普定衛指揮使，不及賜，贈鎮遠侯。祖諱興祖，嗣侯爵，鎮貴州，掌右軍都督府事，領南京留務。伯父諱翰，早卒。其子嗣，卒，無子。考諱玘，亦早卒。

侯以成化癸巳嗣爵，時年方十有三，憲宗特命朔望朝謁。尋以例與公侯伯幼少者入國學肄業，因涉獵經史，尤精韜略，習楷法。間持節册肅、唐二王及城休王妃，又承敕祭葬遼王。久之，用薦掌五軍右掖。弘治戊申，孝宗親耕籍田，充三公行五推禮。又以登極事往告岷王。己酉，始有湖廣之命，佩平蠻將軍印以行。政令簡肅，官屬才俊，薦拔幾百人，黜不職者，稱是。諸衛歲給柴薪及軍從錢，悉拒弗納。桑植安撫司土官殘虐苗人，夥之奪其印以逃。侯督兵捕得首惡，或諷令盡殲其党，侯曰：「苗爲貪官所激，非叛也。」具首從法上，活五百餘人。貴州苗僞都順王號，滇蜀道梗，侯受命統諸路兵十萬討之。先正紀律，戒部曲侵掠。比至境，覘知逆順雜處，檄不從亂者毋得驚擾，由是四百餘寨皆獲保全。有邏者報云：「路險寇衆，不利速攻。」諸將頗惑。侯厲聲曰：「今王師大集，勢且百倍，何疑之有？」即授方略，分爲五路，自帥精兵，由間道刻期並進。賊駭愕奔潰，生擒僞王妻子及諸僞官，斬首百千餘級，招還流徙五千餘户，修復爛土長官司，奏創都勻府二州一縣，境内悉平。上降敕奬勵，詔班師還鎮。論功加太子太保，增歲禄二百石，特賜誥命，加贈三代祖考。曾祖妣俞、祖妣王，及其配林，繼沈，皆鎮遠侯夫人，加封嫡母韓爲太夫人。嘗乞解兵柄，疏三上。及被詔，又辭，優詔弗許。去鎮之日，文臣武士，下及兵民，皆戀戀不忍釋。及督團營兼三千營，掌前軍都督府事，益持重守法。與中貴臣閲視諸營，内外官簡選軍士，及督工修繕禁門、城垣、社稷壇，事皆集。以母喪乞假歸葬，上命其弟錦衣衛千户淵代之行。自出鎮至是，被賜白金、文綺、寶鏹、佩刀、蟒衣、珍饌諸物，不可勝計。癸亥，有疽發於背，上命御醫診視，遣中官備物臨問。六月十四日訃聞，上震悼，輟視朝一日，遣官諭祭者十有五，給賻米百石、布百匹，令有司具棺槨，治葬事，賜謚襄恪，給驛歸其喪。歲未盡三日，葬揚城南笊籬灣夏國公墓次。侯生天順辛巳三月十七日，年止四十有三。

林夫人，南京錦衣衛指揮斌之女。沈夫人，修武伯煜之女。再繼徐，今太子大傅魏國公俌之女。又繼毛，伏羌伯鋭之女。子五：長仕隆，嗣鎮遠侯，今充漕運總兵官，清慎有家法；仕榮，側室史出；仕昌、仕忠、仕奇，石出。女一，聘會昌孫侯銘冢嗣暠。

侯純雅簡言笑，厚倫重義。居官莅下，寬嚴相濟。處家儉樸，雖都重位，囊無餘貲，英國張公懋爲率布帛，以供斂事。此張公所親語者。因相與歎羡，以爲不可及。譽聞方隆而勳業未究，獨非命哉！

仕隆奉□□按察副使汪君獲麟狀，請銘神道之石。予嘗銘先侯，考其世族爲詳，又知侯賢悉矣，乃爲銘。銘曰：

惟南有藩，大帥攸屬。公當其衝，羣士咸服。内撫湖湘，外征貴竹。捷書上聞，功宗是録。京營重務，責在元戎。侯握其柄，萬夫之雄。下協輿論，上簡帝衷。材望茂著，功名始終。惟侯之先，運際龍虎。門旌閥閲，世錫茅土。惟侯之生，不武而儒。其言恂恂，其行於於。惟侯之卒，不豐以約。室幾懸磬，藏至傾橐。性實天成，匪惟習然。孰謂虧盈，不由彼天？侯葬有阡，侯碑有鐫。太史有銘，永世其傳。

錦衣葉氏世墓碑

錦衣葉公大用嘗欲屬予銘其世墓，既寢疾，謂其子蕃曰：「吾所以不即請者，欲躬拜於門。今病且殆，即不諱，汝其終吾志。不然，吾且弗瞑。」大用卒，蕃請銘父墓。既闋服，乃告予曰：「蕃所不即告者，急吾父也。顧治命不可忘，吾父之於祖若父，猶蕃之於父也。」予與葉故通家，於大用父子雅相知厚，聞而感之，乃按蕃所述事狀爲銘。

葉氏先世自處之景寧隸籍錦衣衛，累功爲總旗。大用之祖諱景殷，實繼世役。爲人樸厚，不事浮靡，勤於公務。其行遠，不能詳，大抵長厚人也。娶某氏，治家睦親，綽有令範。皆以壽終。考諱震，繼役。性孝謹，每歸自公署，必侯母容色：喜則怡然終日；小不悦，必曲致愉婉，務求其歡。接人恭遜，廓然有容。而家政甚肅，教子讀誦，親爲程課，比長，猶不廢鞭樸。正統己巳，從征北虜，被創歸，卒於家。娶范氏，爲今錦衣指揮同知瑄之姑。孤介寡言笑，年三十而寡。勤儉自守，其教子嚴如其父。亦以壽終。

大用諱廣，既繼役，輒自樹立。預東廠緝訪事，起家爲百户。歷掌鎮撫司詔獄，屢奉敕旨勘獄藩省，禽近郊叛賊，累功遷至都指揮使，掌衛事，加禄一品。廉公有威，終始不懈。譽望隆重，禮於公卿，下逮官屬，皆傾仰畏服。視用舍爲輕重，中罹變故，極力旋斡，竟不失節概，以功名終。今天子念其舊勞，特賜葬祭，贈榮禄大夫右軍都督府都督同知。其祖若父皆先以其官贈驃騎將軍都指揮使，祖母及母皆贈夫人。配張氏，封夫人，後二年乃卒，合葬於都城南七里鋪之原，蓋所謂世墓者。

葉之先雖未仕，所處地皆通要，能福禍人，而務從寬厚，不爲苛刻。陰惠陰德，蓋有不及知者。大用既顯，其能福禍生死人者尤大，而勳德所披，日以益盛。則其光前人，裕後裔，駸駸未已者固宜。今其子蕃嗣爲指揮僉事，總象房事，以清謹世其家。蘭爲武學生，早卒。蓁亦爲武學生。孫鳳儀，以戎功累官錦衣都指揮僉事，守備山海關，有能聲。次鳳鳴、鳳翔、鳳歧、鳳來。曾孫應麒、應麟。女一，女孫二，皆適名族。論者謂其族系之盛，皆大用所被，而未始自有，每以歸之前人。稽德考行，誠亦有不可泯者，是用闡其幽潛，以爲世勸。若大用及張夫人之履歷性行，已著於銘誌，不復備録，庶有以互見云。銘曰：

葉出東越，遠有胤系。來居國都，葬者三世。義有往役，禄有代耕。有鬱必發，靡虧弗盈。維都督公，載崛而起。爲國爪牙，以衛天子。糾察姦慝，誅鋤暴强。莅事惟能，折獄惟良。人曰葉氏，是子是父。遡流徂源，亦既有祖。生有渥寵，没有恤恩。榮名焕章，以賁九原。鬱鬱佳城，累累古墓。穹碑峨峨，下有行路。

重修通州新城碑

今順天府之通州，在國初爲北平布政司之屬郡，舊有城。自太宗文皇帝定都以來，肇立京府，並置州衛。東南漕運，歲入四百萬石，析十之四貯於州城。既久且富，乃於城西門外因城爲西南二倉。景泰間，以虜警復築城七里有奇，環而翼之，是爲新城。時屬倉促，規制未備，高止丈餘，視舊城不及其半。比年磚石剥落，外内出入，可登而越也。

正德辛未，流賊爲患，都察院右副都御史李君貢巡撫其地，深以爲憂，引水而環之三周。已乃詢諸有司，圖所以御災捍患者，上疏言：「天下之治，與其有事而憂，孰若先事而慮？今番上京軍有數千衆，方留戍守，宜以其隙，計工修築。工部分司有廢磚數十萬，宜藉以供用。」上命户部左侍郎邵君寶、兵部左侍郎李君昂、工部右侍郎夏君浩，率諸僚屬往相其役，悉如所議。君又留罪人所贖金錢爲百凡費。因新城舊基增築五尺，其外爲磚，内實以土。復爲垛牆六尺有咫，而長廣皆如其數。又爲敵臺六，西南爲甕城，重門懸橋，皆舊所未有。其爲役皆分番迭作，人樂趍事，不數月而成焉。於是知州楊浚、州學正洪異等謂兹役之重，不可無述，介吾妻之從子岳序班梁以請於予。

予惟：天下之計，不外於兵民。兵與民所賴以生者，必資乎食，兹役也，皆有賴焉。若所謂先事而備，則李君固言之，即唐李絳所以告其君者也。顧狃於安逸者恒以爲不足爲，迫於優患者又有所不及。今盜賊芟刈略盡，遠邇諸司謂已宴安，不復置慮。而李君方矻矻不暇，議者猶或以多事爲疑，亦獨何哉！予感其事，因敍其始末，爲方來者勸，俾以羨財餘力，益增而高焉，其爲補豈小哉？是役也，巡按御史陳君祥、巡倉御史詹君某實協其謀。董其事者，則分守都指揮黄璽、指揮陶寧及知州淩，分領其役，則指揮周璿、曹淳、陳輅等十餘人。告成之日，淩已遷□□府同知，異擢□□知縣，李君亦以治行召入爲兵部右侍郎，且致仕去矣。繫之詩曰：

文皇建都，治必南向。有州曰通，作我東障。高城巍峨，有兵有民。漕河北來，餉粟雲屯。儲盈庾增，新城是築。有工弗終，高及其腹。月傾歲頹，寖不及前，窺覘之患，孰防未然？屹屹臺臣，出治斯土。遭時多虞，實備羣侮。陳謨在廷，惟皇聖明。乃集輿議，乃觀地形。營兵如林，時屬戍守。且練且修，工弗外取。倉有積粟，鍰有贖囚。有納有出，財弗外求。因城爲高，幾倍其半。其周七里，環彼三面。望之巖巖，陟之巉巉。河流在陽，其水潭潭。前有連城，後有埤壤。越百餘年，既崇且廣。古亦有言，安不忘危。惟臺有臣，爲藩爲維。金湯高深，同彼帶礪。守在四方，傳於萬世。

孟氏三節婦傳

山西澤州之孟氏有三節婦者。處士誠娶於宋氏，生子泰，甫七歲而處士卒，遺囑曰：「善撫孤兒，以承宗祀。」宋泣曰：「吾委質於君，誓不二志，庶他日有以見君於地下。」時年二十有五，家無留資，紡績自給。泰既長，娶於王氏，性剛烈，母族自兄妹以下皆敬且憚之。事姑謹甚。生子鑒，甫五歲而泰卒。時王氏二十有三，姑婦紡績，相倚爲命。父母欲奪其志，使戚黨婉辭諷之。王艴然怒曰：「山河可移，我志不可移也。且吾姑爲孟氏節婦，吾獨不能爲邪？」鑒既長，娶於牛氏，事姑如其姑。奉祀尤謹，祭物必躬治，未祭不敢嘗。生一女及三子彪、景、欽而寡，時年二十有八。家食寖廣，日夕共女事，且加勤焉。母兄愍其貧，時爲助恤，弗給，則微示以意。牛厲聲曰：「生爲孟家婦，死爲孟家鬼，吾祖姑及姑嘗爲之矣，安能效世俗狗彘之行爲先人羞乎？」雖與舅氏鄰比，數十年不至其門。正統己巳之變，里人驚竄滿山谷，諸子皆幼，莫知所之。牛曰：「我寡婦，不可離此地，不幸而遇賊，則有死耳。」竟亦無他。及彪輩皆成立，家日以益盛。鄉人謂孟氏有三節婦。

三節婦者，皆壽逾七十，族葬禮祀，比於生存，亦略稱矣。彪用子春貴，累贈太僕寺少卿。春以賢能累官都察院右僉都御史，巡撫宣府。子陽舉鄉貢士，階亦治舉子業。春自述事狀，介禮部員外郎喬生宗，請爲傳藏於家。

太史氏曰：節義之在天下，激於倉卒者易，而持於恒久者難。慷慨殺身，從容就義，古有是言矣。夫以一人之身，壯老蚤暮，已不能保於不替，况人各有心，父不能以教其子，兄不能以教其弟，雖以師傅之訓戒，官府之法律，亦不能强其必從。今以婦女之質，歷少老，更前後，閱三世而同一節，豈非天下之至難哉！使有一焉弗終，則其胤嗣已不能續，其他抑又何說？說者以虧盈損益之數盡歸之天，豈理也哉！故君子責成於己而聽命於天。天下之性一也，使人人各盡其性，則節之在天下莫不皆然，獨三婦哉？惟其難，斯不能不有待乎教者，予故表之，以爲世勸。

毛氏兩節婦傳

毛從讓，順天府良鄉縣人，妻劉氏。國朝洪武間，隨征雲南，克平其地，詔留戍。時從讓有妹，贅牛姓，同與移家。

未幾，從讓卒，劉年二十四歲，有子義，尚幼，而以牛代其役。劉刻志撫孤，誓無他意。義長，娶魏氏，生子瑀。甫周歲，義卒，魏年僅十八歲。或以魏少難於劉，劉察其亦無他也。魏聞而歎曰：「吾姑不負吾舅而守吾夫，吾獨忍負吾姑邪！」由是，人無敢再言者。一日，牛見瑀少長，顧其家指頗繁裕，慮瑀分所有，欲還其役而自立。劉從之。聞者喧然，以牛負義，或教瑀以家資訟之。瑀歸告劉，劉曰：「吾與汝祖萬里從戍，微牛，誰肯與俱？比破家而來，有何資畜？今可執以誣人邪？」告魏，魏曰：「吾守汝，爲存毛氏耳。今若此，是汝爲不義，吾空守汝矣。」瑀遂止。

劉性素剛烈，待人不少借，魏事之謹甚，至老不怠。二母例俱應旌表門閭，瑀以無力，不克舉，然皆享高壽而没。

瑀娶曾氏，生子三人，孫十一人。長玉，中弘治乙丑進士，任南京吏科給事中，風力自任，士論重之，雲南稱毛氏爲右族云。

太史氏曰：易善從一，詩詠柏舟。婦人守義終天，固其所難；至於繼世同芳，爲尤難也。當從讓之没，遠在客鄉，牛既代其役，觀其見瑀少長，即欲自立，則其心之不利於毛也明矣。煢煢孤嫠，反寄人手，剛柔之際，少有所偏，鮮能無失，劉之遇變，可謂善處。魏雖上有所承，笄年未及而能事姑守子，尚志堅貞，求之中人，亦云罕見。至於家資之訟，不忍誣牛，不義之戒，冀存毛氏，二母之見異，指同歸。雖生存之日不及旌典，卒之家指之繁，不啻牛氏。而玉之登甲科，列禁垣，聲華振耀，於前有光，顯榮上及，方進未已，豈可謂無所本也邪？

李東陽全集卷一二三

懷麓堂文續稿卷之十二

題跋十八首

題九歌圖卷後

右九歌圖一卷，今宗伯閣學靳君充道得之，相傳爲龍眠所作。觀其形狀情態，出神入鬼，似得楚大夫託物寓言之意，要知非近時人筆也。每扁原文皆有小篆繫於其後，雖未必工，亦自不俗。予非能畫者，既題其前，復識數語於末。若夫賞鑒之家，以俟君子。

題宋元遺墨卷後

户部尚書九峰孫君得宋元遺墨一卷，中間如歐陽文忠小簡，及趙文敏十七帖、浣化詩，鄭元祐小瀛洲記，吴全節白雲觀詩，皆真迹。宋諸陵書類多代筆，不能悉辯，併與知者評之。

題馬遠山水卷後

馬遠畫山水，筆勢高簡，迥出蹊徑。至其體物取象，細入毫末，世以爲難。後來贋本頗多，大抵簡者可學，細者不可學也。今觀少陵詩意，亦自可見。邃庵太宰公得此圖，間與同玩，因題其後。

書慈谿姚氏遺文後

右宋神童姚正子賀黄東發登鄉科啓、東發賀正子作解元啓，及墓誌銘，正子家彙而藏之。其裔孫袁州知府汀，屬其族叔鄉貢士上京師，請予識之。

姚與黄皆寧波慈谿舊族。正子始名端禮，後改名夢午，以字行。東發名震，門人私謚爲文潔先生者。同事科目，相友善。東發先舉於鄉，正子以啓致賀。及其舉也，東發亦如之。其體裁事例，蓋當時所尚也。正子自九歲較藝，人稱爲神童，年四十六始獲一舉，四十九而卒，藏於家者無他文焉。今東發文集已梓行，而啓與銘皆不載，於是知先進遺文之傳於世亦難矣。正子之賀東發，有「望子久矣，如己得之」之語。後東發累仕有聲績，見宋史儒林傳。東發誌正子，則稱其考訂義理，知所向方，練達有用，至以賈、董期之，而惜其不少見以死。蓋隱然有王、貢、雷、陳之風焉。宋之以神童稱，而功名始終表著於世如楊億、晏殊者，殆不多見。誌又稱正子以儒學起家，子及弟皆薦名禮部，開先昌後，有未央者。歷元至今凡若干年，而舉進士、鄉貢爲儒官者，累數十人，東南之族，於斯爲盛。所謂晏與楊者，又不知其世何如也。

汀與其族叔福建按察僉事鏌，皆予禮部所舉士，以辭藝治行聞於時。故予既爲按察記其所謂植本堂者，而於袁州此卷，亦不得而辭云。

習隱詩卷前後題

久居仕籍，年過無聞。謬登禁垣，曠職思咎。瞻慕林壑，邈焉興懷。撫事觸景，因詩言志。由秋及夏，歲序聿周。總二十章，名曰習隱。閒取而詠之，使中有豫定，待時而動，不至終於湛溺，約諸情性，未必無補。若謂先行後從，義有未合，知我罪我，皆不得而辭焉。弘治戊午六月望日。

右習隱詩，嘗自書一卷，旋爲孫九峰借而不返。雖每嬰懷抱，而未遂歸休，以口語心，恒恐溘先朝露，終無以自白者。倏忽十五六年，始獲初志。偶檢舊草，爲之憮然。古稱難進易退，非惟義所當然，揆諸事勢，亦有然者。寧獨知數十疏之多、數千百言之煩，且數語急氣盡，數窮理極，必至於此而後遂哉！予方愧且幸之不暇，而今而後，不敢以形迹概天下士矣。因重録此詩，以識吾過。正德癸酉七月七日。

跋虞道園遺墨卷

右虞文靖公手書募榜一通，四六精切，點畫清健，蓋真迹也。按道園學古録詩序云：「五月二十五日，侍奎章閣。上問治亭故址，曰：『新松當長茂矣。』侍臣曰：『松蓋玄妙主持趙虚一所種也。』因爲詩贈趙，有『爲報仙都趙貞士，新松好護萬年青』之句。上又曰：『觀已賜爲宫。』公對曰：『已奉旨題額賜之矣。」此卷稱至順二年六月，及文宗年號，蓋文宗爲諸王時，以謗爲仁宗逐置嶺表，後爲泰定帝移置金陵，蓋治亭爲淵潛遊憩之地，宜其眷戀如此。所謂元興永壽宮者，蓋所賜名，而所謂芝篆垂芒者，則公所題榜也。後書募緣趙嗣祺，意即賜號貞一者邪？

此事固不足深論，但前輩文獻，不可多得，撫卷三復，爲之慨然。因爲李夢弼中允題此，以俟後之識者，不知作何等觀也。

書馬遠畫少陵詩意卷後

予同年進士豐城袁鎬宗周未第時，嘗夢一官府廳事大書此詩。既舉禮部，有人解之曰：是科癸未春試，厄於回禄，甲辰春乃克殿試，所謂兩黄鸝者也。其年在英廟大喪，禮率從簡，廷對之日，皆用烏巾素服，所謂青天白鷺者也。蘇州陸鼎儀爲會元時尚報吴姓，所謂門泊東吴者也。惟第三句不省何説，以爲義止於此，然亦足矣。及除大理右評事，上任之日，見右寺燕室紙障此詩，宛若夢中所見，不知爲何歲何人筆也。因歎夫人生出處，自有定數若此夢者，既驗而後解。然則，奚以夢爲哉？偶觀此圖，謾記舊事，以資好事者一噱云耳。

七十二候圖跋

凡一歲三百六旬六日，分爲四時十二月。月有節氣，有中氣，共爲氣二十有四。月有六候，共爲候七十有二。今大統曆所載是也。

蓋自堯命羲和治曆明時，時分地析。自晷刻星宿以及民物，皆極考驗，以謹於來歲。於歲之差，又置爲閏法以平之。及周以後，其文寖備。久而不得其詳，秦呂不韋采摭舊聞，以爲月令。漢儒傳之，載在禮記。若淮南子、白虎通所録，小異而大同。歷代之曆，莫之有改。羣書小説，往往及之。而草木鳥獸之名，間有迷誤，如所謂王瓜生者。

國朝永樂間，進士鹿邑李泰纂爲氣候集解，頗爲詳悉。比有繪而爲圖，以便觀覽者。今太傅兼太子太傅新寧伯譚西元助仿而爲之，彙次成帙。公好古博識，爲國三公，文侍經幄，武總戎務，老成諳練，深憂遠計，亦於此乎見之。間以視予，因題其後。

書邢氏手澤後

刑科給事中邢君伯輿家藏厥考憲副文甫君遺墨一卷，蓋憲副君爲御史按浙蕃時聯句倡和詩簡，皆手所自書，間有塗竄及未終篇者。

憲副舉成化丁未進士，尚風裁，精法律，激揚之暇，不廢吟詠，而詞翰清拔，脱塵離俗又如此。伯輿舉正德戊辰進士，歷南北諫垣，文采論議，綽有父風。吾湖湘山川橋梓之盛如邢氏者，指不可多屈也。禮稱：「父没而不能讀父之書，手澤存焉爾。」又曰：「思其笑語，思其志意，思其所樂嗜。」蓋於不忍之中有不能忘之義。苟爲不思，則所謂手澤者，皆置之無所用之地矣。伯輿之孝，雖殘簡斷簡，猶不忍棄，而況親得於趨庭面命之餘者乎？

卷末有少傅守溪王公御虜疏，亦憲副手録，殆亦文辭言論有足以相發者乎？伯輿出以示予，曰：「請爲寰識之。」因贅數語於後。

清明上河圖後記

右清明上河圖一卷，宋翰林畫史東武張擇端所作。上河云者，蓋其時俗所尚，若今之上冢然，故其盛如此也。

圖高不滿尺，長二丈有奇。人形不能寸，小者才一二分。他物稱是，自遠而近，自略而詳，自郊野以及城市。山則巍然而高，隤然而卑，窪然而空。水則澹然而平，淵然而深，迤然而長引，突然而湍激。樹則槎然枯，鬱然秀，翹然而高，蓊然莫知其所窮。人物則官士、農賈、醫卜、僧道、胥隸、篙師、纜夫、婦女、臧獲之行者，坐者，問者，答者，授者，受者，呼者，應者，騎而馳者，負者，戴者，抱而攜者，導而前呵者，執斧鋸者，操畚鍤者，持杯罌者，袒而風者，困而睡者，倦而欠伸者，乘轎褰簾以窺者。又有以板爲輿，無輪箱而陸曳者。有牽重舟，溯急流，極力寸進，圜橋匝岸，駐足而旁觀，皆若交歡助叫，百口而同聲者。驢騾馬牛橐駝之屬，則或馱，或載，或卧，或息，或飲，或秣，或就囊齕草首入囊半者。屋宇則官府之衙、市廛之居、村野之莊、寺觀之廬，門窗屏障籬壁之制，間見層出。店肆所鬻，則若酒，若饌，若香，若藥，若雜貨百物。皆有題扁名氏，字畫纖細，幾至不可辯識。所謂人與物者，其多至不可指數；而筆勢簡勁，意態生動，隱見之殊形，向背之相準，不見其錯誤改竄之迹，殆杜少陵所謂毫髮無遺憾者。非蚤作夜思，日累歲積不能到，其亦可謂難已。

此畫當作於宣、政以前豐亨豫大之世，卷首有「祐陵瘦筋」五字簽及雙龍小印，而畫譜不載。金大定間燕山張著有跋，據向氏書畫記，謂與西湖爭標圖俱選入神品。既歸元秘府，至正間，爲裝池官匠以似本易去，售於貴官某氏。某守真定，主藏者復私之，鬻於武林陳彦廉氏。陳有急，又聞守且歸，懼不能守，西昌楊準以重價購之，而具述其故云爾。後又爲静山周氏所得，吾族祖雲陽先生爲跋其後。又有「藍氏珍玩」、「吴氏家藏」諸印，皆無邑里名字。不知何年復入京師，予始見於大理卿朱文徵家，爲賦長句。後爲少師徐文靖公所藏。公未屬纊，謂雲陽手澤所在，治命其孫中書舍人文燦以歸於予。

嗚呼！韓退之畫記，其所關繫幾何，旋復喪失，獨其文奇妙，故傳之至今。今有圖如此，又於予有世澤之重，而予之文不足以發之，姑撮其要如此，且以見夫逸失之易，而嗣守之難。雖一物，而時代之興革、家業之聚散關焉，不亦可慨也哉！噫，不亦可鑒也哉！

書王泰州小像卷後

予嘗觀泰州同知王君遺愛録，凡君所上十疏及所行十事爲大夫士所賦詠者，皆在焉。十事皆善政。州嘗大饑，君告災於命使，不聽。舟既發，君厲水掣其舷，得請乃已。校之引竿刺船者，其難尤甚。蓋急於救民，發於倉卒。徵之平素，宜其民之不能忘也。其孫吏部郎中濟嘗過泰，泰人老長者争候迎之，曰：「我王公之孫也。」濟比以是録及圖及君遺像視予，爲之歎息不能已。又以慨夫小官末職有所建白，當時猶能采而行之，如所謂十疏者。求之於今，非獨難其人，亦難乎其爲言矣。

君諱思旻。在泰十五年，自判官遷同知，部使薦爲知州，辭不就，且力請致仕。歸黄州，居十三年卒，卒時年六十五。

書林氏世德圖後

右都御史林君待用輯其先世遺像，自唐柱國披及九牧以下，凡十有一。蓋得之叔祖家藏舊本，已寸裂不可裝飾。又自宋宗正寺簿應成以下家傳者九通，摹爲小像，可尺許，形貌服飾皆仍其舊，各題時代、官諱於首，總名曰世德之圖。其子兵部主事達復圖其像以繫於後，今少傅邃庵楊先生記之甚詳。

莆之林氏，大抵多出九牧，支派繁衍，不可勝計。而世德之承傳、官序之聯續若是者，殆未始有也。古者重世德，不貴世官，故子孫之於祖父名行有愧，則謂之不肖，而禄位不繼，君子弗病焉。漢之論陳氏者曰：公慚卿，卿慚長。長豈貴於公哉！於是知世德之難也。待用始爲郎官時，誓死言事，風節動天下。及掌風紀，領徵代，舉難任重，忘身徇公，禮進義退，未嘗少以自恕。非惟世守訓法，而遭時用世，文學勳業之盛有光焉。後之觀者非徒以官視，其亦將以德視也。

予於禮部之試得待用，遂爲知己。去年達舉進士，聞其修謹好學；及觀其父所示詩，皆名教中語；比又以親老乞南曹以便養：知其不失世守，因相與勖之。

跋虞伯生所書元復初碑銘石刻後

右元文敏公明善神道碑銘，馬文貞公祖常所撰，虞文靖公集所書并篆題，且跋其後。凡千四百餘字，爲石三片，兩面皆刻，在國子監載道所。近所刻馬石田集實載此文，而此石埋翳塵壤，不見於世。今祭酒王君瓚掘地得之，已歷二百餘年，而完好如故。御史盧君雍出按兆畿，移置於廣平府學。蓋元公實葬清河，清河在元屬大名路，國朝改屬廣平。此文雖不樹於墓，而鄉郡學校亦可以昭示久遠也。惟虞公文章雄一代，其與元公，論議不能相下。元以董士選之言始開故隙，虞乃以元故爲馬公秉翰。前哲之服善成美固如此，豈世俗所能及哉！

王、盧二君好古嗜學，於斯舉亦可以觀矣。銘後尚有餘石，予以盧請并識其事於末云。

書虞世南墨迹後

右虞秘監所書汝南公主墓誌草稿，宣和書譜實載其名。今太宰水村陸公嘗見於吴中，購之不得。越三十餘年，未始不往來於懷。比屬其弟長卿購至京師，間以相視。觀其筆勢圓活，戈法尚存，前輩風流，宛然在目，惜其有敍無銘，尚可徵爲貞觀間物。世所傳虞書石刻，雖結構齊整，而生意索然。然則墨迹之未泯者，惡可不知所寶哉！陸氏子孫其世守之。

書米元章墨迹後

右米元章詩翰，有「紹興」及「睿思殿」圖印，其子友仁題其後，稱「先臣芾」，蓋君前臣名之義也。元章書極精妙，而友仁亦有家法。父子並美，自羲、獻以後，亦鮮聞之。書法真贋，每相混淆，如米氏者，江南僞本不知其幾。此卷妙處，望而可知。太宰水村陸先生檢諸故篋，重加表飾。物之顯晦，固自有數哉！先生方操黜陟之柄，振幽起滯，天下之士賴以不汩没於世者多矣。識者幸毋以一事觀之。

書篆刻千字文後

千字文世乏篆本，崔甥傑請作是書。吾子兆蕃時侍檢閲，喬生宗爲致佳石，宋生灝手勒成之。

按：許慎説文出於漢世，後人各自爲説，去古益遠，難於遽信。今多從許氏，庶偏旁點畫於楷隸相近，便於初學。顧予年已七十，精力弗逮。若夫復古正今，以俟後之君子。

書石鼓文譽本後

石鼓文磨滅殆盡，予家藏板刻頗增於舊，蓋蘇本也。嘗欲謄爲別帙，以備遺忘。御史東吴盧君雍爲致佳石，廣平通判太原宋生灝手勒成之。祭酒永嘉王君瓚、司業莆田黄君瀾曰：「此國學事。」受而藏之載道所。

跋三世通家卷後

予與介庵張先生同業翰林，契分甚厚。往返書簡，或因事達情，或觸物興思，多出倉卒。數十年後，皆漫不復記，至有不能自識者。先生之聞孫監察御史鰲山輯而成卷，覽之慨然。嗟夫！文獻之徵，古人所尚，吾不足道也，吾於鄭玄之裔得小同焉，不亦爲之一慰矣乎？

是日，董壽甫秋官在坐。壽甫實圭峰先生之子，而此卷亦有圭峰之號，故牽連書之，壽甫亦笑而許之。